光文社古典新訳文庫

ナルニア国物語⑤

ドーン・トレッダー号の航海

C・S・ルイス

土屋京子訳

kobunsha classics

光文社

Title: THE VOYAGE OF THE DAWN TREADER
1952
Author: C. S. Lewis

『ドーン・トレッダー号の航海』もくじ

1　寝室《しんしつ》の絵　13
2　〈ドーン・トレッダー号〉に乗って　36
3　離《はな》れ島《じま》諸島《しょとう》　62
4　カスピアンの計略《けいりゃく》　82
5　嵐《あらし》と、そのあとに起こったこと　102
6　ユースティスの冒険《ぼうけん》　124
7　冒険の結末《けつまつ》　148
8　二度の危機《きき》一髪《いっぱつ》　171
9　声の島　196

10 魔《ま》法《ほう》使《つか》いの本 218
11 〈あんぽん足〉満足《まんぞく》する 240
12 暗闇《くらやみ》の島 263
13 三人の眠《ねむ》れる貴人《きじん》たち 283
14 世界の果《は》ての始まり 304
15 さいはての海の不思議《ふしぎ》 325
16 この世の果て 347

解説　立原　透耶 376
年譜 394
訳者あとがき 402

挿画・地図／YOUCHAN

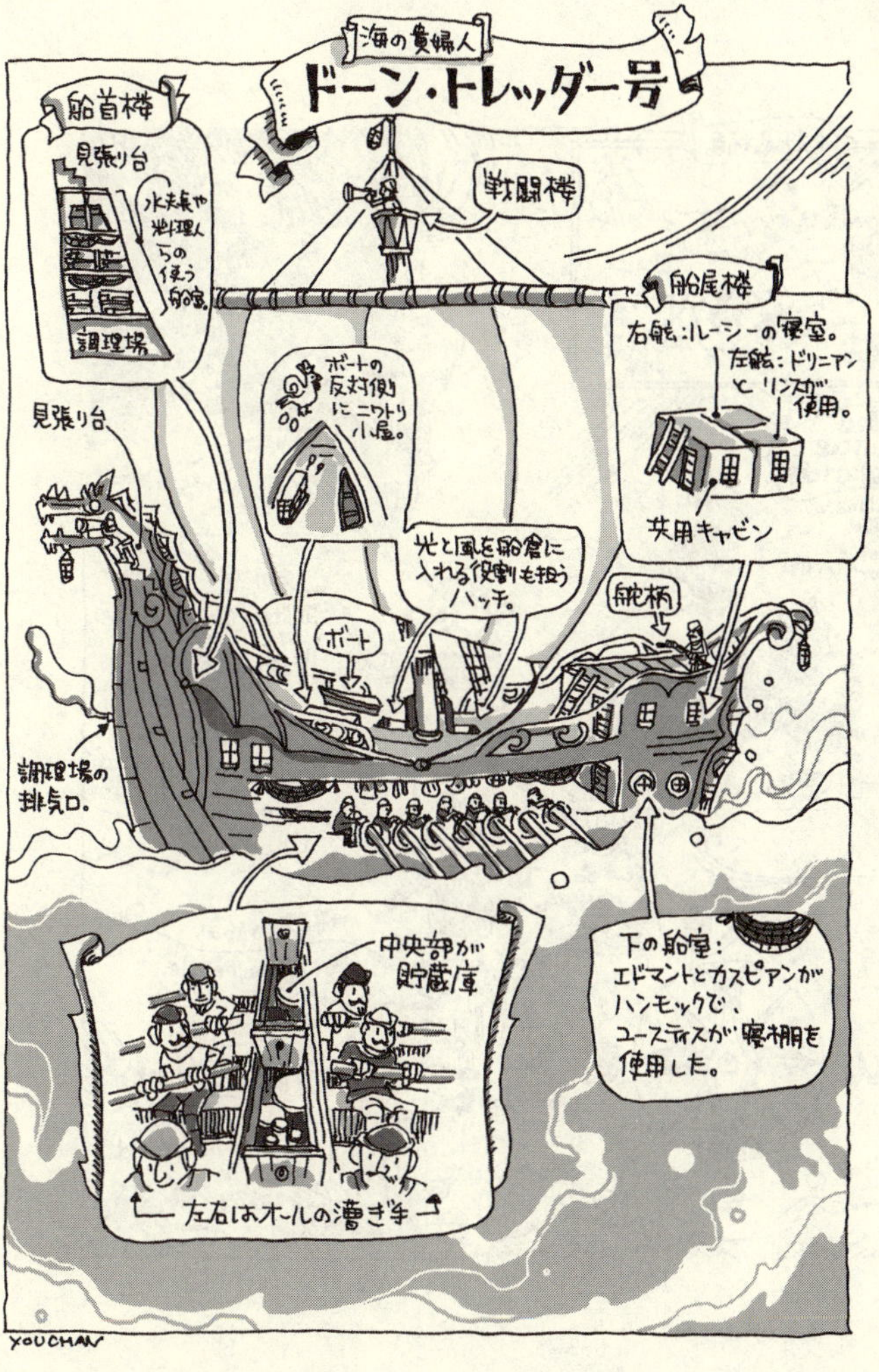
海の貴婦人
ドーン・トレッダー号
船首楼
見張り台
水夫長や料理人らの使う船室。
調理場
戦闘楼
船尾楼
右舷：ルーシーの寝室。
左舷：ドリニアンとリンスが使用。
共用キャビン
ボートの反対側にニワトリ小屋。
見張り台
光と風を船倉に入れる役割も担うハッチ。
舵柄
ボート
調理場の排気口。
中央部が貯蔵庫
左右はオールの漕ぎ手
下の船室：
エドマントとカスピアンがハンモックで、
ユースティスが寝棚を使用した。
YOUCHAN

離れ島諸島
N
フェリマス島
ナローヘイブンの港
ドゥーン島
アヴラ島
バーンステッドの港
The Lone Islands
Felimath
Doorn Avra
嵐にあう
ドラゴン島
Dragon Island
Land of the Duffers
声の島
Death Water
死水島
暗闇の島
Dark Island
東の海
The (Great) Eastern Ocean
世界の果ての始まり
Merpeople
海の人たち
Island of the Star
星の島
潮のうまくなるところ
世界の果て
The End of the World
ここまで!
N
W
E
S

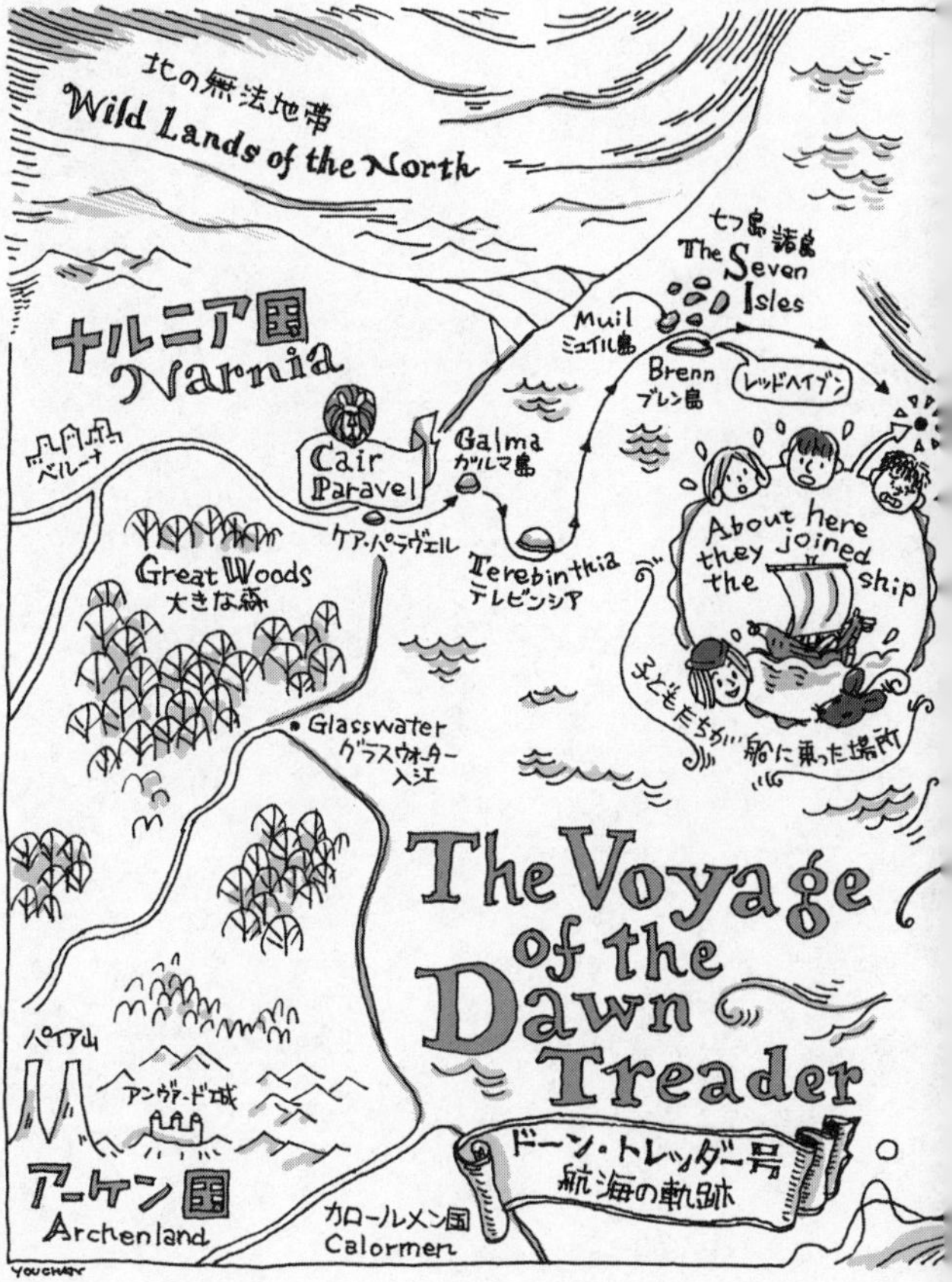
北の無法地帯
Wild Lands of the North
七つ島諸島
The Seven Isles
Muil
ミュイル島
Brenn
ブレン島
レッドヘイブン
ナルニア国
Narnia
ベルーナ
Cair Paravel
ケア・パラヴェル
Galma
ガルマ島
Terebinthia
テレビンシア
About here they joined the ship
子どもたちが船に乗った場所
Great Woods
大きな森
Glasswater
グラスウォーター入江
The Voyage of the Dawn Treader
ドーン・トレッダー号
航海の軌跡
パイア山
アンヴァード城
アーケン国
Archenland
カロールメン国
Calormen
YOUCHAN

ドーン・トレッダー号の航海《こうかい》

ジェフリー・バーフィールドへ

1　寝室《しんしつ》の絵

むかし、ユースティス・クラランス・スクラブという名の男の子がいた。そして、その子は、そんな名前がついていてもしかたがないと思えるほど、嫌味《いやみ》な子どもだった。両親はこの子を「ユースティス・クラランス」と名前で呼《よ》び、学校の先生たちは「スクラブ」と名字で呼んだ。友だちがこの子を何と呼んだかは、わからない。友だちがいなかったからだ。ユースティス・クラランスは両親のことを「お父さん」「お母さん」とは呼ばず、父親を「ハロルド」、母親を「アルバータ」と名前で呼んでいた。この一家は時代の先端《せんたん》を行く人たちだった。ベジタリアンで、タバコもお酒もいっさいやらず、身につける下着も特別《とくべつ》な種類《しゅるい》にこだわっていた。スクラブ家では部屋にごたごたした家具をほとんど置《お》かず、ベッドの寝具《しんぐ》もとてもシンプルで、いつも窓《まど》を開けて暮《く》らしていた。

ユースティス・クラランスは動物好《ず》きで、とくに甲虫類《こうちゅうるい》が好きだった。ただし、死んで針《はり》で刺《さ》されて標本《ひょうほん》台紙に固定《こてい》されているものにかぎるが。本も読まないことはないが、もっぱら情報《じょうほう》や資料《しりょう》を集めた本が好《この》みで、穀物倉庫《こくもつそうこ》のエレベーターの写真や外国の実験《じっけん》学校で肥満児童《ひまんじどう》が体操《たいそう》をさせられている写真などがのっている本ばかり読んでいた。

ユースティス・クラランスは、いとこにあたるペヴェンシー家のピーターとスーザンとエドマンドとルーシーを嫌《きら》っていた。にもかかわらず、エドマンドとルーシーが家に泊《と》まりにくると聞いたときには、おおいに喜《よろこ》んだ。というのも、この少年は、心の奥底《おくそこ》で、他人にいばりちらしたり他人をいじめたりすることを楽しいと思っていたからだった。実際《じっさい》にけんかになったら、エドマンドどころかルーシーにだってかなわないほどの弱虫なくせに、場所が自分の家で、相手が家に泊まりにきている客の立場なら、嫌《いや》がらせをしてやる手はいくらでもあると考えていたのだ。

エドマンドもルーシーも、ハロルド叔父《おじ》さんとアルバータ叔母《おば》さんの家に預《あず》けられるなんて、少しもうれしくなかった。でも、そうするよりほかになかったのだ。その夏、お父さんがアメリカの大学で一六週間にわたって講義《こうぎ》をすることになり、お母さんはここ一〇年ほど休みらしい休みもなかったのでお父さんといっしょにアメリカへ行くことになった。ピーターは大学の入試《にゅうし》に向けて猛勉強中《もうべんきょうちゅう》で、夏休みのあいだカーク老教授《ろうきょうじゅ》の家に泊《と》まりこみで指導《しどう》を受けることになっていた。カーク教授というのは、しばらく前、戦時中《せんじちゅう》にペヴェンシー家の子どもたちを疎開《そかい》させてくれた屋《や》敷《しき》の持ち主のカーク教授で、その屋敷にいるあいだに四人の子どもたちはすばらしい冒険《ぼうけん》をしたのだった。いまも教授がその屋敷に住んでいたなら、子どもたちを四人とも泊まらせてくれたことだろう。けれども、その後いろいろあって教授は貧乏《びんぼう》になってしまい、いまでは小さな平屋建《ひらやだ》ての家に住んでいて、客間は一つしかなかった。かといって、ピーター以外《いがい》の三人を連《つ》れてアメリカへ行くのは、お金がかかりすぎる。そんなわけで、スーザンだけがアメリカへ連れていってもらえることになったのである。

スーザンは一家でいちばんの器量良《きりょうよ》しと言われていたが、学校の勉強はからっきしだめで（勉強以外の面では、とてもませた子だった）、お母さんは「アメリカ旅行は下の子たちよりスーザンにいちばん収穫《しゅうかく》が多いと思うわ」と言った。エドマンドとルーシーはスーザンの幸運をうらやまないようにしようと努力《どりょく》したが、それにしても、叔母《おば》さんの家で夏休みを過《す》ごさなければならないというのは最悪《さいあく》だった。「だけど、ぼくのほうがもっとひどいよ」と、エドマンドは妹に言った。「ルーシーは自分の部屋がもらえるだけでも、ましだよ。ぼくなんか、あの最悪のユースティスと同じ部屋で寝《ね》なくちゃならないんだから」

物語は、ある日の午後、エドマンドとルーシーがめずらしく二人きりで過ごしていたところから始まる。もちろん、二人が話題にしていたのはナルニアのことで、ナルニアというのは二人だけの秘密《ひみつ》の国だった。みんな誰《だれ》でも自分だけの国を思《おも》い描《えが》いて遊ぶことはあると思うが、それは単《たん》なる想像《そうぞう》でしかない。けれども、エドマンドとルーシーは、その点、恵《めぐ》まれていた。ナルニアは実在《じつざい》する国で、二人は実際《じっさい》にナルニアに行ったことがあったのだ。それも、二回。ゲームや夢《ゆめ》の中ではなく、実際に行ってきたのだ。もちろん、ナルニアへ行ったのは魔法《まほう》の力が働《はたら》いたからで、ナルニアへ行く方法《ほうほう》は魔法以外《まほういがい》にはない。そして、ナルニアにいたあいだに、二人はいつかまたナルニアへもどってこられることをほぼ約束《やくそく》してもらっていた。だから、読者諸君《しょくん》のご想像《そうぞう》どおり、二人はしょっちゅう機会《きかい》あるごとにナルニアの話をしていたのである。

その日、二人はルーシーの寝室《しんしつ》でベッドの端《はし》に腰《こし》をおろし、向かいの壁《かべ》にかかっている絵を眺《なが》めていた。その絵は、この家に飾《かざ》られているいろいろな絵のなかでただ一枚《まい》だけ、エドマンドとルーシーが好《す》きになれた絵だった。アルバータ叔《お》母《ば》さんはこの絵が嫌《きら》いで、だからこの絵は二階の奥《おく》の小さな寝室に飾られていたのだが、アルバータ叔母さんは絵を捨《す》てることまではしなかった。というのは、この絵はある人から結《けっ》婚祝《こんいわ》いにもらったもので、叔母さんはその人に悪く思われたくなかったからだ。

二人が眺めていたのは船の絵で、船がまっすぐこちらへ向かって進んでくる場面が描《えが》かれていた。船首は金色に塗《ぬ》られたドラゴンの頭部になっていて、ドラゴンは口を大きく開けていた。マストは一本だけで、大きな四角い帆《ほ》がかかっていて、帆の色は濃《こ》い紫《むらさき》だった。船体は、前のほうが金色に塗られたドラゴンの翼《つばさ》におおわれていて、翼《つばさ》より後ろの部分は緑色に塗《ぬ》られていた。船はちょうど青い大波に乗り上げたところで、くずれた波頭《なみがしら》が白いすじを見せ波しぶきをあげながら絵を見る者のほうへ押《お》し寄《よ》せてくるように描《えが》かれていた。船は追い風を受けてなかなかのスピードで進んでいるようすで、船体を少し左舷側《さげんがわ》に傾《かたむ》けていた（ところで、この本を読み進めるつもりの読者諸君《しょくん》には、まだ知らないのならばぜひおぼえてほしいのだが、船の左舷とか右舷《うげん》とかいう場合には、船の前方に向かって左側、右側、という意味である）。太陽の光は船の左舷側からさしていて、そちら側の海水はさまざまな色調の緑や紫《むらさき》に描かれていた。反対側の海は船の陰《かげ》になるので、もっと暗い藍色《あいいろ》で描かれていた。

「問題は、ナルニアへ行けないのにナルニアの船なんか見てるとますます落ちこむだけじゃないか、ってことなんだよね」

「でも、何も見るものがないよりは、ましじゃない？」ルーシーが言った。「ほんとうに、ナルニアっぽい船よねぇ」

「おやおや、また例《れい》の遊びにふけっているのかな？」ドアの外で二人の話を立ち聞きしていたユースティス・クラランスがにやにやしながら部屋にはいってきた。去年、ペヴェンシー家に泊まりにきたとき、ユースティス・クラランスはペヴェンシー家の子どもたちがナルニアの話をしているところを盗《ぬす》み聞《ぎ》きして、それ以来《いらい》、みんなをからかってはおもしろがっているのだ。もちろん、ナルニアなんてペヴェンシー家の子どもたちが想像《そうぞう》してでっちあげたものだと、ユースティスは思っていた。そして、ユースティス自身のお粗末《そまつ》な頭では何かを想像して作りあげるなどということはとうてい不可能《ふかのう》だったので、ナルニアの話はユースティスにはおもしろくなかった。

「おまえなんか、出ていけよ」エドマンドがぴしゃりと言った。

「いや、ちょっと短い詩でもひねってみようかと思ってね」ユースティスが言った。

「たとえばさ、こんなのどう？

　ナルニアあそびにあけくれて
ますますおつむがおばかさん

「そんなの、脚韻《きゃくいん》[1]さえ踏《ふ》めてないじゃない」ルーシーが言った。

「これは類韻《るいいん》[2]っていうやつさ」ユースティスが言った。

「ルイなんとかがどういう意味かなんて、聞くなよ」エドマンドが言った。「向こうは聞いてもらいたくてしょうがないんだから。知らん顔してたら、たぶん出ていくさ」

相手がこんな態度《たいど》に出たら、たいていの男の子はその場から立ち去るか、さもなければカッとなってつかみかかるだろう。しかし、ユースティスはそのどちらでもなかった。にやにやしながらその場に居《い》すわり、嫌味《いやみ》なおしゃべりを続《つづ》けたのである。

「その絵、好《す》きなわけ？」

「あいつが芸術《げいじゅつ》の話とか始めても相手にするなよ」エドマンドが早口で言ったが、根が正直なルーシーは、ユースティスに向かって「ええ、好きよ。大好き」と答えてしまった。

「そんな絵、クズだぜ」ユースティスが言った。

「見たくないんなら、部屋から出ていけばいいだろ」エドマンドが言った。

「なんで好《す》きなのさ？」ユースティスがルーシーに言った。

「そうね、ひとつには、船がほんとうに動いてるみたいに見えるから。それに、水もほんとうに水しぶきが飛《と》んできそうだし、波もほんとうに上がったり下がったりうねってるみたいに見えるから」

もちろん、ルーシーの答えにケチをつける屁理屈《へりくつ》ぐらいいくつでも思いつけたが、ユースティスはそのどれも口にしなかった。というのは、ちょうどそのとき、ふと絵を見たら、大きな波がほんとうに上下にうねったように見えたからだ。ユースティスは前に一度だけ船に乗ったことがあり、そのときはワイト島[3]までのほんの短い航海《こうかい》だったのに、ひどい船酔《ふなよ》いになった。そしていま、絵に描《えが》かれた波を見ただけで、ユースティスはまた船酔いしそうな気分になった。すっかり顔色が青ざめたユースティスは、もういちど絵のほうへ目をやった。そして、その瞬間《しゅんかん》、子どもたちは三

1　詩などで、行末《ぎょうまつ》を同じ音《おん》で終わる言葉でそろえること。
2　強勢《きょうせい》がある母音《ぼいん》を同じ音でそろえる韻《いん》の踏《ふ》みかた。
3　イングランドの南に近接《きんせつ》した島で、ヴィクトリア時代から有名なリゾート地。

人とも絵を眺《なが》めたまま、あんぐりと口を開いてしまった。

三人が目にしたのは、活字で読むと信《しん》じがたいかもしれないが、実際《じっさい》に目の前で起こったとしても信じがたい光景《こうけい》だった。絵の中のものが動いていたのだ。といっても、映画《えいが》とはちがう。映画よりはるかに色彩《しきさい》が真《しん》に迫《せま》っていて、屋外で見るように生き生きと鮮《あざ》やかに見えた。船の先端《せんたん》が波間へ突《つ》っこんでいき、その瞬間《しゅんかん》に大きな水しぶきがあがった。そして、こんどは船の後ろのほうが波に持ち上げられて、船尾《せんび》から甲《かん》板《ぱん》にかけてが見えた。次の波が来ると、ふたたび船首が持ち上がり、船尾は見えなくなった。そのとき、ベッドの上のエドマンドのすぐ脇《わき》に置《お》いてあった問題集のページがパタパタとめくれたと思ったら、いきなり問題集が宙《ちゅう》を飛《と》んで、うしろの壁《かべ》にたたきつけられた。ルーシーは、風の強い日のように髪《かみ》がうしろへなびくのを感じた。たしかに、強い風が吹《ふ》いていた。ただし、その風は絵の中から三人のほうへ吹きつけているのだ。そして、突然《とつぜん》、風だけでなく音まで聞こえてきた。船の舳先《へさき》[4]がサーッと水を切る音、船腹《せんぷく》を洗《あら》う波の音、船体のきしむ音、そして、びゅうびゅうと吹きさらす風の音に、ざぶんざぶんと波立つ海の音。しかし、これが夢《ゆめ》ではないとルーシーが

YOUCHAN

確信《かくしん》したのは、荒々《あらあら》しい潮《しお》の香《かお》りを感じたときだった。

「やめろよ！」恐怖《きょうふ》と怒《いか》りにかられたユースティスが金切《かなき》り声《ごえ》をあげた。「おまえたち、また何かやってんだろう。やめろったら。アルバータに言いつけてやるからな。わっ！」

エドマンドとルーシーはユースティスにくらべたらはるかに冒険《ぼうけん》に慣《な》れていたが、それでも、ユースティスと同じように「わっ！」と声をあげてしまった。冷《つめ》たくて塩辛《しおから》い巨大《きょだい》な水しぶきが絵の中から飛《と》び出《だ》してきて、三人とも頭から水をかぶってずぶ濡《ぬ》れになってしまったのだ。

「くそっ、こんな絵なんかたたきこわしてやる！」ユースティスが声をあげたが、そのとき同時にいくつかのことが起こった。ユースティスが絵に向かって突進《とっしん》していき、魔法《まほう》の働《はたら》きを多少は知っているエドマンドがそれを止めようとして、「気をつけろ、バカなことをするな！」と言いながらユースティスに飛びついた。反対側《はんたいがわ》からはルーシーがユースティスを止めようとして手を伸《の》ばしたものの、絵のほうへ引きずられてしまった。そして、このときにはすでに三人がものすごく小さくなっていたのか、それとも絵がものすごく大きくなっていたのか、そこのところはわからないが、とにかく、壁《かべ》から絵を引きはがそうとして飛《と》びついたユースティスが額縁《がくぶち》に乗っかってしまった。ユースティスの目の前には、額縁のガラスではなくて本物の海が広がっていた。絵の中からは、まるで岩にたたきつけるように額縁に向かって風と波が襲《おそ》ってきた。ユースティスはすっかり動転して、両側《りょうがわ》に飛び乗ってきたエドマンドとルーシーにしがみついた。一瞬《いっしゅん》、三人はもみあいになり、どなり声が飛びかって、それでもなんとか額縁の上でバランスが取れたと思った瞬間《しゅんかん》に、青い大波がかぶさってきて三人は足をすくわれ、海中に引きこまれてしまった。ユースティスの絶叫《ぜっきょう》がパタリと止《や》んだ。口に水がはいってきたからだ。

ルーシーは、この前の夏学期に水泳をしっかり練習しておいた幸運に感謝《かんしゃ》した。たしかに、もう少しゆっくりと水をかけばもっと楽に浮《う》かぶことができただろうし、絵を見ていたときに想像《そうぞう》したより水がずっと冷《つめ》たかったが、それでも、ルーシーはあわ

4　船の前の部分。船首。

てずに水の中で足を蹴《け》って靴《くつ》を脱《ぬ》いだ。服を着たまま深い水に落ちたときは、そうするのが正しいのだ。しかも、ルーシーはちゃんと口を閉《と》じて、目をしっかりと開けていた。船はすぐ近くにあった。緑色の船腹《せんぷく》が目の前に高く迫《せま》り、船の上からたくさんの人がこっちを見ているのがわかった。そのとき、こんなこともあろうかと思ったとおり、パニックになったユースティスがルーシーにしがみついてきて、二人とも海中に沈《しず》んでしまった。

ふたたび水の上に頭が出たとき、船べりから白い人影《ひとかげ》が海に飛《と》びこむのが見えた。エドマンドもすぐ近くまで来ていて、立ち泳ぎをしながら、大声でわめきちらすユースティスの両腕《りょううで》をつかんだ。ちょうどそのとき、反対側《はんたいがわ》から、どことなく見おぼえのある顔の若者《わかもの》がルーシーの背中《せなか》に腕《うで》を回して支《ささ》えてくれた。船の上からたくさんの叫《さけ》び声《ごえ》が聞こえ、船べりを壁《かべ》のように一段《いちだん》高くした波よけの上にかたまってルーシーたちを見下ろしているたくさんの顔が見えた。船からロープが投げられ、エドマンドともう一人の若者がルーシーのからだにロープを巻《ま》きつけた。そのあと、とほうもなく長いあいだ待たされたような気がして、ルーシーの顔が青くなり、歯がガチガチ鳴りだしたが、実際《じっさい》にはそれほど長く待たされたわけではなかった。船の上にいた人たちは、ルーシーのからだが船体にたたきつけられないよう安全に引き上げるタイミングをはかっていたのだ。それでも、ようやく甲板《かんぱん》に引き上げられたとき、ルーシーは片方《かたほう》の膝《ひざ》に打ち身を作り、全身ずぶ濡《ぬ》れで、わなわなと震《ふる》えていた。ルーシーに続《つづ》いてエドマンドが引き上げられ、それから哀《あわ》れなユースティスが引き上げられた。そして、最後《さいご》に若者《わかもの》が上がってきた。金髪《きんぱつ》の青年で、ルーシーより何歳《なんさい》か年上に見えた。

「カ、カ、カスピアン！」ようやく息がつけるようになったルーシーが声をあげた。

たしかに、その若者はカスピアンだった。カスピアンはナルニアの若《わか》き国王で、この前ペヴェンシー四きょうだいがナルニアに呼《よ》ばれたときに力を貸《か》してカスピアンを王《おう》位《い》につけたのだった。すぐに、エドマンドもカスピアンだとわかり、三人は握手《あくしゅ》をかわし、背中《せなか》をたたきあって再会《さいかい》を喜《よろこ》んだ。

「ところで、あちらのお連《つ》れはどういう人なのですか？」カスピアンは挨拶《あいさつ》もそこそこにエドマンドたちに質問《しつもん》し、悪意のない笑顔《えがお》でユースティスをふりかえった。ユースティスときたら、たかが全身ずぶ濡れになったていどで男の子がこんなに泣《な》くものかというくらいに大泣《おおな》きしていて、「放してくれ！　帰らしてもらう！　こんなところは嫌《いや》だ！」と叫《さけ》びつづけていた。

「帰る？」カスピアンが言った。「帰るって、どこに？」

ユースティスは船べりに駆《か》け寄《よ》った。海の上に額縁《がくぶち》が浮《う》かんでいると思ったのだろうか。そして、そこからルーシーの寝室《しんしつ》が見えるかもしれないと思ったのだろうか。しかし、ユースティスの目に映《うつ》ったのは白く波立つ大海原《おおうなばら》と、海より薄《うす》い水色の空だけで、水平線のかなたまで見わたすかぎり空と海が続《つづ》くばかりだった。ユースティスががっくりきたのも無理《むり》はない。あっという間に船酔《ふなよ》いが始まった。

「おい、ライネルフ！　陛下《へいか》たちにスパイス・ワインを差《さ》し上《あ》げてくれ」カスピアンが水夫《すいふ》の一人に声をかけた。「陛下、海に落ちたときは、温かい飲み物が何よりですよ」カスピアンがエドマンドとルーシーを「陛下」と呼《よ》んだのは、この二人とピーターとスーザンがカスピアンの時代よりはるかむかしにナルニアの王と女王だったからだ。ナルニアの時間は、わたしたちの世界の時間とは進みかたがちがう。ナルニアへ行って、そこで一〇〇年過《す》ごしたとしても、わたしたちの世界にもどれば、そこはナルニアへ行ったその日その瞬間《しゅんかん》から少しも時間がたっていないのだ。一方、こちらの世界で一週間を過《す》ごしたあと、もういちどナルニアに行ってみると、ナルニアでは一〇〇〇年の時間が過ぎているかもしれないし、たった一日しかたっていないかもしれない。あるいは、まったく時間がたっていない場合だってある。ナルニアに着いてみるまで、わからないのだ。そんなわけで、前回ペヴェンシー家の子どもたちがナルニアにもどったときは(子どもたちにとっては二回目のナルニアだった)、ナルニアの人々から見れば、現代《げんだい》のイギリスに古代の名君アーサー王がよみがえったようなものだったのである(ところで、アーサー王[5]がいつかほんとうによみがえると信《しん》じている人々もいるし、わたしもそういう日が早ければ早いほどいいと願《ねが》っている)。ライネルフは湯気《ゆげ》を立てているスパイス・ワインのはいった大きな酒びんと四つの銀のカップを持ってもどってきた。冷《ひ》えたからだを温めるには何よりの飲み物で、

5　六世紀ごろに英国《えいこく》を統治《とうち》した伝説的《でんせつてき》な王で、文学において理想《りそう》の騎士《きし》、理想の君主として描《えが》かれることが多い。

熱々《あつあつ》のワインをすると、ルーシーもエドマンドも温かさがつま先まで広がっていくのを感じた。しかし、ユースティスは顔をしかめ、むせてワインを吐《は》き出《だ》し、またまた船酔《ふなよ》いに襲《おそ》われて泣《な》きだしたあげくに、「プラムツリー社製《せい》のビタミン強化精神《せいしん》安定ドリンクはないんですか？　あ、蒸留水《じょうりゅうすい》で溶《と》いて作るようにして」などと注文し、とにかく次の停泊地《ていはくち》で船から降《お》ろしてくれと要求《ようきゅう》した。

「なかなか傑作《けっさく》なお連《つ》れさんですね」カスピアンが笑《わら》いながら小声でエドマンドに話しかけた。しかし、カスピアンが言葉を続《つづ》ける前に、ユースティスがまた叫《さけ》び声《ごえ》をあげた。

「うわっ！　げっ！　何だ、あれは！　いやらしいやつめ！　早くどけてくれ！」

今回ばかりは、ユースティスが驚《おどろ》いたのも無理《むり》はないと言えるだろう。船尾楼《せんびろう6》のキャビンから出てきたのは、たしかに非常《ひじょう》に風変《ふうが》わりな生き物で、しかも、それがゆっくりと近づいてきたのだ。それは、いわゆる「ネズミ」と呼《よ》ばれる生き物だったが、そんじょそこらのネズミとはちがって後ろ足ですっくと立っていて、身長が六〇センチほどもあった。そのネズミは頭に細い金の輪《わ》をつけており、輪の片側《かたがわ》は耳の上、

YOUCHAN

もう一方は耳の下を通っていて、長い真紅《しんく》の羽根飾《はねかざ》りがついていた。ネズミの毛はほとんど黒に近い濃《こ》い灰色《はいいろ》なので、真紅の色がよく映《は》えて目を引いた。ネズミの左手は剣《けん》の柄《つか》にかかっており、その剣はしっぽと同じくらいの長さがあった。甲板《かんぱん》を堂々《どうどう》たる足取りで進んでくるネズミは揺《ゆ》れる船の上で完璧《かんぺき》にバランスを保《たも》っており、身のこなしも洗練《せんれん》されていた。ルーシーとエドマンドは、一目でそれがリーピチープだとわかった。リーピチープはナルニアの〈もの言うけもの〉たちのなかでもっとも勇猛果《ゆうもうか》敢《かん》であり、ネズミ族のリーダーとして〈第二次ベルーナの戦《たたか》い〉において不滅《ふめつ》の栄《えい》光《こう》を打ち立てたネズミだった。ルーシーは、今回もまたリーピチープを抱《だ》き上《あ》げてほおずりしたい気もちにかられたが、それがかなわぬ願《ねが》いであることもよく承知《しょうち》していた。そんなことをしたら、リーピチープがひどく気を悪くするだろう。だから、ルーシーは甲板に片膝《かたひざ》をついて、リーピチープに声をかけた。

リーピチープは左足を前に出し、右足を後ろに引いて、頭を下げ、ルーシーの手にキスをしたあと、背《せ》すじをのばした。そして、ヒゲをひねり回し、甲高《かんだか》い声で言った。

「女王陛下《へいか》、謹《つつし》んでご挨拶《あいさつ》を申し上げます。そして、エドマンド王陛下にも」（ここでリーピチープはふたたび頭を下げた)。「陛下《へいか》お二人がおいでになれば、この航海《こうかい》はまさに欠《か》けるものなき冒険《ぼうけん》となりましょう」

「げっ！　そいつをどっかへやってくれ」ユースティスが泣《な》き叫《さけ》んだ。「ぼくはネズミが大嫌《だいきら》いなんだ。芸《げい》をする動物なんて、許《ゆる》せない。そんなもの、バカでくだらないし、どうせお涙《なみだ》ちょうだいの見世物《みせもの》じゃないか」

リーピチープはユースティスをじっと見すえたあと、ルーシーに言った。「この並《なみ》はずれて無礼《ぶれい》な輩《やから》は、陛下がたの庇護《ひご》のもとにあると考えるべきなのでございましょうか？　さもなくば――」

ちょうどこのとき、ルーシーとエドマンドがそろってくしゃみをした。

「わたしとしたことが。ずぶ濡《ぬ》れのまま陛下たちをこんなところに立たせておいて、すみませんでした」カスピアンが言った。「下にいらして、お着がえをなさってくだ

6　船尾で甲板《かんぱん》を一段《いちだん》高くした部分。中は船室となり、上部の甲板は操舵《そうだ》や見張《みは》りに使われる。
7　手で握《にぎ》る部分。

さい。ルーシー陛下《へいか》には、もちろん、わたしの個室《こしつ》をお使いいただきましょう。ただ、この船には女性用《じょせいよう》の衣類《いるい》は積《つ》んでおりませんので、わたしの服でがまんしていただくしかありません。さ、リーピチープ、案内《あんない》してさしあげてくれ」

「レディの御《おん》ためとあらば、いかにわが名誉《めいよ》の問題とはいえ、あとまわしにいたしましょう。当座《とうざ》のところは」リーピチープはそう言うと、ユースティスをキッとにらみつけた。しかし、カスピアンが一行《いっこう》を急がせたので、数分後にはルーシーは船尾楼《せんびろう》の共用《きょうよう》キャビンに足を踏《ふ》み入《い》れていた。ルーシーは一目でその部屋が大好《だいす》きになった。キャビンの壁《かべ》には三つの四角い窓《まど》があって、船尾で逆巻《さかま》く青い波が見えた。テーブルを囲《かこ》むようにして三方の壁にクッションのついた低《ひく》いベンチが造《つく》りつけられ、頭上には銀製《ぎんせい》のランプが揺《ゆ》れていた。精巧《せいこう》で優美《ゆうび》な作りから、ルーシーには、ドワーフの細工だとすぐにわかった。船首側《せんしゅがわ》にあるドアの上には、アスランを描《えが》いた金の板が飾《かざ》ってあった。ルーシーがキャビンの中を眺《なが》めたのは、ほんの一瞬《いっしゅん》だった。というのは、すぐにカスピアンが右舷側《うげんがわ》の個室に通じるドアを開け、「わたしの部屋を使ってください、ルーシー陛下」と言ったからだ。カスピアンは、「ちょっと失礼《しつれい》して、わたしの着がえだけ持ち出させていただきますよ」と言いながら衣類《いるい》のはいっている引き出しに手を入れてひっかきまわしたあと、「さ、どうぞ着がえをなさってください。濡《ぬ》れたものはドアの外に放り投げておいてください、調理場へ運ばせて乾《かわ》かしますから」と言って部屋から出ていった。

カスピアンの個室《こしつ》は居心地《いごこち》がよくて、ルーシーは何週間も前からその部屋で過《す》ごしているような落ち着いた気分になれた。船の揺《ゆ》れも、気にならなかった。むかしナルニアで女王だったとき、ルーシーはあちこちに船旅をした経験《けいけん》があったのだ。カスピアンの船室はとてもこぢんまりした部屋だったが、羽目板《はめいた》にさまざまな鳥やけものや真紅《しんく》のドラゴンやブドウなどの絵が描《えが》かれた華《はな》やかな内装《ないそう》で、ちりひとつなく清潔《せいけつ》だった。カスピアンの服はルーシーには大きすぎたが、なんとか間に合った。けれども、靴《くつ》は、サンダルも防水《ぼうすい》ブーツもどれも大きすぎて足に合わなかった。ルーシーは船の上ならはだしのままで平気だと思った。着がえをすませたあと、ルーシーは窓《まど》の外をしぶきを上げながら通りすぎていく波を眺《なが》め、深呼吸《しんこきゅう》をした。そして、きっとこれからすばらしい冒険《ぼうけん》が始まるにちがいない、と思った。

2 〈ドーン・トレッダー号〉に乗って

「やあ、ルーシー、やっと出てこられましたね」カスピアンが言った。「お待ちしていたんですよ。紹介《しょうかい》します、こちらは船長のドリニアン卿《きょう》です」

黒い髪《かみ》の男性《だんせい》が床《ゆか》に片膝《かたひざ》をつき、ルーシーの手にキスをした。ほかにその場にいたのは、リーピチープとエドマンドだけだった。

「ユースティスは？」ルーシーがたずねた。

「ベッドの中だよ」エドマンドが答えた。「あれじゃ、どうしようもないね。優《やさ》しくしてやればやるほど、手に負えなくなるんだから」

「それはそれとして、積《つ》もる話もありますから」カスピアンが言った。

「ああ、そうですね」エドマンドが応《おう》じた。「まず最初《さいしょ》に、時間のことですが、ぼくたちの時間では、この前あなたの戴冠式《たいかんしき》の直前にナルニアを去ってから一年たったところなんです。ナルニアでは、どのくらいの時間がたったのですか？」

「ちょうど三年です」カスピアンが言った。

「何もかも順調《じゅんちょう》で？」エドマンドがたずねた。

「そうでなければ、国をあとにして航海《こうかい》に出るなんて、ありえませんよ」カスピアン王が答えた。「ナルニアは、このうえなく順調です。いまでは、テルマール人もドワーフも〈もの言うけもの〉たちもフォーンもそのほかの生き物たちも、みんな仲良《なかよ》く暮《く》らしています。辺境《へんきょう》で問題を起こしていた巨人《きょじん》どもも、去年の夏、いやというほどやっつけてやったので、いまでは貢《みつ》ぎ物《もの》を届《とど》けてよこすようになりました。わたしが国を留守《るす》にするあいだ、摂政《せっしょう》にもってこいの人物もおりますし。ドワーフのトランプキンです。おぼえておいでですか？」

「なつかしいトランプキン」ルーシーが言った。「もちろん、おぼえているわ。トランプキン以上《いじょう》の適任者《てきにんしゃ》はいませんよね」

「忠実《ちゅうじつ》なることアナグマのごとし、勇猛《ゆうもう》なることと……その……ネズミのごとし、というところでしょうか」ドリニアン卿《きょう》が言った。ほんとうは「勇猛《ゆうもう》なることライオンのごとし」と言おうとしたのだが、自分をじっと見つめるリーピチープの視線《しせん》に負けたのだった。

「で、この船の目的地《もくてきち》は?」エドマンドがたずねた。

「それは長い話になるんですが」カスピアンが口を開いた。「おぼえていらっしゃるでしょうか。わたしが子どものころ、王位《おうい》を横取りした叔父《おじ》のミラーズが、わたしの後《うし》ろ盾《だて》になってくれそうだった亡《な》き父の七人の忠臣《ちゅうしん》たちを海へ送り出して追放したことがあったでしょう? 離《はな》れ島諸島《じましょとう》の先に広がる誰《だれ》も知らない〈東の海〉を探検《たんけん》してこい、と命じて」

「ええ」ルーシーが言った。「それで、誰ひとりもどってこなかったんですよね」

「そのとおりです。それで、戴冠式《たいかんしき》の日、わたしはアスランの許《ゆる》しをいただいて、誓《ちか》いを立てたのです。ナルニアが平和な国となったあかつきには、わたしは自ら〈東の海〉へ船を進め、一年と一日をかけて父の友人たちの消息を確《たし》かめ、すでに亡きものとなっていた場合には何が起こったのかを調べ、できることならば仇《あだ》を討《う》ってやろう、と。その人たちの名は、レヴィリアン卿《きょう》、バーン卿、アルゴス卿、マヴラモーン卿、オクテジアン卿、レスティマール卿、それから——ええと、どうしても最後《さいご》の一人が出てこないな」

「ループ卿です、陛下《へいか》」ドリニアンが口ぞえをした。

「ああ、ループ卿。そうだ、ループ卿だった」カスピアンが言った。「それが、この航海《こうかい》の最大《さいだい》の目的《もくてき》です。ただし、リーピチープは、もっと崇高《すうこう》な望《のぞ》みを抱《いだ》いているようでしてね」みんなの視線《しせん》がネズミに注がれた。

「わが姿形《すがたかたち》のごとく小さな望みではございますが、その意気たるや誰《だれ》にも負けぬ大きな望みと自負いたしております」ネズミが口を開いた。「世界の東の果《は》てまで行くのも悪くなかろう、と、こう思うわけであります。そこに何があるか？　わたくしはアスランの国が見つかるのではないかと考えております。偉大《いだい》なるライオンは、いつも東から海を越《こ》えてやってこられるからであります」

「たしかに、それはあるね」エドマンドが感服したような声で言った。

「でもね、リーピチープ」ルーシーが口を開いた。「アスランの国って、そういう形の国だと思う？　つまり、船でずっと行けばたどりつける、というような場所なのかしら？」

「それはわかりません、陛下《へいか》」リーピチープが言った。「でも、こういう歌があるんです。わたくしが赤《あか》ん坊《ぼう》だったころ、木の精《せい》のドリュアスがこんな歌を聞かせてくれたものです。

空と海の会うところ
潮《うしお》のうましくなるところ
疑《うたが》うなかれ、リーピチープ
汝《なんじ》が求《もと》むるすべてあり
それ東《ひんがし》の海の果《は》て

この歌が何を意味するかはわかりませんが、以来《いらい》ずっと、わたしの頭からはこの歌が消えないのです」

短い沈黙《ちんもく》のあと、ルーシーがたずねた。「それで、カスピアン、わたしたちはいまどのあたりにいるのですか?」

「わたしより船長のほうがうまく説明《せつめい》できると思いますよ」というカスピアンの言葉を受けて、船長のドリニアン卿《きょう》が海図を取り出してテーブルに広げた。

「現在地《げんざいち》はここです」ドリニアンは指先で地図の一点を示《しめ》した。「きょうの正午には、本船はこの位置《いち》にありました。ケア・パラヴェルを出航《しゅっこう》してから順風《じゅんぷう》に恵《めぐ》まれ、航《こう》路《ろ》をやや北に取ってガルマに向かい、翌日《よくじつ》には到着《とうちゃく》しました。そして、ガルマに一週間停泊《ていはく》しました。というのは、ガルマ公が国王陛下《へいか》のために盛大《せいだい》な馬上試合《ばじょうじあい》を催《もよお》され、国王陛下は並《な》み居《い》る騎士《きし》たちをバッタバッタとなぎ倒《たお》され、落馬したもの数知れず――」

「いや、わたしも何度か馬から落ちてひどい目にあったよ、ドリニアン。いまだに打ち身のあとが残《のこ》っている」と、カスピアンが言った。

「――とにかく、陛下が倒した騎士は数知れず」とくりかえして、ドリニアンはにやりと笑《わら》った。「ガルマ公には娘御《むすめご》がおられて、国王陛下のお目にかなえばと願《ねが》ってお

The Great Eastern Ocean
Youchan

られたようですが、そちらは不首尾《ふしゅび》に終わりまして――」

「やぶにらみで、しかもそばかすだらけだったから」カスピアンが言った。

「まあ、気《き》の毒《どく》に」ルーシーが言った。

「そんなわけで、ガルマを出港いたしまして」と、ドリニアン船長が続《つづ》けた。「そのあと丸二日間、べた凪《なぎ》で風がすっかり止《や》んでしまったのでオールを使って進んだのですが、そのあとようやく風が出て、ガルマを出てなんとか四日目にテレビンシアに着きました。ところが、テレビンシアの王から使いが来て、疫病《えきびょう》がはやっているから上陸《じょうりく》しないほうがいいと知らせてきたので、本船は岬《みさき》を回り、街《まち》から遠く離《はな》れた小さな入江《いりえ》に停泊《ていはく》して、水の補給《ほきゅう》をおこないました。そのあと三日ほど、南東の風が吹《ふ》くまでそこで待機《たいき》してから、こんどは七つ島諸島《しょとう》に向かいました。出港して三日目に海賊船《かいぞくせん》が追いついてきたのですが（船の造《つく》りからしてテレビンシアの海賊とわかりました）、こちらの武装《ぶそう》に隙《すき》がないのを見て、何本か矢を放ちあっただけで離れていきました――」

「あんな船など、追いかけて、乗っ取って、乗組員全員を吊《つ》るし首にしてやるべきだったのであります」リーピチープが息巻《いきま》いた。

「――それから五日後に、ミュイル島が見えてきました。ご存《ぞん》じのように、七つ島諸《しょ》島《とう》のなかでいちばん西方に位置《いち》する島です。ミュイル島に近づいたあと、本船はオールを使って海峡《かいきょう》を通過《つうか》し、日没《にちぼつ》ごろにブレン島のレッドヘイブンに入港[1]しました。ここでは下にも置《お》かぬ大歓迎《だいかんげい》を受け、食料《しょくりょう》も水もたっぷり積《つ》みこむことができました。で、六日前にレッドヘイブンを出港し、そのあとはずっと快調《かいちょう》に進んできておりますので、あさってには離《はな》れ島《じま》諸島が見えてくるだろうと思います。ここまでの行《こう》程《てい》を総括《そうかつ》いたしますと、出港してからほぼ三〇日が経過《けいか》し、ナルニアから四〇〇リーグ[2]以上《いじょう》進んできたことになります」

「離れ島諸島の先は？」ルーシーがたずねた。

「陛下《へいか》、それは誰《だれ》にもわかりません」ドリニアンが答えた。「離れ島諸島の住民《じゅうみん》が何か知っていれば話は別《べつ》ですが」

「ぼくらの時代には、住民たちは何も知らなかったな」エドマンドが言った。

「それでは」リーピチープが口を開いた。「離れ島諸島から先がほんとうの冒険《ぼうけん》ということになりましょう」

夕食の前に船内をひととおり案内《あんない》しましょう、とカスピアンが提案《ていあん》した。しかし、ルーシーはユースティスのことがどうしても気になって、「わたし、ユースティスのようすを見にいってあげないと。船酔《ふなよ》いは、ほんとうに苦しいものだから。むかしの薬酒があったら治《なお》してあげられるのに」と言った。

「ありますよ」カスピアンが言った。「すっかり忘《わす》れていました。陛下《へいか》が薬酒のびんを置《お》いていかれたあと、王家の至宝《しほう》に相当する貴重《きちょう》な品と考え、今回の航海《こうかい》に持ってきたのです。船酔いのようなつまらぬことに使うのはどうかとも思いますが」

「ほんの一滴《てき》使うだけですから」ルーシーが言った。

カスピアンはベンチの下の物入れを開け、ルーシーがおぼえていたとおりのダイヤモンドでできた美しい小びんを取り出した。「謹《つつし》んでお返しいたします、陛下」カス

1　Redhaven。「赤い港」の意。
2　距離《きょり》の単位。一リーグは五キロ弱だから、四〇〇リーグは約二〇〇〇キロ。

ピアンが言った。そして、一行《いっこう》はキャビンから太陽の光のもとへ出ていった。

船の甲板《かんぱん》には、マストの前方と後方に二つの細長い大きなハッチ[3]があって、どちらも扉《とびら》が開いていた。海が穏《おだ》やかなときは、船倉《せんそう》[4]に光と風を入れるために、いつもハッチを開けておくのだ。カスピアンが先頭に立って、船の後方のハッチから船倉へ続《つづ》く階段《かいだん》を下りていった。船倉は、船の漕《こ》ぎ手《て》がすわるために右端《みぎはし》から左端まで渡《わた》した長いベンチが何列も並《なら》んでいて、オールを出す穴《あな》からさしこんだ光が天井《てんじょう》にちらちらと躍《おど》っていた。もちろん、カスピアンの船は奴隷《どれい》に漕がせるガレー船のような苛《か》酷《こく》な船ではなく、オールは風が凪《な》いだときや港に出入りするときに使うだけで、そういうときには乗組員全員が交替《こうたい》でオールを握《にぎ》った（ただし、小さすぎて足が届《とど》かないリーピチープだけは例外《れいがい》だった）。ベンチの右端と左端はオールの漕ぎ手が足をふんばれるようにベンチの下には何も置《お》いてないが、中央の部分は、船の前から後ろまでベンチの下が貯蔵庫《ちょぞうこ》のようになっていて、船底《ふなぞこ》までの空間にいろいろなものが積《つ》みこんであった。小麦粉《こむぎこ》の袋《ふくろ》、水やビールのはいった大樽《おおだる》、豚肉《ぶたにく》の樽《たる》、はちみつの壺《つぼ》、ワインのはいった皮袋《かわぶくろ》、リンゴ、ナッツ、チーズ、ビスケット、カブ、ベーコンの大きなかたまり。天井《てんじょう》（というのは甲板《かんぱん》の裏側《うらがわ》になるわけだが）からは、ハムや玉ねぎが吊《つ》るしてあり、非番《ひばん》の水夫《すいふ》たちが寝《ね》るためのハンモックも吊るしてあった。カスピアンはベンチからベンチへと身軽に渡《わた》りながら一行《いっこう》を船尾《せんび》のほうへ案内《あんない》した。ベンチはカスピアンにとっては身軽に渡れる間隔《かんかく》だったのだが、ルーシーにとっては「身軽に渡る」と「飛び移る」の中間ぐらいで、リーピチープにとっては本気の「幅跳《はばと》び」だった。そのようにして、一行は船の最後尾《さいこうび》の壁《かべ》で仕切られた部分までやってきた。仕切り壁にはドアがついていて、カスピアンがドアを開けると、そこは船室になっていた。船尾楼《せんびろう》に作られたキャビンや個室《こしつ》のちょうど下の部分にあたるのだが、もちろん、船尾楼の部屋ほど居心地《いごこち》のいい空間ではなかった。天井がとても低く《ひく》、両側《りょうがわ》の壁は下へいくにしたがってすぼまっていたので、床《ゆか》と呼べるような部分はほとんどない。船室には分厚《ぶあつ》いガラスのはまった窓《まど》があったが、開けることはできな

3 船倉《せんそう》の出入口。上げ板式の扉《とびら》になっている。
4 甲板《かんぱん》の下、船底《ふなぞこ》までの空間のこと。

かった。というのは、喫水線《きっすいせん》より下に作られた窓《まど》だからだ。ちょうどこのときにも、船の縦揺《たてゆ》れにつれて、窓から金色の太陽の光が見えたかと思ったら、次の瞬間《しゅんかん》には窓は緑色ににごった海の水に閉《と》ざされてしまった。

「エドマンド、わたしたちはこの部屋で寝《ね》ることになります」カスピアンが言った。「寝棚《ねだな》はお連《つ》れの方に譲《ゆず》るとして、わたしたちはハンモックを吊《つ》ることにしましょう」

「いえ、陛下《へいか》、それは――」ドリニアンが口をはさんだ。

「いや、ドリニアン、もうこの話はついたはずだ」カスピアンが言った。「きみとリンス（一等航海士《いっとうこうかいし》で副船長《ふくせんちょう》）には船の航行《こうこう》を任《まか》せてある。わたしたちが歌ったりしゃべったりしているあいだも、夜どおし任務《にんむ》についてもらわなければならないことも少なくない。だから、きみとリンスには上の左舷《さげん》の船室を使ってもらいたい。エドマンド王とわたしは、下のこの船室でじゅうぶん快適《かいてき》に過《す》ごせるから。ところで、お連れのようすはどうかな？」

ユースティスは真《ま》っ青《さお》な顔をしかめて、いつになったら嵐《あらし》はおさまるのかとたずねた。それを聞いたカスピアンは「嵐？　何のことです？」と言い、ドリニアンは大《おお》笑《わら》いした。

「嵐《あらし》ですか、坊《ぼっ》ちゃん！」ドリニアンは大声をあげて笑った。「これ以上《いじょう》に穏《おだ》やかな海なんか、ありませんよ」

「あいつは誰《だれ》だ？」ユースティスが腹立《はらだ》たしげに言った。「追っぱらってくれ。あいつの声は頭に響《ひび》く」

「気分が良《よ》くなるお薬を持ってきたのよ、ユースティス」ルーシーが話しかけた。

「出ていけったら。放っといてくれ」ユースティスがうなった。それでも、ユースティスはルーシーの薬酒を一滴《てき》飲んだ。当人はひどい味だと言ったが、ルーシーが薬酒のびんを開けたとたんに船室の中にはかぐわしい香《かお》りが広がり、ユースティスも薬酒を飲んだあとすぐに顔色が良くなって、気分もましになったように見えた。というのは、嵐だの頭痛《ずつう》だの不満《ふまん》を並べたてて泣《な》き叫《さけ》ぶかわりに、こんどはただちに上陸《じょうりく》させてほしいと要求《ようきゅう》し、最初の寄港地《きこうち》で英国領事館《えいこくりょうじかん》におもむいて船の乗員全員に対

5　船が水に浮《う》いている時の水面の位置《いち》。

して「処分《しょぶん》を申し立ててやる」と脅《おど》しはじめたからだ。しかし、リーピチープから「処分」とは何のことか、どうやって「申し立てる」のかとたずねられると（リーピチープは、決闘《けっとう》を申《もう》し込《こ》む新しい作法《さほう》だと思ったらしい）、ユースティスは「しらばっくれるな」としか返事ができなかった。けっきょく、みんながかわるがわるユースティスに説明《せつめい》して、船は全速でいちばん近い陸地《りくち》めざして航行中《こうこうちゅう》であること、ユースティスをケンブリッジ（ハロルド叔父《おじ》さんの家があるところ）にもどすのは月に連《つ》れていくのと同じくらいに不可能《ふかのう》なこと、をわからせた。そのあと、ユースティスはしぶしぶながら用意された乾《かわ》いた服に着がえて甲板《かんぱん》に上がってくる気になった。

もう、みんなだいたい船の中のことはわかっていたが、いちおうカスピアンが船内を端《はし》から端まで案内《あんない》してまわった。船首楼《せんしゅろう》[6]に上がっていくと、金色に塗《ぬ》ったドラゴンの首の内部に作られた小さな見張《みは》り台《だい》に当番の水夫《すいふ》が立ち、ドラゴンの大きく開いた口の奥《おく》から前方を見張っていた。船首楼の中には調理場があり、水夫長や船大工《ふなだいく》や料理人《りょうりにん》や弓矢隊《ゆみやたい》の隊長《たいちょう》などの船室もあった。読者諸君《しょくん》は、船首のほうに調理室があると煙《けむり》が後ろへ流れて船全体が煙をかぶってしまうことになって不都合《ふつごう》だろうと思うかもしれないが、それはつねに風を切って進む蒸気船《じょうきせん》を思《おも》い描《えが》いているからだ。帆船《はんせん》の場合、背後《はいご》から風を受けて進むことになるので、においの出る場所はできるだけ船首近くに置《お》くのがいいのだ。カスピアンは一行《いっこう》を戦闘楼《せんとうろう》[7]にも案内《あんない》した。初《はじ》めて戦闘楼に上がったときには、船が揺《ゆ》れるたびにはらはらして、下の甲板《かんぱん》が遠く小さく見え、もしここから落ちたら甲板に着地できるとはかぎらない、海に落ちる可能性《かのうせい》だってあるかもしれない、と心配になった。そのあと、一行は船尾楼《せんびろう》に案内された。リンスともう一人の水夫《すいふ》が当直で、巨大《きょだい》な舵柄《かじづか》[8]を動かしていた。船尾楼の後方では金色に塗《ぬ》られたドラゴンのしっぽが高く巻《ま》き上《あ》がり、しっぽの内部には小さなベンチが作られていた。船の名は〈ドーン・トレッダー号〉[9]。わたしたちが見たことのある大型船《おおがたせん》

6　船首部でふつうの甲板よりも一段《いちだん》高く作られた部分。波を防ぎ、海戦《かいせん》の攻防《こうぼう》に便利であり、高くなった甲板の下は船室となる。
7　軍艦《ぐんかん》のマスト上に作られた円形の銃座《じゅうざ》。
8　舵《かじ》を操作《そうさ》するレバー。
9　Dawn Treader。「夜明けを踏破《とうは》する者」という意味。

にくらべたらとても小さな船だし、ルーシーやエドマンドが上級王ピーターの下でナルニアを治《おさ》めていた時代に見たさまざまなタイプの帆船《はんせん》にくらべても、とても小さな船だった。というのは、カスピアンの先代の王たちが統治《とうち》した時代に、ナルニアでは航海術《こうかいじゅつ》がすたれてしまったからだ。王位《おうい》を略奪《りゃくだつ》した叔父《おじ》のミラーズが七人の貴族《きぞく》たちを航海に送り出したとき、船はガルマから買わなくてはならなかったし、水夫《すいふ》もガルマ人を雇《やと》わなくてはならなかった。その後、カスピアン一〇世王の時代になってナルニア人はふたたび海に出るようになり、〈ドーン・トレッダー号〉はこれまでカスピアン王が建造《けんぞう》させた中で最高《さいこう》の船だった。この船はとても小さく、マストより前には中央にハッチがあり、片方《かたほう》にボートが積《つ》んであり、反対側《はんたいがわ》にはニワトリ小屋が作ってあったので（ニワトリに餌《えさ》をやるのはルーシーの仕事になった）、甲板《かんぱん》と呼べるスペースはほとんどないくらいだった。とはいえ、〈ドーン・トレッダー号〉は均整《きんせい》のとれた美しい船で、乗組員たちはこの船を「海の貴婦人《きふじん》」と呼《よ》んでいた。船の形は完《かん》璧《ぺき》で、船体は鮮《あざ》やかな色に塗《ぬ》られ、マストなど木材《もくざい》の造作《ぞうさく》やロープから固定用《こていよう》の杭《くい》にいたるまで丹精込《たんせいこ》めた作りとなっていた。もちろんユースティスは〈ドーン・トレッダー号〉には不満《ふまん》たらたらで、大型客船《おおがたきゃくせん》だのモーターボートだの飛行機《ひこうき》だの潜水艦《せんすいかん》だの自慢話《じまんばなし》ばかりしていた（「ほんとうは何も知らないくせに」とエドマンドがぶつぶつ言っていた）が、エドマンドとルーシーは〈ドーン・トレッダー号〉がすっかり気に入った。船尾楼《せんびろう》のキャビンにもどって夕食を待つあいだ、沈《しず》みゆく壮大《そうだい》な夕日の光であかね色に染《そ》まった西の空を眺《なが》め、船の揺《ゆ》れにからだをまかせ、くちびるに潮《しお》の味を感じ、世界の東の果《は》てにあるまだ見ぬ島々を想像《そうぞう》しながら、ルーシーは言葉にならない幸せをかみしめていた。

ユースティスがどう感じたかは、本人の言葉で語ってもらうのがいちばん手っ取り早いだろう。船に助け上げられた翌朝《よくあさ》、衣類《いるい》がぜんぶ乾《かわ》かされてもどってきたとき、ユースティスはさっそく黒い手帳と鉛筆《えんぴつ》を取り出して、日記をつけはじめた。この黒い手帳はユースティスがいつも肌身離《はだみはな》さず持ち歩いているもので、テストの点数を書きつけるのに使っていた。とくに好《す》きな教科があったわけではないのだが、ユースティスはテストの点数にこだわる性分《しょうぶん》で、ほかの生徒《せいと》たちに「ぼくの点はこうだったけど、きみは何点だった？」などと聞いてまわるのだった。しかし、〈ドーン・トレッダー号〉では点数がつくような機会《きかい》はなさそうなので、ユースティスは日記をつけることにしたのだ。最初《さいしょ》の日記には、こう書いてあった。

「八月七日。もしこれが夢《ゆめ》でないとしたら、このムカつくボロ船に乗せられてから二四時間たったことになる。おそろしい嵐《あらし》がたえまなくふきあれている（ぼくが船《ふな》よいしないのは、さいわいである）。巨大《きょだい》な波がしょっちゅう真正面からかぶさってきて、船が何度となく沈《しず》みそうになった。ほかの者たちはこのことにまるで無関心《むかんしん》なふりをしている。みえをはってのことなのか、それともハロルドが言うように平ぼんな人間がキキに直面したさいにおちいりやすい〈事実〉に対して目をつむってしまうという反応《はんのう》なのか、どちらなのかはわからないが。こんなしみったれた小舟《こぶね》で海に乗り出すなんて、とても正気とは思えない。きゅう命《めい》ボートとさほど変《か》わらない大きさの小舟なのだ。もちろん、内部のつくりもまるっきり古くさくて、ちゃんとした客用のサロンもなければ、無線《むせん》もないし、バスルームもなし、デッキチェアもない。きのうの夕方、船内をあちこち連《つ》れまわされたが、こんな子どもだましみたいな船をまるで

〈クイーン・メアリ号〉のようにじまんしまくるカスピアンを見ていると、はきけがする。ぼくは本物の船というのがどういうものなのかを説明《せつめい》してやろうとしたが、カスピアンは頭がにぶすぎて話にならない。㋓と㋸は、もちろん、ぼくのミカタなどしてくれなかった。㋸のようなガキは、きけんというものが理解《りかい》できないのだと思う。㋓のほうは、ほかの連中《れんちゅう》と同じく、㋕におべっかばかり使っている。どいつもこいつも㋕のことを〈王〉と呼《よ》ぶ。ぼくは共和《きょうわ》せいをしじすると言ってやったのだが、㋕のやつときたら、それはどういう意味かと聞いてきた！　まったく何もわかっていないらしい。言うまでもないが、ぼくは船の中で最悪《さいあく》の船室に入れられている。まるで地下ろうのような場所で、それにひきかえルーシーはカンパンの上の個室《こしつ》を丸々ひとりじめしている。ほかの場所とくらべたら、はるかにましな部屋と言わざるをえない。㋕は、このたいぐうは㋸が女の子だからだ、と言う。だから、いつもアルバータが言っていることを教えてやった。こういうあつかいこそがほんとうは女性《じょせい》の地位《ちい》をおとしめるものなのだ、と。しかし、㋕は頭がにぶすぎて理解できなかったらしい。それにしても、こんな穴《あな》ぐらにいつまでも閉《と》じ込《こ》められていたら、いずれぼくが病気になることはわかりきっている。㋓は、㋕でさえこの部屋でがまんして㋸に個室《こしつ》をあげようと言ってくれているのだから、もんくを言っちゃダメだ、と言う。たいした理くつだ。おかげで、この船室がますますせま苦《くる》しくひどいことになっているというのに。書きわすれていたが、船にはネズミみたいなやつも乗っていて、なまいきな口をたたいていばりちらしている。ほかの者たちはそれでがまんできるならかまわないが、ぼくに向かってえらそうな口をききやがったら、そのうちにヤツのしっぽをいたぶってやる。食べ物も、ひどくまずい」

ユースティスとリーピチープの衝突《しょうとつ》は、思ったより早くやってきた。翌日《よくじつ》の昼食前、みんながテーブルのまわりで席《せき》について食事が出されるのを待っていたとき（海の上ではおおいに食欲《しょくよく》が増《ま》すものだ）、ユースティスが自分の手でもう一方の手をつかんで大声でわめきながらキャビンに駆《か》けこんできたのだ。

「あのチビのけだものめ、ぼくを殺《ころ》す気か。あんなものはどっかに閉《と》じ込《こ》めておいてくれ。ただですむと思うなよ、カスピアン。その気になれば、あいつの死刑《しけい》も要求《ようきゅう》できるんだからな」

同時にリーピチープが姿《すがた》を見せた。剣《けん》を抜《ぬ》き、ひげを立てた恐《おそ》ろしい顔つきではあったが、いつもの礼儀《れいぎ》正《ただ》しさは失《うしな》っていなかった。

「みなさま、失礼《しつれい》をいたしました。とくに、女王陛下《へいか》には申《もう》し訳《わけ》ございません。あやつがここへ逃《に》げこむとわかっておりましたならば、もう少し時機《じき》を見てお仕置《しお》きしてやりましたものを」

「いったい何の騒《さわ》ぎなんだ？」エドマンドが聞いた。

何が起こったのかというと、こういうことだった。リーピチープはいつも船がもっと速く進まないのがもどかしくて、船の先端《せんたん》近く、ドラゴンの首のすぐ脇《わき》の波よけに腰《こし》をおろして東の水平線に目をこらし、ドリュアスに聞かされた子守唄《こもりうた》をチューチューと高い声で口ずさむのが好《す》きだった。船がどんなに揺《ゆ》れても、リーピチープはどこにもつかまらず、波よけの上で楽々とバランスを保《たも》っていた。おそらく、長いしっぽを波よけの内側《うちがわ》に垂《た》らしているおかげでバランスが保ちやすかったのだろう。船の乗員はみなリーピチープのこの習性《しゅうせい》をよく知っていて、見張《みは》り番《ばん》の水夫《すいふ》などは話し相手になってくれるリーピチープがそばにいるのを喜《よろこ》んでいた。さて、揺《ゆ》れる船の上でまともに歩くことすらおぼつかないユースティスが、いったい何の目的《もくてき》でよたよたと船首楼《せんしゅろう》まで行く気になったのかはわからないが、たぶん陸地《りくち》を見たいと思ったのだろう。あるいは、調理場をうろうろして何かにありつこうと思ったのかもしれない。とにかく、波よけの内側《うちがわ》に垂《た》れ下《さ》がっている長いしっぽを見たとたん（いかにもいたずら心を誘《さそ》っているように見えたのだろう）、ユースティスは、あのしっぽをつかんでネズミを上下逆《さか》さに何度か振《ふ》り回《まわ》して、そのあと走って逃《に》げて笑《わら》ってやったらどんなにおもしろいだろう、と思いついたのだった。初《はじ》めのうちは、まさに考えたとおりに運んだ。ネズミは大きなネコとさほど変《か》わらないくらいの重さしかなく、ユースティスはネズミをあっという間に波よけから引きずりおろして振り回した。小さな手足を目いっぱい広げて口を開けたまま振り回されるネズミは、ユースティスの目にはいかにもまぬけに見えて笑《わら》えた。しかし、あいにくリーピチープは百戦錬磨《ひゃくせんれんま》の勇士《ゆうし》であり、一瞬《いっしゅん》たりともあわてふためくことはなかったし、剣《けん》の腕《うで》が鈍《にぶ》ることもなかった。しっぽをつかまれて空中を振り回されながら剣を抜《ぬ》くのは容易《ようい》なことではないが、リーピチープはそれをやってのけた。そして次の瞬間《しゅんかん》、ユースティスは手を突《つ》き刺《さ》されるものすごい痛《いた》みをたてつづけに二回感じて、思わずネズミのしっぽを放した。ネズミはすぐに甲板《かんぱん》を跳《は》ねるボールのように宙返《ちゅうがえ》りして体勢《たいせい》を立て直し、ユースティスのほうに向き直って、焼《や》き串《ぐし》のように長くてぎらぎら光る鋭《するど》い剣《けん》をユースティスの腹《はら》から数センチのところに突きつけた（ナルニアにおいては、ネズミの場合、これはローブロー[10]とはみなされない。なぜなら、ネズミの身長ではそれより高い位置《いち》には届《とど》かないからである）。

「や、やめろ！」ユースティスはしどろもどろに言った。「あっちへ行け！　ぼくに剣を向けるな。危《あぶ》ないじゃないか。やめろと言っているのが聞こえないのか。カスピアンに言いつけるぞ。お前なんか、口輪《くちわ》をつけて縛《しば》り上《あ》げてもらうからな」

「腰抜《こしぬ》けめ、なぜ剣を抜かぬ！」甲高《かんだか》い声でネズミが言った。「剣を抜いて正々堂々《せいせいどうどう》と戦《たたか》え。さもなくば、剣のひらであざになるまで打ちすえてくれようぞ」

10　ボクシングでベルトのラインより下を攻撃《こうげき》すること。反則《はんそく》。

「剣《けん》なんか持ってないよ」ユースティスが言った。「ぼくは平和主義者《へいわしゅぎしゃ》なんだ。けんかはしない主義なんだ」

「それは、つまり」リーピチープはいったん剣を下ろし、厳《きび》しい口調で言った。「決《けっ》闘《とう》に応《おう》じるつもりがない、ということか？」

「何のこと言ってんのか、さっぱりわかんないよ」ユースティスが手をかばいながら言った。「ジョークが通じないんなら、おまえなんか相手にする気はないね」

「ならば、これを食《く》らえッ」リーピチープが言った。「それッ――おまえに礼儀作法《れいぎさほう》を教えてやる。もひとつッ――騎士《きし》に対する敬意《けいい》を教えてやる。食らえッ――ネズミに対する敬意を教えてやる。それッ――ネズミのしっぽに対する敬意を教えてやる」

一言ごとに、リーピチープは剣のひらでユースティスの尻《しり》を打った。リーピチープの細く鋭《するど》い剣はドワーフが鍛《きた》えに鍛えた鋼鉄製《こうてつせい》で、よくしなり、カバの枝鞭《えだむち》[11]に劣《おと》らぬ威力《いりょく》を発揮《はっき》した。言うまでもなく、ユースティスは体罰《たいばつ》をおこなわない方針《ほうしん》の学校に通っていたので、尻を鞭打《むちう》たれる経験《けいけん》は初《はじ》めてだった。そのせいか、揺《ゆ》れる船の上をまだ満足《まんぞく》に歩くことすらできないにもかかわらず、ユースティスは一分たらずで船《せん》首楼《しゅろう》から逃《のが》れて船の甲板《かんぱん》を前から後ろまで走り、船尾楼《せんびろう》のキャビンのドアを開けて飛《と》びこんだ。そして、すぐあとからカンカンに怒《おこ》ったリーピチープが飛びこんできた、というわけだった。さすがにユースティスも、ネズミの剣《けん》とカンカンに怒《おこ》ったネズミの勢《いきお》いはただごとではないと感じたのだろう。尻《しり》の痛《いた》みも、尋常《じんじょう》ではなかったにちがいない。

ユースティスがことの重大さを悟《さと》るのに、さほど時間はかからなかった。誰《だれ》もが本気で決闘《けっとう》の話を始め、カスピアンがユースティスに自分の剣を貸《か》そうと申し出て、ドリニアンとエドマンドがリーピチープよりはるかに体格《たいかく》の大きいユースティスに対して何かハンディをつけるべきかと相談しはじめたのを見て、ユースティスはしぶしぶ自分の非《ひ》を認《みと》めて謝《あやま》り、ルーシーの助けを借《か》りて手の傷《きず》を洗《あら》い流《なが》して包帯《ほうたい》を巻《ま》いてもらい、自分の寝棚《ねだな》にもどっていった。そして、尻をかばってそうっと横向きに寝床《ねどこ》にはいった。

11　強くてしなやかなカバの枝《えだ》を束《たば》ねて作った鞭《むち》。体罰《たいばつ》として、これで尻などをたたく。

3 離《はな》れ島諸島《じましょとう》

「島が見えたぞー！」船首で見張《みは》りをしていた当番が叫《さけ》んだ。ルーシーは船尾楼《せんびろう》でリンスと話をしていたが、はしご段《だん》を駆《か》け下《お》りて、船首のほうへ走っていった。とちゅうでエドマンドといっしょになり、船首楼に着いてみるとすでにカスピアンとドリニアンとリーピチープがいた。肌寒《はださむ》い朝で、空の色は灰色《はいいろ》に近く、海の色は暗い藍色《あいいろ》で、あちこちに小さな白波が立っていた。そして、右舷《うげん》前方に目をやると、離れ島諸島のなかでいちばん手前に位置《いち》するフェリマス島が海に浮《う》かぶなだらかな緑の丘《おか》のように横たわり、その奥《おく》にドゥーン島の灰色の起伏《きふく》が見えた。

「フェリマスも、ドゥーンも、むかしと変《か》わらないわ！」ルーシーが手をたたいて喜《よろこ》んだ。「ね、エドマンド、離れ島諸島を見るのは何年ぶりかしら！」

「離《はな》れ島諸島《じましょとう》がなぜナルニアの領地《りょうち》なのか、いまだにわからないのですが」カスピアンが言った。「ピーター上級王が征服《せいふく》されたのですか?」

「いや、ちがいますよ」エドマンドが言った。「ぼくらより前の時代から、離れ島諸島はナルニアの支配下《しはいか》でした――〈白い魔女《まじょ》〉の時代からだと思います」

(ところで、筆者自身も、この遠く離れた島々がどのようないきさつでナルニアの支配するところとなったのか、聞いたことがない。もしその話を聞く機会《きかい》があり、それがおもしろい話ならば、いずれ別《べつ》の本に書くこととしよう。)

「陛下《へいか》、この島に船を着けますか?」ドリニアンが声をかけた。

「フェリマスに上陸《じょうりく》しても、たいして何もないと思いますよ」エドマンドが言った。「ぼくらの時代にはフェリマスにはほとんど人が住んでいなかったし、見たところ、いまも同じような感じだから。人が住んでいるのは、おもにドゥーンで、アヴラにも少し人がいるけど――アヴラっていうのは三番目の島のことで、ここからはまだ見えないんですけどね。フェリマスはヒツジが放牧《ほうぼく》されてるだけだと思いますよ」

「それでは、あの岬《みさき》を回って、ドゥーンに上陸しますか」ドリニアンが言った。「この先はオールを漕《こ》いで進むことになるな」

「フェリマスに上陸《じょうりく》できないなんて、残念《ざんねん》だわ」ルーシーが言った。「またあの土地を歩いてみたかったのに。とってもひっそりとした島で――いい意味でひっそりしているってことよ。芝生《しばふ》やクローバーがしげっていて、空気が潮《しお》の香《かお》りを含《ふく》んでやわらかいの」

「わたしも少し足を伸《の》ばしたい気分だ」カスピアンが言った。「そうだ、こうしましょう。わたしたちだけボートで上陸したあと、ボートを船に帰して、フェリマス島を歩いて横断《おうだん》するんです。そして、島の反対側《はんたいがわ》で〈ドーン・トレッダー号〉に拾ってもらうというのは、どうでしょう？」

航海《こうかい》で数々の経験《けいけん》を積《つ》んだあとのカスピアンだったら、こんな提案《ていあん》はしなかっただろう。しかし、このときは、これがとてもいいアイデアに思われたのだ。「ええ、ぜひそうしましょうよ」ルーシーが言った。

「きみも来るだろう？」カスピアンがユースティスに声をかけた。甲板《かんぱん》に出てきたユースティスは、まだ手に包帯《ほうたい》をしていた。

「このしみったれた船から降《お》りられるんなら、なんだっていいさ」ユースティスが言った。

「しみったれた？」ドリニアンが口を開いた。「それはどういう意味ですかな？」

「ぼくが住んでいたような文明世界では、船というものはものすごく大きくて、乗っているあいだ海を航海《こうかい》しているかどうかなんてまったくわからないくらいの大きさなんだ」ユースティスが言った。

「だったら、船なんかに乗らずに陸《りく》にいても同じだな」カスピアンが言った。「ドリニアン、ボートを下ろすよう手配を頼《たの》む」

カスピアン王、ネズミのリーピチープ、ルーシーとエドマンドのペヴェンシーきょうだい、それにユースティスがボートに乗りこみ、フェリマスの浜《はま》に向かった。ボートがみんなを砂浜《すなはま》に降《お》ろして船へ帰っていったあと、ルーシーたちはふりかえって船を見た。〈ドーン・トレッダー号〉は意外なほど小さく見えた。

ルーシーは海の絵に吸《す》いこまれたときに海中で靴《くつ》を脱《ぬ》ぎ捨《す》てたので、もちろんはだしだったが、ふかふかした芝生《しばふ》を歩くぶんには何の問題もなかった。ふたたび陸に上がって土や草の香《かお》りを胸《むね》に吸《す》いこむと、心がはずんだ。初《はじ》めのうちしばらくは、まだ船の上にいるように地面が揺《ゆ》れる感じがしたが、それは船から降《お》りたあとにはよくあることだ。島は船の上よりずっと暖《あたた》かく、ルーシーは足の裏《うら》に当たる砂《すな》の感触《かんしょく》を楽しみながら歩いた。どこかでヒバリが鳴いていた。

一行《いっこう》は島の中ほどに向かい、低《ひく》いわりには険《けわ》しい丘《おか》を登った。丘の上からふりかえって見ると、船腹《せんぷく》からたくさんのオールを出した〈ドーン・トレッダー号〉がきらきら輝《かがや》く巨大《きょだい》な昆虫《こんちゅう》のような姿《すがた》でゆっくりと北西方向へ進んでいた。丘の頂《いただき》を越《こ》えると、船はもう見えなくなった。

そのかわりに、こんどは正面にドゥーン島が見えていた。フェリマス島とのあいだは幅《はば》一キロ半ほどの海峡《かいきょう》が隔《へだ》てている。ドゥーン島の背後《はいご》、左手側《がわ》に、アヴラ島が見えた。ドゥーン島のナローヘイヴン[1]の町が白く小さくくっきりと見えた。

「おや、あれはなんだ？」ふいにエドマンドが声を出した。

一行が下りていこうとしている緑の谷間に、六、七人の荒《あら》くれ男たちの姿が見えたのだ。みんな武器《ぶき》を身につけ、木の根方《ねかた》に腰《こし》をおろしている。

「こちらの正体は明かさないように」カスピアンが言った。

「陛下《へいか》、いかなる理由で？」リーピチープがたずねた。リーピチープはルーシーに誘《さそ》われて、その肩《かた》にちょこんと乗っかっていた。

「いま、思ったんだ」カスピアンが答えた。「ここの住民《じゅうみん》たちは、長いことナルニアからの便《たよ》りを聞いていないはずだ。だから、もうわれわれを支配者《しはいしゃ》と認《みと》めなくなっているおそれがある。とすると、王の身分を明かすことは、安全とは言いかねるかもしれない」

「こちらには剣《けん》がございますぞ、陛下」リーピチープが言った。

「ああ、リープ、たしかにそのとおりだ」カスピアンが答えた。「しかし、この三つの島をあらためて征服《せいふく》する戦《たたか》いを始めるのであれば、もう少し大きな軍隊《ぐんたい》を連《つ》れて出直したいところだね」

このときには、すでに一行《いっこう》は見知らぬ男たちの近くまで来ていた。男たちの一人で

1　Narrowhaven。狭《せま》い港、という意味。

黒い髪《かみ》をした大柄《おおがら》な男が、「よう、おはようさん！」と、大声で呼《よ》びかけてきた。

「おはようございます」カスピアンが答えた。「この離《はな》れ島諸島《じましょとう》には、いまでも総督《そうとく》がおられるのでしょうか？」

「もちろんさ」男が言った。「ガンパス総督といってな、ナローヘイヴンの町におられるわ。どうだい、おたくら、ちょいと腰《こし》をおろして一杯《いっぱい》つきあわんかね？」

カスピアンもほかのみんなも目の前にいる男たちの風貌《ふうぼう》があまり好《す》きになれなかったが、カスピアンが礼を言い、みんなは腰をおろした。しかし、コップを口に運ぶ間もなく、黒髪の男が仲間《なかま》たちにうなずいて合図をすると、五人はたちまち屈強《くっきょう》な男たちに羽交《はが》い締《じ》めにされてしまった。多少の抵抗《ていこう》はしたものの、男たちの腕力《わんりょく》は圧《あっ》倒的《とうてき》に強くて、すぐにみんな武器《ぶき》を取り上げられ、後ろ手に縛《しば》られてしまった。ただし、リーピチープだけは相手の腕《うで》の中で暴《あば》れまくり、激《はげ》しく嚙《か》みついて抵抗した。

「そいつに気をつけろ、タックス」リーダーの男が声をかけた。「けがをさせるなよ。このなかでいちばん高い値《ね》がつきそうだからな」

「臆病者《おくびょうもの》！　腰抜《こしぬ》け！」リーピチープが甲高《かんだか》い声をあげた。「剣《けん》を返してわたしの手足を自由にする勇気《ゆうき》もないのか」

「ヒューッ！」奴隷商人《どれいしょうにん》（それが男の正体だった）が口笛を吹《ふ》いた。「こいつ、しゃべりやがる！　こりゃ、たまげた。少なくとも一〇〇クレセントはつくだろうな」離《はな》れ島諸島《じましょとう》では、カロールメン国の〈クレセント〉が通貨《つうか》として使われていた。〈クレセント〉はイギリスの通貨〈ポンド〉の三分の一ほどの価値《かち》である。

「なるほど、それがおまえたちの正体だな」カスピアンが言った。「人をさらって奴隷に売るのか。ずいぶん見上げた商売だ」

「ほら、ほら、ほら」奴隷商人が言った。「生意気《なまいき》なことを言うんじゃない。おとなしくしてりゃ、みんな丸くおさまるってことよ。わかるか？　こちとら、遊びでやってんじゃねえんだ。人様と同じで、食うために働《はたら》いてるってことよ」

「わたしたちをどこへ連《つ》れて行くの？」ルーシーがやっとの思いで言葉を口に出した。

「向こう岸のナローへイヴンさ」奴隷商人が答えた。「あした、奴隷の市《いち》が立つんでね」

「そこには英国領事館《えいこくりょうじかん》はあるのか？」ユースティスがたずねた。

「何だって?」男が聞きかえした。

しかし、ユースティスが延々《えんえん》と説明《せつめい》を続《つづ》けるうちに、奴隷商人《どれいしょうにん》が話を打ち切った。

「ああ、もうたくさんだ。ネズミの話はおもしろいが、こいつのしゃべくりはきりがない。さ、行くぞ」

というわけで、四人の囚人《しゅうじん》たちはロープでつながれて、岸へ向かって歩かされた。ひどくきつく縛《しば》りあげられたわけではないが、ロープをゆるめて抜《ぬ》けるのは不可能《ふかのう》だった。リーピチープは、男の一人が抱《だ》きかかえて運んだ。口輪《くちわ》をかけるぞと脅《おど》されたので、リーピチープは嚙《か》みつくのはやめたが、それでも男たちをさんざん罵倒《ばとう》しつづけたので、ルーシーはそれを聞きながら、ネズミにあんなことを言われて奴隷商人はよくも怒《おこ》らないものだとひやひやしていた。しかし、奴隷商人は怒るどころか、リーピチープが息をつこうとして黙《だま》ると「ほれ、続きは?」とけしかけ、ときには「こりゃ、芝居《しばい》よりおもしれえ」とか「こいつ、ちゃんとわかってしゃべってるみたいじゃねえか!」とか「おめえたちがこいつに芸《げい》を仕込《しこ》んだのか?」などと言った。それを聞いたリーピチープはカンカンに怒り、しまいには言いたいことがありすぎて窒息《ちっそく》しそうになって、とうとう黙《だま》ってしまった。

ドゥーン島に面した海岸まで下りてくると、小さな村があった。岸には大型《おおがた》ボートがつないであり、その少し先に汚《きたな》くみすぼらしい船が浮《う》かんでいた。

「さあ、みんな乗った、乗った。おとなしくしてりゃ、泣《な》くようなことはせんから」と、奴隷商人《どれいしょうにん》が言った。

ちょうどそのとき、そばの建物《たてもの》（どうやら居酒屋《いざかや》らしい）からひげを生やしたりっぱな身なりの男が出てきて、奴隷商人に声をかけた。

「おう、パグ。また仕入れてきたのか？」

パグという名前らしい奴隷商人は馬鹿《ばか》ていねいなおじぎをし、相手に取り入ろうとする下心が見え見えの口をきいた。「はい、閣下《かっか》。ご明察《めいさつ》でございます」

「その若者《わかもの》はいくらで売る？」相手の男はカスピアンを指さしてたずねた。

「ほう」パグが応《おう》じた。「さすが閣下、お目が高《たこ》うございますな。二流のものにはだまされぬ鋭《するど》い目をお持ちでいらっしゃる。この子ですがね、じつは、わしもこの子が気に入りまして。だんだんかわいく思えてきちまったんですよ。いやぁ、わしのような性根《しょうね》の優《やさ》しい人間は、こういう商売には向きませんなあ。とはいえ、閣下《かっか》のご所望《しょもう》とあらば――」

「さっさと値《ね》をつけよ、ハゲタカめ」貴族《きぞく》らしい男が厳《きび》しい口調で言った。「おまえの汚《けが》らわしい商売の話など、長々と聞かされたくはないわ」

「それでは、閣下に免《めん》じまして、三〇〇クレセントで。ほかの客でしたらば、とてもこの値段《ねだん》では――」

「一五〇払《はら》おう」

「お願《ねが》いです、お願いします」ルーシーが口をはさんだ。「何をなさるにしても、わたしたちを別々《べつべつ》にしないでください。みなさんはご存《ぞん》じないでしょうけど――」しかし、ここでルーシーは口をつぐんだ。こうした状況《じょうきょう》になってもカスピアンが正体を明かしたくないと考えているようすが見て取れたからだ。

「それでは、一五〇で」貴族の男が言った。「お嬢《じょう》さん、すまないが、みんなまとめて買うことはできないのでね。パグ、わたしが買った若者《わかもの》のロープをほどいてやれ。それから、いいか、この子たちに手荒《てあら》な真似《まね》をするんじゃないぞ。さもないと――」

YOUCHAN

「どういたしまして！」パグが言った。「この稼業《かぎょう》でわしほど商品をだいじに扱《あつか》う紳士《しんし》がほかにおったら、お目にかかりたいもんですわ。なにしろ、わしは商品をわが子のように扱いますでな」

「よくも、ぬけぬけと」貴族《きぞく》の男が険《けわ》しい表情《ひょうじょう》で言った。

とうとう恐《おそ》れていた瞬間《しゅんかん》がやってきた。カスピアンのロープが解《と》かれ、新しく主人となった男が「さあ、こっちへおいで」と声をかけた。ルーシーはわっと泣《な》きだし、エドマンドはとほうに暮《く》れた顔で立ちつくしていた。しかし、カスピアンは肩《かた》ごしにふりむくと、「元気出して。最後《さいご》にはちゃんとなるから。じゃあ」と言って去っていった。

「さあさあ、嬢《じょう》ちゃん」パグが言った。「大泣きして顔をだいなしにするんじゃないよ、あした市《いち》があるんだからな。いい子にしてりゃ、泣くようなことにはならんよ、な？」

子どもたちはボートに乗せられて奴隷船《どれいせん》まで連《つ》れていかれ、甲板《かんぱん》の下の細長く薄暗《うすぐら》くて不潔《ふけつ》な船倉《せんそう》に閉《と》じこめられた。そこには、同じように連れてこられた囚人《しゅうじん》たちがいた。ご想像《そうぞう》どおり、パグは海賊《かいぞく》であり、船で島々を荒《あ》らして人をさらう旅からもどったところだったのである。ルーシーたちが知っている人は一人もいなかった。ほとんどはガルマやテレビンシアから連れてこられた人たちだった。ルーシーたちは藁《わら》を敷《し》いた床《ゆか》にすわり、カスピアンの身を案《あん》じる一方で、自分以外《いがい》の全員が悪いのだと文句《もんく》を並《なら》べつづけるユースティスをなだめるのに苦労《くろう》した。

一方のカスピアンは、ルーシーたちよりはるかにおもしろい経験《けいけん》をしていた。カスピアンを買い取った男は、二軒《けん》の家にはさまれた路地《ろじ》を抜《ぬ》けて村の裏手《うらて》のひらけた場所まで行き、そこでカスピアンと向きあった。

「わたしのことは怖《こわ》がらなくていい」男は言った。「おまえを悪いようにはしないから。わたしはおまえの顔にひかれて、おまえを買った。おまえを見ていると、ある人を思い出すのでね」

「それはどなたのことでしょう?」カスピアンが聞いた。

「わたしの主君であったナルニアのカスピアン王を思い出すのだ」

それを聞いたカスピアンは、ここで一《いち》か八《ばち》かの賭《か》けに出ることにした。

「卿《きょう》よ、わたしはそなたの主君だ。われこそはナルニアの王、カスピアン一〇世である」

「それはまた大それたことを」相手の男が言った。「そのようなことが真実であると、どうしてわかるのだ?」

「第一に、わたしの容貌《ようぼう》である」カスピアンは言った。「第二に、わたしはそなたの名を六回以内《いない》で言い当てることができる。そなたは、わが叔父《おじ》ミラーズが航海《こうかい》に送り出した七人の貴族《きぞく》のうちの一人であろう。わたしはその七人の消息を求《もと》めて海を渡《わた》り、こうしてやってきたのだ。アルゴス、バーン、オクテジアン、レスティマール、マヴラモーン、それから――それから――あとは忘《わす》れた。そして最後《さいご》に、わたしに剣《けん》を持たせるならば、相手が何者であろうと、一騎打《いっきう》ちの決闘裁判《けっとうさいばん》によってわれこそがカスピアン九世の息子《むすこ》カスピアン一〇世であり、ナルニアの正当なる王にして、ケア・パラヴェルの城主《じょうしゅ》であり、離《はな》れ島諸島《じましょとう》の皇帝《こうてい》であることを証明《しょうめい》してみせよう」

「いや、驚《おどろ》きました」相手の男が声をあげた。「父君《ちちぎみ》の声にそっくり、話しかたも父君そっくりでございます。殿下《でんか》――陛下《へいか》――」そして、その場で男は地面に膝《ひざ》をつき、王の手にキスをした。

「卿《きょう》がわがために支出《ししゅつ》した金銭《きんせん》は、わが国庫から弁償《べんしょう》することとしよう」カスピアンが言った。

「金はまだパグの財布《さいふ》にははいっておりません、陛下《へいか》」バーン卿が言った。その男はバーン卿だったのである。「そして、この先も、パグの財布に金がはいることはないでしょう。わたしはこれまで何百回も、総督《そうとく》に対して、このような極悪非道《ごくあくひどう》の人身売買をやめさせるよう申し入れをしてきたのですが」

「バーン卿よ」カスピアンが言った。「離《はな》れ島諸島《じましょとう》の現状《げんじょう》について、話しあう必要《ひつよう》がありそうだな。しかし、まず最初《さいしょ》に、閣下《かっか》の事情《じじょう》をお聞かせ願《ねが》いたい」

「それほど長い話ではございません、陛下」バーン卿が言った。「わたしはこの島までほかの六人といっしょにやってきて、この島の娘《むすめ》と恋《こい》に落ちたのです。航海《こうかい》にもそろそろ嫌気《いやけ》がさしておりましたが、かといって、陛下の叔父君《おじぎみ》が支配《しはい》しているナルニアにもどるという選択肢《せんたくし》もありませんでした。それで、わたしはここで結婚《けっこん》し、以《い》来《らい》ずっとここで暮《く》らしてきたのです」

「して、この総督《そうとく》のガンパスという男はどのような人物か？　ナルニアの王をいまでも主君と認《みと》めているのだろうか？」

「はい、言葉のうえでは。あらゆることが王の御名《みな》においてなされております。しかし、正真正銘《しょうしんしょうめい》のナルニア王御《おん》みずからが島においでになったと聞いて、ガンパスがはたして喜《よろこ》びますかどうか。もし陛下《へいか》が単身《たんしん》で武器《ぶき》も持たずにこの男の前にお出ましになったとすれば――そうですな、あの男のことですから、あからさまに不服従《ふふくじゅう》の態度《たいど》を取ることはないでしょうが、あなた様をまことの王とは信《しん》じないふりをするでしょう。陛下のお命が危険《きけん》にさらされることになろうかと存《ぞん》じます。陛下、海上にどのくらいの兵力《へいりょく》を残《のこ》しておいでになられたのですか？」

「船は、いまちょうど岬《みさき》を回ってくるところだ」カスピアンが言った。「戦《たたか》いになれば、剣《けん》を使える者は三〇名ほど。わが船を入港させてパグを襲《おそ》って、囚《とら》われている仲間《なかま》たちを救出《きゅうしゅつ》してはどうだろうか？」

「お勧《すす》めできませんな」バーン卿《きょう》が言った。「戦いが始まったと見るや、ナローヘイヴンから二、三隻《せき》の船がパグの援軍《えんぐん》として駆《か》けつけるでしょう。陛下は実際《じっさい》より兵力が大きいように見せかけて、王の名をもって敵《てき》を震《ふる》えあがらせる作戦《さくせん》がよろしいかと存《ぞん》じます。まともに戦《たたか》うのは得策《とくさく》ではありません。ガンパスは臆病者《おくびょうもの》ですから、脅《おど》しがきくと思います」

さらに少し話をしたあと、カスピアンとバーン卿《きょう》は村から少し西のはずれの海岸まで歩いていき、そこでカスピアンが角笛を吹《ふ》いた（これはナルニアの至宝《しほう》とされるスーザン女王の魔法《まほう》の角笛ではない。魔法の角笛は、王の不在《ふざい》中に万が一のことがあった場合に備《そな》えて、摂政《せっしょう》のトランプキンに預《あず》けてあった）。船上で合図を待っていたドリニアンがただちに王の角笛に気づき、〈ドーン・トレッダー号〉が岸に近づいてきた。そしてふたたびボートが出され、ほどなくカスピアンとバーン卿が〈ドーン・トレッダー号〉に乗りこんで、ドリニアン船長に状況《じょうきょう》を説明《せつめい》した。ドリニアン卿もカスピアン王と同じくただちに〈ドーン・トレッダー号〉を奴隷船《どれいせん》に横付《よこづ》けして乗《の》り移《うつ》るべきだと主張《しゅちょう》したが、ここでもバーン卿が異論《いろん》を唱《とな》えた。

「船長、この海峡《かいきょう》をまっすぐ進んで、アヴラ島のほうへ回りこんでください」バーン卿が説明した。「アヴラにはわたしの領地《りょうち》があります。しかし、その前にまず王の旗《はた》を揚《あ》げ、すべての盾《たて》を船べりから外に見せ、できるだけ多くの兵士《へいし》を戦闘楼《せんとうろう》に配置《はいち》するのです。そして、ここから矢の射程《しゃてい》の五倍ほどの距離《きょり》まで進んだところで、左舷《さげん》に海が見わたせる位置《いち》まで来たら、信号《しんごう》の旗を揚げるのです」

「信号? 誰《だれ》に?」ドリニアン卿《きょう》がたずねた。

「それはもちろん、実際《じっさい》には存在《そんざい》しない王の艦隊《かんたい》に対してですよ。そうすれば、ガンパスは大艦隊が控《ひか》えていると思いこむかもしれません」

「ほほう、なるほど」ドリニアン卿が両手をもみあわせながら言った。「相手にわがほうの信号を読ませるわけですな? で、内容《ないよう》は?『全艇《ぜんてい》はアヴラの南を回って』——どこに集結《しゅうけつ》せよ、と?」

「バーンステッド[2]です」バーン卿が言った。「それで結構《けっこう》。艦隊の移動《いどう》は——艦隊があったとしての話ですが——ナローヘイヴンからは見えませんから」

カスピアンは、パグの奴隷船《どれいせん》に閉《と》じこめられてつらい思いをしている仲間《なかま》を気《き》の毒《どく》に思ったが、その日一日をおおいに楽しんだ。その日の午後遅《おそ》く(というのは、移動はすべてオールの力でおこなわなければならなかったので)、ドゥーン島の北東のはずれで針路《しんろ》を右へ取り、つづいて針路を左に転じてアヴラ島の岬《みさき》を回ったあと、〈ドーン・トレッダー号〉はアヴラ島の南岸にあるバーンステッドの港にはいった。海岸まで広がっている眺《なが》めのよい斜面《しゃめん》には、雇《やと》い人《にん》たちが畑仕事にはげんでいるのが見えた。バーン卿《きょう》に雇われて働《はたら》いている人々はみな自由民《じゆうみん》で、バーン卿の領地《りょうち》は平和で繁栄《はんえい》していた。ここで一行《いっこう》は島に上陸《じょうりく》し、王にふさわしいもてなしを受けた。湾《わん》を見下ろすバーン卿の屋敷《やしき》は、低《ひく》い屋根の下に柱がたくさん並《なら》んだ建物《たてもの》だった。バーン卿の優《やさ》しい妻《つま》と陽気な娘《むすめ》たちが饗応《きょうおう》の座《ざ》を華《はな》やかに盛《も》りあげた。しかし、日が暮《く》れたあと、バーン卿はドゥーン島へボートで使者を送り、カスピアンたちには詳《くわ》しく説明《せつめい》しなかったが、翌日《よくじつ》に備《そな》えての手はずを命じた。

2　Bernstead。バーンの所有地、の意。

4　カスピアンの計略《けいりゃく》

翌朝《よくあさ》、バーン卿《きょう》はまだ早い時刻《じこく》に客人たちのところへやってきて、朝食のあと、部下の兵士《へいし》たちを完全武装《かんぜんぶそう》させるようカスピアンに進言した。「何より重要《じゅうよう》なのは、一分《いちぶ》の隙《すき》もなく武装を整え、一点の曇《くも》りもなく磨《みが》きあげておくことです。全世界から注目を浴《あ》びる中で高貴《こうき》な王者として重大な初戦《しょせん》に臨《のぞ》む朝のごとくに」カスピアンはバーン卿の言うとおりにした。そのあと、カスピアンと兵士たちはバーン卿とその部下たちとともに三隻《せき》のボートに分乗し、ナローヘイヴンに向けて出発した。ボートの船尾《せんび》には王旗《おうき》がひるがえり、王のそばにはラッパ手が控《ひか》えていた。

一行《いっこう》がナローヘイヴンの桟橋《さんばし》に到着《とうちゃく》すると、多くの住民《じゅうみん》が迎《むか》えに出ていた。「昨夜《さくや》わたしが指示《しじ》を出したのは、これだったのです」バーン卿が言った。「ここに集

YOUCHAN

まっておるのは、みなわたしの味方であり、正直な者たちです」カスピアンが上陸《じょうりく》すると、それを待っていたかのように群衆《ぐんしゅう》のあいだから「ナルニア！　ナルニア！　王様万歳《ばんざい》！」と歓呼《かんこ》の声が響《ひび》いた。同時に、これもバーン卿《きょう》の指図《さしず》だったのだが、町のあちこちでいっせいに鐘《かね》が鳴らされた。王の旗《はた》が高々と掲《かか》げられ、ラッパ手がラッパを吹《ふ》きならし、兵士《へいし》全員が剣《けん》を抜《ぬ》いて晴れやかに勇《いさ》みたつ表情《ひょうじょう》で行進し、通りに兵士の靴音《くつおと》が響き、天気のよい日だったので朝日が鎧《よろい》かぶとに反射《はんしゃ》して、じっと見つめていられないほどのまばゆさだった。

初《はじ》めのうち、歓声《かんせい》をあげていたのはバーン卿からの伝令《でんれい》で前もってナルニア王の到《とう》着《ちゃく》を知らされていた住民《じゅうみん》だけで、また、王の来訪《らいほう》を歓迎《かんげい》する人々だけだった。しかし、そのうちに町じゅうの子どもたちが集まってきた。子どもは行列が大好《だいす》きで、それに、こんな行列はめったに見られないからだ。つぎに集まってきたのは、学校の生《せい》徒《と》たちだった。生徒たちも行列が好きだったし、騒《さわ》ぎが大きくなればその日の授業《じゅぎょう》が中止になるかもしれないと考えたからだった。そのうちに、あちこちの家の戸口や窓《まど》から老女《ろうじょ》たちが顔をのぞかせて言葉をかわし、歓声をあげた。なにしろ、王様の行列なのだ。総督《そうとく》などとは格《かく》がちがう。やがて、町じゅうの若《わか》い女たちが見物に加《くわ》わった。老女《ろうじょ》たちと同じ理由に加えて、カスピアンやドリニアンをはじめとする兵士《へいし》たちの凜々《りり》しい姿《すがた》にひかれたからだ。そして、若い女たちが夢中《むちゅう》になっているものを見ようとして、若い男たちも集まってきた。そんなわけで、カスピアンの行列が城門《じょうもん》までやってくるころには、ほとんど町じゅうの人たちが歓声《かんせい》をあげていた。城《しろ》の奥《おく》で勘定書《かんじょうがき》だの申請書《しんせいしょ》だの規則《きそく》だの法令《ほうれい》だのを前にして鈍《にぶ》い頭を悩《なや》ませていたガンパス総督の耳にも、町の人々の歓声は届《とど》いていた。

城門の前でカスピアンのラッパ手はラッパを盛大《せいだい》に吹《ふ》き鳴《な》らし、大音声《だいおんじょう》をはりあげた。「開門、開門！　ナルニア王の到着《とうちゃく》である！　王におかれましては、おぼえめでたき忠臣《ちゅうしん》たる離《はな》れ島諸島《じましょとう》総督の引見《いんけん》をお望《のぞ》みである！」当時、離れ島諸島ではありとあらゆることについて規律《きりつ》がゆるみ、だらけていたので、このときも小さな通用門が開いただけで、頭にかぶとではなく薄汚《うすぎたな》い帽子《ぼうし》をかぶっただらしない服装《ふくそう》の男が出てきた。手に持った槍《やり》は錆《さ》びついていた。男は目の前に整列したまばゆい兵士たちを見て目をパチクリさせ、「そーっくかっかにゃ、あいえつならん」と言った（本人は「総督閣下《そうとくかっか》には拝謁《はいえつ》ならぬ」と言ったつもり）。「予約《よやく》なしのあいえつは、毎月第二土曜の、夜九時ッから一〇時まで！」

「ナルニア王の前だぞ、かぶりものを取れ、犬め」バーン卿《きょう》がどなりつけ、籠手《こて》をつけた手で相手の頭をはたいたので、男の帽子《ぼうし》が吹《ふ》っ飛《と》んだ。

「へ？　何だよ、いったい？」門番がぶつぶつ言いはじめたが、誰《だれ》も相手にしなかった。カスピアンの兵士《へいし》二人が通用門から中にはいり、何もかもが錆《さ》びついていたので多少手間取ったものの、かんぬきをはずして門扉《もんぴ》を両側《りょうがわ》へいっぱいに開け放った。王と兵士たちが大またで中庭へ進んでいった。中庭では総督の衛兵《えいへい》たちがぶらぶらしており、あちこちの戸口からも衛兵たちが口もとをぬぐいながらあわてて中庭へ出てきた。衛兵の鎧《よろい》はろくに手入れもしていないひどい状態《じょうたい》だったが、それでも、上からの命令《めいれい》があれば、あるいはいま何が起ころうとしているのかを理解《りかい》すれば、応戦《おうせん》してくる可能性《かのうせい》のある相手だったから、ここは緊迫《きんぱく》した場面だった。カスピアンは衛兵たちに考えるいとまを与《あた》えず下問《かもん》した。

「隊長《たいちょう》はどこにいるのか？」

「あ、オレだけど。オレが隊長《たいちょう》だけど？」めかしこんだ服装《ふくそう》のだらけた若《わか》い男が答えた。この男は鎧《よろい》さえ身につけていなかった。

カスピアンが言った。「わが領土《りょうど》たる離《はな》れ島諸島《じましょとう》を訪《おとず》れるにあたり、できうれば、なんじ臣民《しんみん》らに恐怖《きょうふ》を与えることなく、歓《よろこ》びをもって迎《むか》えられることが、予《よ》の望《のぞ》みである。したがって、そなたたちの鎧かぶとや武器《ぶき》の手入れの悪さをとがめたいところではあるが、きょうのところはこれを免《めん》じてつかわす。予の健康《けんこう》を祝《しゅく》して兵《へい》たちに杯《さかずき》をあげさせるため、ワインの樽《たる》を開けよ。ただし、あす正午には、この中庭にて閲兵《えっぺい》をいたす。ごろつきのごとき身なりではなく、衛兵《えいへい》にふさわしい身なりにて集合させるように。心してかからぬと、予のおおいなる不興《ふきょう》を招《まね》くことになろうぞ」

隊長はあっけにとられていたが、バーン卿《きょう》がすかさず「国王万歳《ばんざい》！」と叫《さけ》んだので、衛兵たちも、ワインの樽が開けられるらしいということ以外《いがい》は何ひとつ理解《りかい》していなかったものの、いっしょになって「万歳！」と叫んだ。そのあと、カスピアンは

1　中世の騎士《きし》が甲冑《かっちゅう》とともに身につけた、肘《ひじ》から先の部分をおおう鋼鉄製《こうてつせい》の長手《ながて》袋《ぶくろ》。

部下の兵士《へいし》たちの大半を中庭に残《のこ》し、バーン卿《きょう》とドリニアン卿と四人の兵士だけを連《つ》れて城《しろ》の中へはいっていった。

広間のいちばん奥《おく》にすえた大机《おおづくえ》のむこう側《がわ》に、いろいろな役目の秘書《ひしょ》たちをはべらせて、離《はな》れ島諸島《じましょとう》の総督《そうとく》がすわっていた。ガンパスは気難《きむずか》しい顔をした男で、かつて赤毛だった頭髪《とうはつ》はほとんど灰色《はいいろ》になっていた。書類《しょるい》から顔を上げて見知らぬ男たちがはいってくるのを目にしたガンパスは、書類に視線《しせん》をもどし、機械的《きかいてき》な口調で「予約《よやく》なしの謁見《えっけん》は毎月第二土曜の夜九時から一〇時まで」と言った。

カスピアンはバーンに目配《めくば》せし、わきへ離《はな》れた。バーンとドリニアンが一歩前に出て、右と左から机の両端《りょうはし》をつかんで持ち上げ、広間の壁《かべ》に向かって放り投げた。机はひっくりかえり、手紙や書類やインクびんやペンや封蝋《ふうろう》[2]が飛《と》び散《ち》った。そして、手《て》荒《あら》な扱《あつか》いこそしなかったものの、バーンとドリニアンが鋼鉄《こうてつ》のような手でがっしりと両脇《りょうわき》からガンパスをつかんで椅子《いす》から引きずり下ろし、一メートルほど離れた場所に、椅子と向かいあう形で床《ゆか》にすわらせた。カスピアンはただちにガンパスに代わって椅子にすわり、抜《ぬ》き身《み》の剣《けん》を膝《ひざ》の上に置《お》いた。

「総督《そうとく》にもの申す」カスピアンはガンパスを見すえて言った。「歓迎《かんげい》の作法《さほう》を知らぬのか。予《よ》はナルニアの王であるぞ」

「外交文書の一通もいただいておりませぬがな」総督が口を開いた。「覚書《おぼえがき》もいただいておりませぬ。そのようなお知らせは、何も届《とど》いておりません。まったくもって異《い》例《れい》なことで。こちらとて、歓迎の意志《いし》がないわけではござりませぬが——」

「予は総督の働《はたら》きぶりを視察《しさつ》するために参《まい》ったのである」カスピアンが続《つづ》けた。「とくに釈明《しゃくめい》を求めたい事項《じこう》が二点ある。第一に、離《はな》れ島諸島《じましょとう》からナルニア王室に対する貢《みつ》ぎ物《もの》が届いたという記録《きろく》が、ここ一五〇年ほどにわたって存在《そんざい》せぬが」

「それは来月の評議会《ひょうぎかい》において議題《ぎだい》といたしましょう」ガンパスが言った。「来年最《さい》初《しょ》の議会《ぎかい》において調査委員会《ちょうさいいんかい》を設置《せっち》して島の財政《ざいせい》記録を報告《ほうこく》すべしという動議《どうぎ》が出ましたならば、その際《さい》には……」

「この件《けん》については、わが王国の法《ほう》にはっきりと定められておる」カスピアンが言葉

2　手紙の封《ふう》をするのに使う蠟《ろう》。

を続《つづ》けた。「貢《みつ》ぎ物《もの》が届《とど》けられぬ場合には、負債全額《ふさいぜんがく》を離《はな》れ島諸島《じましょとう》の総督《そうとく》の私費《しひ》から支払《しはら》うこと、と」

これを聞いて、ガンパスはようやく本気になった。「とんでもない、そのようなことは経済的《けいざいてき》に不可能《ふかのう》です。その……その、陛下《へいか》、ご冗談《じょうだん》としか思えませんが」

言葉を濁《にご》しながら、ガンパスは内心ではこのめんどうな訪問者《ほうもんしゃ》どもをどう始末《しまつ》してやろうかと考えていた。もしカスピアンの兵力《へいりょく》が軍艦《ぐんかん》たった一隻《せき》ぶんの手勢《てぜい》しかいないとわかっていたら、この場をなんとか穏便《おんびん》におさめておいて、あとで夜陰《やいん》に乗じて一行《いっこう》を皆殺《みなごろ》しにしてしまおうと考えただろう。しかし、ガンパスは前日に海峡《かいきょう》を通過《つうか》する軍艦を見ていた。そして、その軍艦が信号旗《しんごうき》を揚《あ》げるのを見た。おそらく艦《かん》隊《たい》に向けたものであろうと思われた。海峡を通過していく船がナルニア王の軍艦だとは、そのときはわからなかった。風がなくて、金色のライオンを描《えが》いた王旗《おうき》がひるがえっていなかったからだ。そこで、ガンパスはしばらく様子を見ることにしたのだった。いま、ガンパスはカスピアンがバーンステッドの港に大艦隊を停泊《ていはく》させているものと想像《そうぞう》していた。たった五〇人足らずの兵隊《へいたい》を率《ひき》いてナローへイヴンに乗《の》り込《こ》んで島の支配権《しはいけん》を奪《うば》おうとする者がいようとは、想像《そうぞう》もしなかった。ガンパス自身は、そんなことを思いつくような頭の持ち主ではなかったのだ。

「第二に」と、カスピアンが続《つづ》けた。「忌《い》まわしく非人間的《ひにんげんてき》な奴隷貿易《どれいぼうえき》を許《ゆる》しておる理由を説明《せつめい》されたい。奴隷貿易は、わが領土《りょうど》における古来の慣習《かんしゅう》に反しておる」

「それは必要《ひつよう》にしてやむをえないことなのであります」ガンパスが言った。「この離《はな》れ島諸島《じましょとう》の経済発展《けいざいはってん》にとって欠《か》くべからざるものである、と断言《だんげん》いたします。わが離れ島諸島の現在《げんざい》の繁栄《はんえい》は、これなくしてはありえないものです」

「奴隷は何のために必要なのか？」

「輸出《ゆしゅつ》するのでございます、陛下《へいか》。おもにカロールメンへ輸出いたしておりますが、ほかにも輸出先はございます。わが離れ島諸島は奴隷貿易の一大中心地なのでございます」

「ということは、奴隷はこの島で働《はたら》かせるわけではないということだな」カスピアンは言った。「奴隷貿易など、パグのような輩《やから》に金儲《かねもう》けをさせる以外《いがい》に、何の目的《もくてき》があるのか」

「陛下《へいか》はまだお若《わか》いから、おわかりにならないのでしょうが」と、ガンパスが父親のように寛容《かんよう》ぶった笑《え》みをうかべて言った。「これには経済的《けいざいてき》な利点《りてん》があるのですよ。統計《とうけい》を見ても、グラフを見ても、おわかりになると思いますが――」

「歳《とし》は若かろうとも、奴隷貿易《どれいぼうえき》の内情《ないじょう》はそなたと同じように承知《しょうち》しておる。しかも、奴隷貿易が離《はな》れ島諸島《じましょとう》に何ひとつ益《えき》をもたらさぬこともわかっておる。肉も、パンも、ビールも、ワインも、材木《ざいもく》も、キャベツも、本も、楽器《がっき》も、馬も、鎧《よろい》かぶとも、奴隷貿易がもたらすものは何ひとつない。いずれにせよ、奴隷貿易はやめなくてはならぬ」

「しかし、それは時計の針《はり》を逆回《ぎゃくまわ》しするに等しい暴挙《ぼうきょ》ですぞ」総督《そうとく》はあえぐような口ぶりになっていた。「陛下は、進歩とか発展《はってん》という変化《へんか》の概念《がいねん》をお認《みと》めにならないのですか」

「そのていどの変化など、卵《たまご》にさえ起こるようなものだ。ナルニアでは、そういう変化を『腐《くさ》る』と呼《よ》ぶ。このような貿易はやめなくてはならない」

「そのようなことになれば、わたくしとしては責任《せきにん》を負いかねます」ガンパスが言った。

「よろしい。それでは、そなたを解任《かいにん》する」カスピアンが言った。「バーン卿《きょう》、こちらへ」いったい何が起こっているのかガンパスが理解《りかい》できないでいるうちに、バーン卿が王の前にひざまずき、王がバーン卿の両手をみずからの両手で包《つつ》んだ。そして、バーン卿がナルニア古来の慣習《かんしゅう》と正義《せいぎ》としきたりと法律《ほうりつ》に従《したが》って離《はな》れ島諸島《じましょとう》を統治《とうち》する、と宣誓《せんせい》をおこなった。カスピアンが言った。「総督《そうとく》はもう必要《ひつよう》ない。今後はバーン卿を公爵《こうしゃく》とし、〈離れ島諸島公爵〉と称《しょう》することとする」

「ガンパス、貢《みつ》ぎ物《もの》について、そなたの支払《しはら》い義務《ぎむ》は免除《めんじょ》してつかわそう。ただし、あすの正午までに、そなたは一族郎党《いちぞくろうとう》を連《つ》れてこの城《しろ》を去るように。この城は、これより公爵の公邸《こうてい》とする」

「あの、ちょっと。ふざけた話はそれくらいにしてもらえませんかね」ガンパスの秘《ひ》書《しょ》の一人が口を開いた。「くだらん芝居《しばい》はやめて、まともに交渉《こうしょう》しようじゃありませんか。要《よう》は――」

「要は」と、バーン公爵が言葉の続《つづ》きを引き取った。「おまえたちクズどもが鞭《むち》で打たれないうちにさっさと出て行くか、それとも、鞭《むち》で打たれないと出ていけないのか、ということだ。どちらでも、望《のぞ》むようにしてやるぞ」

話が片《かた》づいたあと、カスピアンは馬を引かせた。城《しろ》には、手入れはまるで行《い》き届《とど》いていないものの、何頭かの馬がいた。カスピアン、バーン、ドリニアンら数人は馬にまたがり、町の奴隷市場《どれいいちば》に向かった。奴隷市場は港の近くにある低《ひく》くて奥行《おくゆ》きの長い建物《たてもの》で、中でおこなわれていたのはふつうの競《せ》りと同じようなことだった。人がたくさん押《お》しかけ、一段《いちだん》高くなった台の上にパグが立って、だみ声をはりあげていた。

「さあ、みなさん、次は二三番だ。テレビンシア出身のじょうぶな農夫《のうふ》だよ。炭鉱《たんこう》によし、ガレー船によし。年齢《ねんれい》はまだ二五にもなっとらんし、虫歯は一本もない。おまけに筋骨隆々《きんこつりゅうりゅう》ときた。シャツを脱《ぬ》がせろ、タックス。みなさんに見ていただくんだ。どうだい、この筋肉《きんにく》！　胸《むね》の厚《あつ》みをご覧《らん》あれ。はい、そこの隅《すみ》の旦那《だんな》から一〇クレセントのお声だよ。旦那、一〇はご冗談《じょうだん》でしょう。はい、一五クレセント！　一八！　さあさあ、二三番に一八クレセント！　一八以上《いじょう》のお声は？　はい、二一！　ありがとうございい。二一のお声がかかったよ――」

そこへ武装《ぶそう》した男たちが鎧《よろい》をガシャガシャ鳴らしながら近づいてきたので、パグは口をぽかんと開けたまま言葉を失《うしな》った。

「ひざまずけ、皆《みな》の者。ナルニア王のご来臨《らいりん》である」バーン公爵《こうしゃく》の声が響《ひび》いた。建物《たてもの》の外からは、馬具の音やひづめの音が聞こえた。王が上陸《じょうりく》したという噂《うわさ》や城《しろ》で何かあったらしいという噂を聞いた者たちも少なくなかったから、ほとんどの者が命じられたとおりにひざまずいた。立ったままでいた者も、まわりの者に引《ひ》っ張《ぱ》られてひざまずいた。万歳《ばんざい》の声をあげる者もいた。

「パグ、そちは昨日《きのう》、王たる予《よ》を襲《おそ》った罪《つみ》で死罪《しざい》が相当である」カスピアンが言った。

「しかし、無知《むち》ゆえのこととして、今回は見のがしてつかわす。奴隷貿易《どれいぼうえき》は、先ほど、わが全所領《ぜんしょりょう》において禁止《きんし》することとした。この場にいる奴隷は全員自由の身とする」奴隷たちのあいだからあがった歓声《かんせい》を制《せい》して、カスピアンが続《つづ》けた。「わたしの友人たちはどこにいるか?」

「あの可愛《かわい》らしい嬢《じょう》ちゃんと、感じのいい坊《ぼっ》ちゃんのことですかい?」パグがへつらい笑《わら》いをうかべて言った。「あの二人なら、あっという間に売れちまいまして――」

「ここよ、カスピアン！」「こっちだ！」ルーシーとエドマンドの声がした。そして、別《べつ》の場所から「陛下《へいか》、こちらに控《ひか》えておりまする」というリーピチープの甲高《かんだか》い声が聞こえた。三人ともすでに売られたあとだったが、買い主がほかの奴隷《どれい》も落札《らくさつ》しようと市場に残《のこ》っていたので、まだよそへ連《つ》れていかれずにすんでいたのだ。人ごみが左右に分かれ、ルーシーたち三人が前のほうへ進み出てきて、カスピアンと手を取り合い、喜《よろこ》びあった。そこへ、カロールメンの商人二人が足早に近づいてきた。カロールメン人は肌《はだ》の色が浅黒《あさぐろ》く、長いひげをたくわえ、ゆったりとした丈《たけ》の長い服を着て、頭にオレンジ色のターバンを巻《ま》いた、賢《かしこ》くて裕福《ゆうふく》で礼儀《れいぎ》正しく無慈悲《むじひ》で古めかしい人たちだった。二人の商人はカスピアンに対して馬鹿《ばか》ていねいなおじぎをしたあと、「繁栄《はんえい》の湧《わ》きいずる泉《いずみ》こそは倹約《けんやく》と美徳《びとく》の花園をうるおすものでございまして」うんぬんと長たらしい社交辞令《しゃこうじれい》を並《なら》べたが、要《よう》するに本音《ほんね》は奴隷に支払《しはら》った金を返してほしいということだった。

「たしかに、あなたがたの言うとおりだ」カスピアンは言った。「きょう奴隷を買った者たちは、支払った代金を返してもらうがよい。パグ、おまえの稼《かせ》ぎを最後《さいご》の一ミニムまですべてここに出せ」（一ミニムは一クレセントの四〇分の一）。

「陛下《へいか》、わしに物乞《ものご》いに落ちろとおっしゃるんで？」パグがなさけない声を出した。

「おまえはこれまでずっと他人の悲しみの上に富《とみ》をむさぼってきた」カスピアンが応《おう》じた。「たとえ物乞いに落ちたとしても、奴隷《どれい》になるよりはましだろう。ところで、わたしのもう一人の友人は、どこにいるのだ？」

「ああ、あいつですかい？」パグが言った。「どうぞ、さっさと連《つ》れてってください。やれやれ、ようやくやっかい払《ばら》いができる。あんなに買い手のつかんクズは、生まれてこのかた見たことがありませんや。しまいにゃ五クレセントに値下《ねさ》げしたのに、それでも買い手がつきゃしねえ。ほかの奴隷と抱《だ》き合《あ》わせにしてただでくれてやると言っても、誰《だれ》もほしがらねえ。手を出す者もいなけりゃ、目をくれる者もいやしねえ。タックス、あのふくれっ面《つら》を連れてこい」

こうして、ユースティスが連れてこられた。たしかに、ユースティスはふくれっ面をしていた。誰だって奴隷に売られたくはないが、買い手さえつかないとあっては、さぞおもしろくなかったことだろう。ユースティスはカスピアンの前までやってきて、こう言った。「なるほどね、やっぱりそうか。ぼくたちが囚《とら》われの身になっていたあいだ、あんたはどこかで楽しくやってたんだな。その調子じゃ、英国領事館《えいこくりょうじかん》もまだ見つけてないんだろう。どうせ、そんなことだろうと思ったよ」

その晩《ばん》、一行《いっこう》はナローへイヴンの城《しろ》で豪勢《ごうせい》なもてなしを受けた。やがて、寝間《ねま》に下がるときになって、リーピチープが一人一人に向かって頭を下げ、「あしたこそ、本物の冒険《ぼうけん》の始まりですな！」と言った。しかし、冒険は「あした」どころか、しばらくのあいだ始まらなかった。というのも、ここから先は誰《だれ》も知らない世界へと船を進めることになるだけに、念《ねん》には念を入れた準備《じゅんび》が必要《ひつよう》だったからだ。〈ドーン・トレッダー号〉は乗組員や積み荷《に》をぜんぶ降《お》ろし、ローラーの上を八頭の馬で引かれて陸《りく》にあげられ、隅《すみ》から隅まで熟練《じゅくれん》した船大工《ふなだいく》たちの手で修理《しゅうり》がほどこされた。そのあと、船はふたたび海に浮《う》かべられ、食料《しょくりょう》と水を積めるだけ積みこんだ。積めるだけといっても、それは二八日ぶんで、それでは東に向かって一四日間航海《こうかい》した時点で島か陸が見つからなければ冒険をあきらめて引き返すしかないということだと考えて、エドマンドはがっかりした。

〈ドーン・トレッダー号〉の修理《しゅうり》が続《つづ》くあいだ、カスピアンはナローヘイヴンに住むベテランの船乗りたちをかたっぱしからたずねまわって話を聞き、離《はな》れ島諸島《じましょとう》より東にある陸地《りくち》のことを知らないか、噂《うわさ》だけでも耳にしたことはないか、と質問《しつもん》した。カスピアンは城《しろ》に蓄《たくわ》えられていたエール[3]を気前よくふるまい、短く刈《か》りこんだ白いひげに澄《す》んだ青い目をした往年《おうねん》の海の男たちから話を聞いたが、ほとんどがとんでもない与太話《よたばなし》ばかりだった。正直そうな船乗りの口からも、離れ島諸島より東に陸地があるという話は聞くことができず、多くの船乗りたちは、どこまでも東へ向かって船を進めれば最後《さいご》には島ひとつない大海原《おおうなばら》が永遠《えいえん》に渦《うず》を巻《ま》きつづけている世界の果《は》てに行き着き、「おそらく、陛下《へいか》のご友人がたはそのあたりで海の底《そこ》に沈《しず》んだんじゃないかと思います」と言うばかりだった。それ以外《いがい》に聞けた話といえば、首なし人間が住んでいる島の話とか、海に浮《う》かんでいる島の話とか、海上を走る竜巻《たつまき》の話とか、海の上で燃《も》える火の話など、突拍子《とっぴょうし》もない話ばかりだった。ひとつだけ、リーピチー

3　ビールの一種《いっしゅ》。

プを喜《よろこ》ばせる話を語った者がいた。「そんで、その先は、アスランの国なのさ。けど、それはこの世の果《は》てのもっと先にあって、そこに行くことはできねえんだ」カスピアンとリーピチープはその話をもっと詳《くわ》しく聞こうとしたが、水夫《すいふ》は「これは親父《おやじ》から聞いた話でさ」と言うばかりだった。

バーン公爵《こうしゃく》の口からも、かつて六人の仲間《なかま》たちが東へ向けて出航《しゅっこう》するのを見送り、それが六人の見おさめだった、という話しか聞けなかった。その話が出たのは、バーン公爵とカスピアンが二人でアヴラ島のいちばん高い丘《おか》に登り、東方に広がる海を眺《なが》めながら話をしたときだった。「朝、よくここに登ってきたものです」バーン公爵が言った。「そして、海から昇《のぼ》る朝日を眺めたものでした。日によっては、太陽が昇ってくる東の果てがほんの三キロばかり先としか思えないようなときもありました。わたしは東へ向かった友たちのことを思い、あの水平線のむこうにはいったい何があるのだろう、と思いをめぐらしたものです。おそらく何もないのでしょうが、それでも、わたしはいつも自分一人がここに残《のこ》ったことを恥《は》じ入《い》る気もちにならずにはおられません。陛下《へいか》、ここにとどまってくださるわけにはいきませんか？　陛下のお力が、まだまだ必要《ひつよう》ではないかと思うのです。奴隷市場《どれいいちば》を閉鎖《へいさ》したことで、世界の情勢《じょうせい》が変《か》わるかもしれません。カロールメンと戦争《せんそう》になるのではないか、とわたしは見ております。陛下《へいか》、考えなおしていただけませんか」

「バーン公よ、わたしは誓《ちか》いを立てたのだ」カスピアンが答えた。「いずれにせよ、リーピチープが納得《なっとく》しないだろうよ」

5 嵐《あらし》と、そのあとに起こったこと

一行《いっこう》が離《はな》れ島諸島《じましょとう》に上陸《じょうりく》して三週間近くが過《す》ぎたころ、ようやく、〈ドーン・トレッダー号〉は引き船に引かれてナローへイヴンの港を出ることになった。出港の日にはたいへん厳粛《げんしゅく》な別《わか》れの挨拶《あいさつ》があり、黒山《くろやま》の人だかりが船出を見送った。離れ島諸島の住民《じゅうみん》たちを前にしてカスピアンが最後《さいご》のスピーチをおこない、公爵《こうしゃく》一家との別れを惜《お》しむあいだ、万歳《ばんざい》の声が鳴《な》り響《ひび》き、涙《なみだ》を流す人たちもいた。しかし、〈ドーン・トレッダー号〉が紫色《むらさきいろ》の帆《ほ》をゆるやかにはためかせながらしだいに遠ざかり、船尾楼《せんびろう》から水面《みなも》をわたって届《とど》くラッパの音が小さくなっていくにつれて、見送る人々も静《しず》かになった。一方、〈ドーン・トレッダー号〉のほうは、いよいよ風を受けて進みはじめた。帆が風をはらんで大きくふくらみ、引き船が離れて港へ漕《こ》ぎもどっていき、外洋に出て最初《さいしょ》の波が船首に砕《くだ》けたとき、〈ドーン・トレッダー号〉は息を吹《ふ》き返《かえ》したように見えた。やがて非番《ひばん》の水夫《すいふ》たちが船倉《せんそう》へ下りていき、ドリニアン船長が船尾楼《せんびろう》で見張《みは》りに立ち、船はアヴラ島の南を回って、東へ針路《しんろ》をとった。

それから数日間は、快適《かいてき》な船旅だった。ルーシーは、毎朝日がさめるたびに水面《みなも》に反射《はんしゃ》した朝の光が船室の天井《てんじょう》に躍《おど》るのを眺《なが》め、離《はな》れ島諸島《じましょとう》で手に入れた防水《ぼうすい》ブーツや編上《あみあ》げ靴《ぐつ》やマントや革《かわ》のベストやスカーフなどのすてきな品々に目をやるたびに、世界一の幸せをかみしめるのだった。そのあとルーシーは甲板《かんぱん》へ出ていき、船首楼から海を眺めた。青い海は日ごとに明るい色に変《か》わっていき、胸《むね》に吸《す》いこむ潮風《しおかぜ》も日ごとに暖《あたた》かくなっていった。やがて朝食の時間になるのだが、誰《だれ》もが船旅ならではの旺盛《おうせい》な食欲《しょくよく》を見せた。

ルーシーはしょっちゅう船尾の小さなベンチに腰《こし》をおろし、リーピチープとチェスのゲームを楽しんだ。ネズミには大きすぎるチェスの駒《こま》を両手で抱《かか》えるようにして動かすリーピチープの姿《すがた》は、笑《わら》いを誘《さそ》った。チェス盤《ばん》の中央に近い場所へ駒を動かすときには、ネズミの背丈《せたけ》ではつま先立ちにならないと手が届《とど》かなかった。リーピチープはチェスが強く、ちゃんとゲームに集中していれば、たいていはリーピチープが勝った。しかし、たまにルーシーが勝つこともあった。リーピチープは、たとえばナイト[1]をクイーン[2]とルーク[3]の両方から狙《ねら》われる場所へ動かす、というような馬鹿《ばか》な失敗《しっぱい》をおかすことがあるからだ。こういうことになるのは、チェスが遊びであることを忘《わす》れて現実《げんじつ》の戦《たたか》いを想像《そうぞう》してしまうからで、リーピチープはナイトの駒《こま》に自分自身を重ねあわせて、自分だったら実際《じっさい》の戦いでこう動く、という場所へ駒を動かしてしまうのだ。リーピチープの頭の中は、絶体絶命《ぜったいぜつめい》の戦い、死か栄光《えいこう》かの突撃《とつげき》、決死の抗戦《こうせん》、といった勇《いさ》ましい光景《こうけい》でいっぱいなのである。

しかし、こうした楽しい日々も長くは続《つづ》かなかった。ある日の夕方、ルーシーが船《せん》尾《び》にいて船の引く長い澪《みお》[4]をぼんやりと眺《なが》めていたとき、西の空に不気味《ぶきみ》な雲が現《あらわ》れて、ものすごい速さで大きくなっていくのが見えた。と思ったら、雲にぱっくりと裂《さ》け目《め》が開いて、そこから夕日の黄色い光がさした。船の後方に見える波はどれも見たことのない異様《いよう》な形で、海は汚《よご》れたキャンバスのようなくすんだ黄色に濁《にご》っていた。空気が冷《つめ》たくなってきた。船は、背後《はいご》に迫る危険《きけん》を察知《さっち》したかのように不安定《ふあんてい》な動き

を見せはじめた。帆《ほ》は風を失《うしな》ってだらりと力なく垂《た》れたかと思うと、次の瞬間《しゅんかん》には

いっぱいに風をはらんで張《は》りきった。ルーシーがそうした変化《へんか》に気づき、風の音が運

んでくる不気味《ぶきみ》な変化にとまどっていたとき、ドリニアン船長の声が響《ひび》いた。「全員、

甲板《かんぱん》へ!」たちまち、船の上は大忙《おおいそが》しになった。ハッチは水がはいらないよう当て

木を当てて閉《し》められ、調理場で使っていた火が消され、水夫《すいふ》たちがマストに登って帆

をたたみはじめた。しかし、帆をたたみおえる前に嵐《あらし》がやってきた。ルーシーの目

には、船のすぐ前方で海が大きな谷間のようにぱっくりと口を開け、船がその中へ

1　「ナイト」は「騎士《きし》」の意味で、駒《こま》は馬の首から上の形をしている。前後どちらでも縦《たて》二コマ+横一コマまたは左右どちらでも横二コマ+縦一コマの位置《いち》に進むことができ、ほかの駒を飛《と》び越《こ》すこともできる。

2　女王の形をした駒で、縦横斜《なな》めのどの方向にも何コマでも進むことができるが、ほかの駒を飛び越すことはできない。

3　城《しろ》の形をした駒で、縦横に何コマでも進むことができるが、ほかの駒を飛び越すことはできない。

4　船の通ったあとに水がうねってできる波のすじ。

突《つ》っこんで、信《しん》じられないほどの深みへ落ちていくのが見えた。マストよりはるかに高い灰色《はいいろ》の水の壁《かべ》が左右から迫《せま》ってきて、もうだめかと思ったが、船は一瞬《いっしゅん》何かに放り上げられたように大波の上に乗った。と思ったら、こんどは船体がコマのように回転した。滝《たき》のような波が船を襲《おそ》い、甲板《かんぱん》が荒《あ》れ狂《くる》う波の下に沈《しず》んで、船首楼《せんしゅろう》と船尾《せんび》楼《ろう》だけが荒海《あらうみ》に浮《う》かぶ孤島《ことう》のように見えた。マストの上では水夫《すいふ》たちが帆桁《ほげた》に腹《はら》ばいでしがみついて必死《ひっし》に帆《ほ》をたたもうとしていた。ちぎれたロープが風に吹《ふ》かれて水平に振《ふ》られ、まるで火《ひ》かき棒《ぼう》が風に振り回《まわ》されているように見えた。

「女王陛下《へいか》、下りてください！」ドリニアンのどなり声が聞こえた。船に慣《な》れない人間は水夫たちのじゃまになるだけなので、ルーシーは言われたようにしようとしたが、船尾楼から下りるのも簡単《かんたん》ではなかった。〈ドーン・トレッダー号〉の船体は右に大きく傾《かたむ》き、甲板が家の屋根のように傾斜《けいしゃ》していたからだ。ルーシーは手すりにつかまりながら船尾楼の甲板を這《は》うようにしてはしご段《だん》の上端《じょうたん》まで行き、下から上がってきた水夫二人を先に通してから、そろそろとはしご段を下りていった。はしご段にしっかりとつかまっていたのは幸いだった。はしご段を下りきったところで船がまた

YOUCHAN

大波をかぶり、ルーシーは肩《かた》まで水につかってしまったのだ。すでに波しぶきや雨で全身がずぶ濡《ぬ》れになっていたが、海の水はもっと冷《つめ》たかった。ルーシーはキャビンのドアめがけて走り、中に駆《か》けこんでドアを閉《し》めた。その瞬間《しゅんかん》、船が恐《おそ》ろしいスピードで暗い嵐《あらし》の海に突《つ》っこんでいく光景《こうけい》は目の前から消えたが、船体がきしむ音、うめくような音、何かがピシッと切れる音、ガタガタと物が転がる音、荒《あ》れ狂《くる》う波の音、船腹《せんぷく》に波がドーンと当たる音は、船尾楼《せんびろう》の甲板《かんぱん》にいたときよりもっと恐ろしく聞こえた。

翌日《よくじつ》も、さらにその翌日も、嵐は吹《ふ》き荒《あ》れた。嵐が始まる前のことが思い出せなくなるほど長いあいだ、海は荒れつづけた。舵柄《かじづか》にはつねに三人の水夫《すいふ》がしがみついていなければならず、三人で力を合わせても船の舵《かじ》を取るにはほど遠い状態《じょうたい》だった。それに、水を汲《く》み出《だ》すポンプにも、つねに何人もの人手が必要《ひつよう》だった。水夫たちはほとんど休む間もなしに働《はたら》き、食事を作ることもできず、濡れた服を乾《かわ》かす暇《ひま》もなかった。一人の水夫が海に転落して行方不明《ゆくえふめい》になった。太陽が顔を見せた時間は一瞬《いっしゅん》もなかった。

嵐《あらし》がおさまったとき、ユースティスは日記に次のように書いた。

「九月三日。ようやく、やっと、字が書けるじょうたいになった。一三日のあいだ、夜も昼も、ハリケーンにまきこまれて大変《たいへん》な目にあった。一三日間というのは、ちゃんと気をつけて数えていたからわかるのだ。ところが、ほかの連中《れんちゅう》はみんな、一二日間だったと言う。まったく、数もまともに数えられないような連中ときけんな航海《こうかい》に乗り出すとは、ゆかいな話もいいところだ！　それにしても、大波にさんざんゆられて、ほとんどいつもずぶぬれで、まともな食事を出そうとする者さえいなくて、まったくひどい目にあった。言うまでもなく、この船には無線《むせん》もないし、信号弾《しんごうだん》さえそなえていないから、きゅう助《じょ》を求《もと》める手《しゅ》だんもなかったのだ。それ見ろ、ぼくがずっと言ってきたとおりになったではないか。こんなオンボロ船で海に乗り出すなんて正気《しょうき》とは思えない、と。まともな乗組員がいてさえ、とんでもない航海なのに、

5　帆《ほ》を張《は》るためにマストの上に渡《わた》した横木《よこぎ》。

人間の皮をかぶったアクマどもと乗り合わせるなんて、最悪《さいあく》だ。カスピアンとエドマンドのざんこくさといったら、言葉もない。マストが折《お》れた夜など（いまでは付け根《つね》の部分しか残《のこ》っていない）、ぼくが体調がひどく悪いと言っているのに、カスピアンとエドマンドはぼくをむりやりカンパンへ引きずっていって、どれいのようにこき使った。ルーシーのやつもよけいな口をはさんで、リーピチープでさえあんなに小さくなければカンパンに出てはたらくと言ってるのよ、などと言いやがった。あのネズミヤローのやることなんか、一から十までただの見せびらかしだということが、どうしてわからないのだろうか。ルーシーの年なら、それくらいわかってもよさそうなものなのに。きょう、オンボロ船はようやく水平にうかんで、太陽も出て、これからどうするかという相談になった。食料《しょくりょう》は、ろくでもないものばかりだが、とにかくあと一六日ぶんはある。ニワトリはみんな波にさらわれてしまったが、たとえぶじだったとしても、あの大嵐《おおあらし》では卵《たまご》をうまなくなっただろう。問題は、水だ。水のタルが二個《こ》、何かに当たって穴《あな》が開いたらしく、からになっていた（これひとつ見ても、ナルニアのレベルがわかるというものだ）。水のはいきゅうを切りつめて一人一日三〇〇㎖にすれば、一二日はもつらしい（ラム酒とワインはまだたっぷりあるが、連中《れんちゅう》でさえ、酒を飲めばよけいにのどがかわくだけだということぐらいはわかっているらしい）。

可能《かのう》ならば、言うまでもなく、ここでただちに西へ方向てんかんして離《はな》れ島諸島《じましょとう》にもどるべきだろう。しかし、ここまで来るのにすでに一八日かかっているわけだし、それもほとんどずっとぼう風《ふう》にふかれてめちゃくちゃに飛《と》ばしてのことである。たとえ東風に乗れたとしても、もどるにはもっと多くの日数が必要《ひつよう》になるだろう。しかも、いま現在《げんざい》、東風がふきそうなけはいはまったくない——というより、いま、風はまったくふいていない。オールをこいでもどるにしても、それでは日数がかかりすぎるし、カスピアンは水のはいきゅうが一日に三〇〇㎖ではオールをこぐのはムリだと言う。ぼくに言わせれば、そんな説《せつ》はまちがいに決まっている。発汗《はっかん》によって体温を下げることができるのだから、からだを動かしていればふだんより少ない水でたりるはずだと説明《せつめい》してやったが、カスピアンは聞く耳を持たない。答えを考えつけないときは、カスピアンはいつもこの手を使う。ほかの連中《れんちゅう》は、みんなこのまま進んで陸《りく》が見つかるほうにかける、と言う。ぼくは言ってやるのがギムだと思ったから、この先へ進んでも陸《りく》があるとはかぎらないことや、希望的《きぼうてき》かんそくのきけん性《せい》を指《し》てきしてやった。しかし、やつらはもっとマシな計画を考えることには頭を使わないで、あつかましくもぼくに何かていあんがあるのかとたずねてきた。だから、ぼくは冷《れい》せいちんちゃくな口調で言ってやった。自分はユウカイされてこのバカげた船旅にまきこまれただけで、乗りたいと思ってこの船に乗っているわけではない、だからきみたちがこまろうとどうしようとぼくの知ったことではないのだ、と。

九月四日。無風《むふう》が続《つづ》く。食事の分量《ぶんりょう》はひじょうに少なく、ぼくのぶんはほかの連《れん》中《ちゅう》よりさらに少ない。カスピアンは料理《りょうり》のもりつけをじつにこうみょうにかげんしていて、ぼくがそのことに気づいていないと思っているのだ！　ルーシーは、どういうコンタンか知らないがぼくのきげんを取ろうとして、自分の食べ物をぼくに分けてくれようとしたが、口うるさいエドマンドのやつが横からじゃまして止めやがった。太陽がかなり暑い。夜中じゅう、ひどく口がかわく。

九月五日。あいかわらず無風で、ひどく暑い。一日じゅう気分が最低《さいてい》。熱《ねつ》があるにちがいない。もちろん、この船には体温計などというしゃれたものはない。

九月六日。最悪《さいあく》の一日だった。夜中に目がさめて、どう考えても熱《ねつ》がある感じだったので、とにかく水を飲まなければいけないと思った。どの医者に聞いたって、そう言うにちがいない。天も知ってのとおり、ぼくはけっして不正《ふせい》をするような人間ではないが、飲み水のせいげんが病人にまでてき用されるとは夢《ゆめ》にも思わなかった。じっさい、誰《だれ》かを起こして水を持ってきてくれとたのめばよかったのだが、他人を起こすのは自分かってすぎると考えたのだ。そこで、ぼくは起きあがり、コップを持って、寝室《しんしつ》に使っているカスピアンとエドマンドを起こさないようおおいに気を使いながら、〈ブラック・ホール〉からしのび足で外に出た。というのも、この暑さと水不足《みずぶそく》が始まっていらい、あの二人でさえ夜はよくねむれないようだからだ。ぼくという人間は、相手がこちらに良《よ》くしてくれようと、そうでなかろうと、いつも相手のことを思いやる性格《せいかく》なのだ。とにかく、ぼくはぶじに大べや（あれをへやと呼《よ》べるならの話）に出た。オールでこぐときのベンチとかにもつとかがならんでいる部屋だ。水はこの大べやのいちばんはじっこにある。万事《ばんじ》じゅんちょうだったが、コップで水をくむ前に、思いがけずケチなスパイに見つかった。リープのやつだ。ちょっと外の空気をすおうと思ってカンパンに上がるところだったと説明《せつめい》したのだが（水のことは、ネズミには関係《かんけい》ない話だ）、ネズミのやつめ、それならなぜコップを持っているのだ、とつめよってきた。ネズミがさわいだものだから、全員が目をさましてしまい、ぼくのことをドロボーあつかいしはじめた。ぼくとしては、とうぜん、リーピチープのほうこそ夜中に水ダルのそばをうろついているのはなぜだ、と問いただしてやった。すると、ネズミは、自分は小さすぎてカンパンでは何の役にも立てないから、せめて夜のあいだくらい水の番をして、一人でも多くの水夫《すいふ》がねむれるようにしているのだ、という。そして、なんと全員がネズミの言い分を信《しん》じた。まったく、こういうのが連中《れんちゅう》の最《さい》低最悪《ていさいあく》なところなのだ。すくいがたい。

ぼくはその場でしゃざいせざるをえなかった。あやまらなければ、ぶっそうなチビめが剣《けん》をふりかざして向かってこようとしたからだ。そのあと、カスピアンがとうとう残《ざん》ぎゃくな暴君《ぼうくん》の正体を現《あらわ》して、全員に聞こえるように大きな声で、これからは水を「ぬすんだ」ところを見つかった者は「二ダースのけい」[5]だと言った。それがどういう意味なのか、エドマンドから聞いてやっとわかった。ペヴェンシーのやつらが読むような本には、そういうことが書いてあるらしい。

そうやってひきょうな言葉でみんなをおどしつけたあと、カスピアンはこんどはい人ぶった顔になって、ぼくに対して気のどくに思うなどと言い、でもみんな同じように熱《ねっ》っぽい感じがしているのだ、全員でがまんしてがんばろう、うんぬんかんぬん、とゴタクをならべやがった。なまいきなムカつくヤローだ。きょうは一日じゅう寝《ね》だなの中で過《す》ごした。

九月七日。ほんの少し風が出た。しかし、まだ西風だ。ほの一部を使って、東へ何キロかは進んだ。ドリニアンが〈応急《おうきゅう》マスト〉とかいうものに、ほの残《のこ》っている部分をはったのだ。〈応急マスト〉というのは、ようするに、バウスプリット[6]をタテにして、本物のマストの残った根もとにしばりつけたものだ。あいかわらず、ひどくの

5　鞭《むち》で二四回打たれる刑罰《けいばつ》。
6　帆船《はんせん》の船首から先へ伸《の》びている棒《ぼう》のこと。ここに帆《ほ》を張る場合もある。

どがかわく。

九月八日。いぜんとして東へ進んでいる。このごろは、ぼくは一日じゅう寝《ね》だなに横になっている。昼間はルーシーが顔を見せるだけだが、夜になると例《れい》の二人のアクマどもが寝にもどってくる。ルーシーは、自分にわりあてられた水を少しだけぼくに分けてくれる。女の子は男の子ほどのどがかわかないのだという。そうじゃないかと思っていたが、こういうことは海の上ではもっと広く知られるべき事実である。

九月九日。陸《りく》が見えた。南東の方向、はるか先に、ひじょうに高い山が見える。

九月一〇日。山がだんだん大きくはっきりと見えるようになってきたが、まだかなりキョリがある。カモメを見た。ものすごくひさしぶり。何日ぶりだろう?

九月一一日。魚をつって、それが昼食に出た。午後七時ごろ、切り立った山だらけの島の入江《いりえ》にはいり、水深三ヒロ[7]の地点にイカリを下ろした。カスピアンのバカが上陸《じょうりく》を禁止《きんし》しやがった。もう暗くなるから、やばん人《じん》やモウジュウが出るといけない、と言って。今夜は水の特別《とくべつ》はいきゅうがあった」

この島で一行《いっこう》を待ち受けていた運命は、ほかの誰《だれ》よりもユースティスにとっての大《だい》事件《じけん》だったのだが、それをユースティス本人の言葉で語ってもらうことはできない。というのは、九月一一日以降《いこう》、長いあいだにわたって、ユースティスは日記をつけることを忘《わす》れていたからである。

翌朝《よくあさ》、空は灰色《はいいろ》の雲が低くたれこめて蒸《む》し暑《あつ》く、船上から見わたすと、入江《いりえ》の周《しゅう》囲《い》は断崖《だんがい》やゴツゴツした岩のそそり立つ絶壁《ぜっぺき》だらけで、ノルウェーのフィヨルドのような風景《ふうけい》だった。正面に見える入江の奥《おく》に狭《せま》いけれども平らな場所があり、スギのような木がびっしり生えていた。そして、木々のあいだから一本の急流が流れ出ていた。スギ林の奥は険《けわ》しい上り斜面《しゃめん》になっていて、てっぺんはギザギザの尾根《おね》で、その先にほの暗い山影《やまかげ》が重なり、山頂《さんちょう》はどんよりとした灰色の雲におおわれて見えなかった。入江の両側《りょうがわ》に迫《せま》っている絶壁にはあちこちに白い糸のようなものが見え、誰の目にも滝《たき》だとわかったが、船からは遠すぎて、流れ落ちる水の勢《いきお》いも見えなければ、水

7　ヒロは「尋《ひろ》」。一尋は水深約一・八メートル。

音も聞こえなかった。あたり一帯《いったい》はしんと静《しず》まりかえり、入江《いりえ》の水面《みなも》は鏡《かがみ》のようになめらかで、周囲《しゅうい》の崖《がけ》の風景《ふうけい》が細かいところまでくっきりと水に映《うつ》って見えた。絵に描《か》いた風景ならば美しく見えるかもしれないが、現実《げんじつ》にこれを目《ま》のあたりにすると、周囲の崖が重く押《お》し迫《せま》ってくるようで、近づく者を拒《こば》む雰囲気《ふんいき》があった。

船の乗員全員が二艇《てい》のボートに分乗して上陸《じょうりく》し、川で心ゆくまで水を飲み、顔を洗《あら》い、朝食をとり、一休みした。そのあと、カスピアンが四人の水夫《すいふ》を船にもどし、残《のこ》りの者たちは仕事にとりかかった。やることは山ほどあった。水の樽《たる》は陸地《りくち》へ運んで、傷《きず》のあるものは修理《しゅうり》できるならば修理をし、すべての樽に水を詰《つ》めて、船にもどさなければならない。新しいマストを作るために、木を一本切り倒《たお》さなくてはならない。できれば、マツの木を。帆《ほ》も修繕《しゅうぜん》しなくてはならない。衣類《いるい》も洗濯《せんたく》をし、破《やぶ》れたところを繕《つくろ》わなくてはならない。狩猟隊《しゅりょうたい》が作られ、野生の動物をしとめるために出かけていった。船も、小さな傷が数えきれないほどたくさんできているので、それを修理しなくてはならない。〈ドーン・トレッダー号〉はナローへイヴンを出港したときの勇《いさ》ましい船と同じものとはとても思えないような姿《すがた》で、こうして少し遠くから眺《なが》めてみると、なおさら傷みが目立って見えた。いまの〈ドーン・トレッダー号〉は満身創痍《まんしんそうい》の色あせた老朽船《ろうきゅうせん》、あるいは難破船《なんぱせん》も同然《どうぜん》だった。乗組員も船と同じで、痩《や》せこけ、青白く、睡眠不足《すいみんぶそく》の赤い目をして、服もぼろぼろだった。

ユースティスは木の下に寝《ね》そべり、あれこれ仕事の段取《だんど》りを相談する声を聞きながら、憂《ゆう》うつな気分になった。いったい連中《れんちゅう》は休息ということを知らないのか？　あれほど望《のぞ》んだ陸地《りくち》にようやく着いたというのに、初日《しょにち》から海にいたときとなんら変《か》わらぬ忙《いそが》しい一日が始まろうとしている。そのとき、ユースティスの頭にいい考えが浮《う》かんだ。今なら、誰《だれ》も見ていない……みんな、船の話ばかりしている……あんなオンボロ船に本気で愛着《あいちゃく》を感じているらしい。だったら、自分だけ、そっとこの場を抜《ぬ》け出《だ》してしまおうか？　ぶらぶらと島の奥《おく》のほうへ歩いていって、山の上で風通しのいい涼《すず》しい場所を見つけて、ぐっすり眠《ねむ》ろう。そして、一日の仕事が終わったころにもどってくればいいのだ。なかなかいいアイデアだと思われた。ただし、入江《いりえ》と船がいつも見えているように、よくよく気をつけておく必要《ひつよう》があるぞ、と思った。帰り道がわからなくならないように。こんな島に置《お》いてきぼりにされるなんて、とんでもない話だ。

ユースティスは、さっそく思いつきを実行に移《うつ》した。そっと起き上がり、木立ちの中を何の目的《もくてき》もなしにのんびり歩くふりをして、その場を離《はな》れた。他人の目には、ちょっと散歩《さんぽ》でもしているようにしか見えないだろう。意外にも、背後《はいご》で聞こえていた人の話し声はあっという間に小さくなり、林の中はとても静《しず》かで暖《あたた》かく緑深い世界になった。ここまで来れば、もっと足を速めてさっさと歩いてもだいじょうぶだろうと思われた。

じきに、ユースティスは林を通《とお》り抜《ぬ》けた。そこから先は険《けわ》しい登りになった。草は乾《かわ》いて滑《すべ》りやすかったが、四《よ》つん這《ば》いで登ればなんとか登ることはできた。ハアハアと息を乱《みだ》し、ひたいの汗《あせ》を何度もぬぐいながら、ユースティスは黙々《もくもく》と斜面《しゃめん》を登りつづけた。話はそれるが、ユースティス本人はほとんど気づいていなかったものの、この場面を見ただけでも、ナルニアに来てからの日々のおかげでユースティスがたくましくなってきたことがわかる。むかしのユースティス、ハロルドとアルバータに溺愛《できあい》されていたユースティスだったら、山登りなどほんの一〇分であきらめていただろう。

のろのろと、何度も休憩《きゅうけい》しながら、ユースティスは尾根《おね》まで登りきった。尾根に登れば島の中心部まで見晴らしがきくだろうと思っていたが、あいにく雲がしだいに低《ひく》く下りてきて、霧《きり》の海がみるみる迫《せま》ってきた。ユースティスは腰《こし》をおろし、背後《はいご》をふりかえった。ずいぶん高いところまで登ったので、入江《いりえ》がはるか下のほうに小さく見え、海が何キロも先まで見わたせた。そのうちに、山から下りてきた霧が左右前後をすっかり包《つつ》みこんでしまい、寒くはないものの、何も見えなくなってしまった。ユースティスはその場に寝《ね》ころび、何度も寝返《ねがえ》りを打って、居心地《いごこち》のいい姿勢《しせい》でのんびりと一人の時間を楽しもうとした。

しかし、のんびり楽しむはずの時間は、長くは続《つづ》かなかった。というのも、おそらく生まれて初《はじ》めて、ユースティスは人恋《ひとこい》しい気分に襲《おそ》われたのである。人恋しさは少しずつ心の中で大きくなり、そのうちに時間のことが気になりはじめた。耳をすましてみても、物音ひとつ聞こえない。ユースティスは急に、自分はこの場所に寝ころがったまま何時間も過《す》ごしてしまったのではないか、という不安《ふあん》に襲われた。ほかのみんなは、もう行ってしまったのかもしれない！　もしかしたら、ぼくがあの場を離《はな》れるのを知っていて、わざと行かせたのではないか？　置《お》いてきぼりにするために！

ユースティスはすっかりパニックになって飛《と》び起《お》き、斜面《しゃめん》を下《くだ》りはじめた。

初《はじ》め、ユースティスはとにかく急いで下《お》りようとして、草の生えている斜面を一、二メートルほど滑《すべ》り落《お》ちた。しかし、これではどうも左のほうへ来すぎているような気がした。登ってくるときに見た記憶《きおく》では、たしか、そっち側《がわ》には崖《がけ》があったように思う。そこで、ユースティスはもういちど最初《さいしょ》いた場所になるべく近いと思われるところまで斜面をよじのぼり、またあらためて、少し右寄《みぎよ》りの方向へ斜面を下《くだ》りはじめた。こんどはうまくいったように思われた。ユースティスは細心の注意を払《はら》いながら下《お》りていった。霧《きり》で一メートル先も見えないような状態《じょうたい》だったからだ。周囲《しゅうい》はあいかわらず物音ひとつなく静《しず》まりかえっている。頭の中で「急げ！　早く！　早く！」という声が鳴《な》り響《ひび》いているのに、一歩一歩慎重《しんちょう》に進むしかなくて、じれったくてしかたなかった。自分は置《お》き去《ざ》りにされるのではないかという恐怖感《きょうふかん》が刻一刻《こくいっこく》と大きくなっていった。ユースティスがカスピアンやペヴェンシーきょうだいのことをちゃんと理解《りかい》できていたならば、自分だけが置き去りにされることなどありえないとわかっていたはずだ。しかし、ユースティスは、カスピアンもエドマンドもルーシーもみんな人間の皮をかぶった悪魔《あくま》だと思いこんでいた。

「やっと着いたか！」がれ場《ば》[8]を滑《すべ》り下りると、ようやく平らな場所に着いた。「それにしても、さっきの林はどこにあるのだろう？　たしかに、むこうのほうには何か黒いものがあるけど。そうか、霧《きり》が晴れかかっているんだな」

たしかに、そのとおりだった。あたりがぐんぐん明るくなってきて、ユースティスは目をパチクリさせた。ようやく霧が晴れたとき、ユースティスは見たこともない谷間にいて、どっちを向いても海などひとつも見えなかった。

8　不安定《ふあんてい》な浮《う》き石《いし》が散乱《さんらん》する斜面《しゃめん》。

6 ユースティスの冒険《ぼうけん》

ちょうどそのころ、ほかの者たちは川で顔や手を洗《あら》い、昼食のしたくがだいたいすんで、一段落《いちだんらく》したところだった。弓のうまい者たち三人が入江《いりえ》の北側《きたがわ》にある丘《おか》に登ってしとめてきた野生のヤギ二頭が、火であぶられている。カスピアンの命令《めいれい》で、船に積《つ》んであったワインの樽《たる》が岸に下ろされた。それはアーケン国の強いワインで、水で割《わ》らなくては飲めないものだったので、一樽で全員にたっぷりいきわたるだけの量《りょう》になった。これまでのところ仕事は順 調《じゅんちょう》に進んでおり、食事の席《せき》は陽気だった。ヤギの肉をおかわりしたあと、ようやくエドマンドが気づいた。「ユースティスのやつ、どこへ行った？」

そのころ、ユースティスは見知らぬ谷底《たにぞこ》であたりを見まわしていた。谷底は深くて狭《せま》く、まわりはほとんど垂直《すいちょく》な絶壁《ぜっぺき》がそびえていて、巨大《きょだい》な穴《あな》か溝《みぞ》に落ちこんだような感じだった。足もとは草が生えていたが、あちこちに岩が散《ち》らばって、黒く焦《こ》げたような跡《あと》もあった。ちょうど、雨の少ない夏に線路わきの土手で目にするような黒い焦げ跡だ。一五メートルほど離《はな》れたところに、澄《す》んだ水を静《しず》かにたたえた水たまりがあった。初《はじ》め、谷底《たにぞこ》には何の生き物もいないように見えた。動物もいないし、鳥も飛《と》んでいないし、昆虫《こんちゅう》さえ目につかなかった。まぶしい太陽が照《て》りつけ、谷底から見上げると、山の切り立った峰々《みねみね》が重くのしかかってくるような気がした。

もちろん、ユースティスにはわかっていた。霧《きり》の中で、尾根《おね》から反対側《はんたいがわ》へ下りてきてしまったのだ。しかし、下りてきたルートを逆《ぎゃく》もどりしようとして見上げたとたん、ユースティスは震《ふる》えあがってしまった。どうやら、自分はたった一つしかないルートを信《しん》じられないような幸運に助けられて無事《ぶじ》に下りたらしい。それは岬《みさき》のように長く突《つ》き出《で》た緑色の坂道で、ぞっとするほど細くて、両側《りょうがわ》が険《けわ》しい断崖絶壁《だんがいぜっぺき》になっていた。もどるには、その崖道《がけみち》をたどる以外《いがい》にない。しかし、そんなことができるだろうか？　いま、そのルートが実際《じっさい》にどんな状態《じょうたい》になっているのかを見てしまったあとでも？　考えただけで目まいがした。

ユースティスはもういちどふりかえった。どっちにしても、とにかく水たまりのところまで行って水をたっぷり飲もうと考えたのだ。ところが、後ろをふりかえって谷の中央へ一歩踏《ふ》み出《だ》そうとしたとき、背後《はいご》で物音が聞こえた。ほんの小さな音だったが、静《しず》かすぎるほど静かな谷間では、その音がはっきりと大きく聞こえた。ユースティスはその場で凍《こお》りついた。そして、そっと首をねじって背後を見た。

崖《がけ》のふもと、ユースティスの立っているところから少し左手側《がわ》に、低《ひく》くて暗い穴《あな》が見えた。おそらく、洞穴《ほらあな》の入口なのだろう。その穴から二すじの細い煙《けむり》が立ちのぼっていた。そして、暗い洞穴の底《そこ》で浮《う》き石《いし》が動いていた。ユースティスが聞いたのは、その音だったのだ。洞穴の暗闇《くらやみ》で何かが這《は》っているような音だった。

そう、何かが這っているのは、まちがいない。さらに悪いことに、その何かは洞穴から出てこようとしていた。エドマンドやルーシーやこの本の読者諸君《しょくん》ならば、一目見ただけでそれが何なのかわかっただろう。しかし、ユースティスはちゃんとした本を一冊《さつ》も読んだことがなかったのである。洞穴から出てきたのは、ユースティスが想《そう》像《ぞう》すらしたことのないものだった。鉛色《なまりいろ》の長い鼻先、どんよりとした赤い目、全身には羽根《はね》も毛も生えておらず、くねくね曲がる長い胴体《どうたい》を地面に引きずり、手足はちょうどクモのように関節《かんせつ》が背中《せなか》よりも高いところにあって、鋭《するど》い爪《つめ》を持ち、コウモリのような翼《つばさ》が石にこすれてギシギシ音をたて、尾《お》は何メートルもあった。煙《けむり》は、二つの鼻の穴《あな》から立ちのぼっていた。それを見ても、ユースティスの頭の中には「ドラゴン」という言葉はうかばなかった。名前がわかったところで、べつに事態《じたい》が好転《こうてん》するわけでもなかったが。

それにしても、もしユースティスが少しでもドラゴンのことを知っていたとしたら、目の前にいるドラゴンのようすを見て、あれ？と思ったはずだ。そのドラゴンは起きあがって翼を動かすこともせず、口から火を吹《ふ》くこともなかった。鼻から出ている煙も、まるで消えかかったたき火から立ちのぼる煙のように頼《たよ》りなかった。それに、ドラゴンはユースティスがそこにいることにも気づいていないようだった。ドラゴンはひどくゆっくりと水たまりのほうへ近づいていった。のろのろと、何度も休みながら。ユースティスも、怖《こわ》いとは思いながらも、その生き物が年老《としお》いてよぼよぼの状態《じょうたい》であることぐらいはわかった。あの坂を駆《か》け上《あ》がって逃《に》げようか、と、ユースティスは考えた。でも、音を立てれば、あの生き物がふりかえるかもしれない。そうしたら、元気をとりもどすかもしれない。たぶん、いまは弱ったふりをしているだけなのだろう。どっちにしたって、絶壁《ぜっぺき》をよじ登って逃げたところで、どうなるものでもない。むこうは空を飛《と》べるのだから。

その生き物は水たまりまでやってきて、うろこにおおわれた恐《おそ》ろしいあごを砂利《じゃり》にこすりつけるようにして水を飲もうとした。しかし、水を飲む前に、その生き物はしわがれた声とも金属《きんぞく》がガラガラ鳴る音ともつかぬような声をあげ、何度かヒクヒク痙《けい》攣《れん》したあと横倒《よこだお》しになり、片足《かたあし》で空《くう》をつかんだまま、ピクリとも動かなくなった。大きく開いた口から、黒っぽい色をした血が少しこぼれた。鼻の穴《あな》から出ていた煙《けむり》は、一瞬《いっしゅん》黒くなったあと、風に流されて消えた。そして、それきり煙は出なかった。

ずいぶん長いこと、ユースティスは動く勇気《ゆうき》も出なかった。おそらく、これはあの怪物《かいぶつ》のしかけた罠《わな》で、餌食《えじき》を誘《さそ》い寄《よ》せる手なのかもしれない、と考えたのだ。けれども、いつまでもずっとそうして待っているわけにもいかない。ユースティスはドラゴ

YOUCHAN

ンに一歩近づき、二歩近づき、ふたたび立ち止まった。ドラゴンは、あいかわらずピクリとも動かない。ユースティスは、ドラゴンの目から赤い炎《ほのお》が消えているのに気がついた。とうとう、ユースティスはドラゴンのそばまでやってきた。もう死んでいるにちがいないと確信《かくしん》したのだ。ユースティスは身震《みぶる》いしながらドラゴンに手を触《ふ》れてみたが、何も起こらなかった。

安堵《あんど》のあまり、ユースティスは声をあげて笑《わら》いそうになった。まるで自分がドラゴンと戦《たたか》って退治《たいじ》したような気分にさえなりかけていた。ただドラゴンが死んでいくところを目撃《もくげき》しただけなのに。ユースティスはドラゴンをまたいで、その先の水たまりに向かった。暑さが耐《た》えがたいほどになっていた。頭上に雷《かみなり》の音を聞いたときも、ユースティスは驚《おどろ》かなかった。雷鳴《らいめい》とほぼ同時に太陽が見えなくなり、水を飲みおえる前に大粒《おおつぶ》の雨が降《ふ》ってきた。

この島の気候《きこう》は、まったく不快《ふかい》と言うしかなかった。ほんの一分もたたないうちにユースティスはずぶ濡《ぬ》れになり、ヨーロッパでは経験《けいけん》したことのないような土砂《どしゃ》降《ぶ》りのなかで、ほとんど視界《しかい》もきかなくなった。こんな雨が続《つづ》いているあいだは、この谷間から絶壁《ぜっぺき》を登って脱出《だっしゅつ》することなどとうてい不可能《ふかのう》だ。ユースティスは、ただ一つだけ目についた雨やどりできそうな場所に向かって走りだした。ドラゴンの洞穴《ほらあな》である。洞穴に逃《に》げこんだユースティスは、そこでからだを横たえ、ひと息ついた。

たいていの人間は、ドラゴンのねぐらに何があるか知っているものだ。しかし、さっきも書いたように、ユースティスはろくな本を読んでいなかった。ユースティスの読む本は、輸出入《ゆしゅつにゅう》のこととか、政府《せいふ》の仕事とか、都市排水《としはいすい》の問題とかは書いてあるが、ドラゴンの生態《せいたい》に関《かん》してはお粗末《そまつ》もいいところで、そのため、ユースティスは寝《ね》ころがった自分の下敷《したじ》きになっているものが何なのか、見当すらつかなかった。石ころにしてはツンツンとがりすぎているし、植物のとげにしては硬《かた》すぎるし、それに、丸くて平たいものがものすごくたくさんあるようで、動くたびにチャリンチャリンと音がした。洞穴の入口には光があったので、自分の下敷きになっているものが何なのか、確《たし》かめることはできた。ユースティスが発見したのは、わたしたちなら誰《だれ》でも想像《そう ぞう》がついていたもの、すなわち宝物《たからもの》だった。王冠《おうかん》あり（ツンツンとがっていたのは、これだった）、金貨《きんか》あり、指輪《ゆびわ》あり、ブレスレットあり、金塊《きんかい》あり、金盃《きんぱい》あり、金の皿あり。宝石《ほうせき》もざくざくあった。

ユースティスはふつうの男の子とちがって宝物《たからもの》に対するあこがれは抱《いだ》いていなかったが、ルーシーの寝室《しんしつ》にかかっていた絵に吸《す》い込《こ》まれて愚《おろ》かにもやってきてしまったこの新しい世界で宝物がどれほど役に立つかは、すぐに理解《りかい》した。「この世界には税金《ぜいきん》もないしな」ユースティスはつぶやいた。「宝物を政府《せいふ》に提出《ていしゅつ》しなければならない決まりもない。こいつを持って帰れば、こっちの世界でもけっこういい暮《く》らしができるぞ。カロールメンとかに行けば。カロールメンは、こっちの世界ではいちばんまともそうな感じがする。どのくらい持って帰れるかな？　うん、このブレスレットは、なかなかいい。はめこんであるのは、たぶんダイヤモンドだろうな。手首にはめていこう。ちょっと大きすぎるか。ひじの上まで押《お》し上《あ》げておけば、ちょうどいいな。それから、ポケットにはいるだけダイヤモンドを詰《つ》めて帰ろう。金より扱《あつか》いやすいし。このクソいまいましい雨、いつになったら止《や》むんだろう？」ユースティスは宝の山のなかでもほとんどが金貨《きんか》で多少は寝心地《ねごこち》のいい場所を見つけて、そこで雨が止むのを待つことにした。しかし、さっき思いっきり肝《きも》を冷《ひ》やしたばかりだったし、しかも山登りをしたうえにものすごい恐怖《きょうふ》に震《ふる》えあがった直後とくれば、どっと疲《つか》れが出るのは当然《とうぜん》だ。ユースティスは、そのまま眠《ねむ》りこんでしまった。

ユースティスがぐっすり眠りこんでいびきをかいているころ、ほかの乗組員たちは昼食を終え、本気でユースティスのことを心配しはじめた。みんな「ユースティス！ユースティス！　おーい！」と声がかれるまで呼《よ》んで探《さが》し、カスピアンは角笛を吹《ふ》いた。

「近くにはいないと思うわ。だって、近くにいたら、聞こえるはずだもの」ルーシーが真《ま》っ青《さお》な顔で言った。

「くそっ、めんどうなやつだ」エドマンドが言った。「いったいどういうつもりで姿《すがた》をくらましたりしたんだ？」

「でも、なんとかしなくちゃ」ルーシーが言った。「迷子《まいご》になったのかもしれないし、穴《あな》に落ちたのかもしれないし、もしかしたら野蛮人《やばんじん》につかまったのかも」

「それとも、猛獣《もうじゅう》に食《く》い殺《ころ》されたか」ドリニアンが言った。

「それならそれで、ちょうどいいやっかい払《ばら》いだ」リンスがつぶやいた。

「リンス殿《どの》」リーピチープが声をあげた。「リンス殿に似合《にあ》わぬお言葉を拝聴《はいちょう》いたしましたぞ。あの少年は断《だん》じてわが友ではありませぬが、女王のお身内であります。われわれの仲間《なかま》である以上《いじょう》、われらが名誉《めいよ》にかけても彼《かれ》を見つけなければなりませんし、万が一の場合には仇《あだ》を討《う》たなければなりませぬ」

「もちろん、見つけなくてはならない。見つけられるものならね」カスピアンがうんざりした口調で言った。「だからやっかいなんだ。探《さが》すとなれば、捜索隊《そうさくたい》も出さなくてはならないし、どれだけ手がかかることか。ユースティスめ」

一方、ユースティスのほうはぐっすり眠《ねむ》り、まだ眠り、さらに眠った。目がさめたのは、腕《うで》に痛《いた》みを感じたせいだった。洞穴《ほらあな》の入口には月光がさしこみ、宝物《たからもの》のベッドは、心なしか、さっきより寝心地《ねごこち》がよくなったような気がした。というより、ゴツゴツした不快感《ふかいかん》はまったくなくなっていた。初《はじ》めのうちは、なぜ腕が痛むのかわからなかったが、そのうちに思いあたった。ひじの上にはめたブレスレットが妙《みょう》にきついのだ。眠っているあいだに腕が腫《は》れたにちがいない。痛むのは、左の腕だった。

ユースティスは、左腕をさわってみようとして、右腕を動かした。が、腕をほんの

二、三センチも動かさないうちにユースティスは凍《こお》りつき、恐怖《きょうふ》にくちびるを嚙《か》みしめた。というのは、すぐ目の前、少し右のほうに、洞穴《ほらあな》にさしこむ明るい月光に照《て》らされて、ぞっとするような形をしたものが動くのが見えたからだ。それが何なのか、ユースティスは知っていた。ドラゴンの鋭《するど》いかぎ爪《づめ》だ。ユースティスが手を動かすと、そのかぎ爪も動き、ユースティスが手を動かすのをやめると、かぎ爪も動きを止めた。

「ああ、ぼくはなんてバカだったんだ」ユースティスは思った。「化け物に連《つ》れ合《あ》いがいることぐらい、気がつきそうなものなのに。そいつが、いま、ぼくの横にいるんだ」

それから何分かのあいだ、ユースティスはぴくりとも動かずにいた。月光に照らされて、目の前に黒い煙《けむり》が細く二すじ立ちのぼっているのが見えた。さっきのドラゴンが死ぬ前に鼻から出していた煙とそっくりだ。これはまずいぞ、と思って、ユースティスは息を止めた。すると、二すじの煙が消えた。そのうちに息を止めているのも限界《げんかい》になり、ユースティスはそっと息を吐《は》いた。たちまち、二すじの煙が現《あらわ》れた。

それでもまだ、ユースティスは気がつかなかった。

ユースティスはじりじりと左のほうへ這《は》っていって洞穴《ほらあな》から脱出《だっしゅつ》しようと考えた。おそらく、となりにいる化け物は眠《ねむ》っているのだろう。どっちにしても、それしかチャンスはない。しかし、もちろん、左へそろそろと動く前に、ユースティスは左のほうへ目をやった。すると、なんということか！　そこにもドラゴンのかぎ爪《づめ》が見えたのである。

この状況《じょうきょう》でユースティスが泣《な》きだしたとしても、誰《だれ》も馬鹿《ばか》にする人はいないだろう。目の前の宝物《たからもの》の山にしぶきを上げて落ちた自分の涙《なみだ》の大きさをみて、ユースティスはびっくりした。しかも、涙はおそろしく熱《あつ》くて、湯気《ゆげ》が上がっていた。

しかし、泣いてみたところでどうなるものでもない。こうなったら、二匹《ひき》のドラゴンのあいだから這《は》い出《だ》して逃《に》げるしかないのだ。ユースティスは右腕《みぎうで》を前に伸《の》ばそうとした。すると、右側《みぎがわ》に見えているドラゴンの前足とかぎ爪が、ユースティスとそっくり同じ動きをした。こんどは左腕を伸ばしてみよう、とユースティスは考えた。すると、左側のドラゴンの足が動いた。

左右に一匹《ぴき》ずつドラゴンがいて、両方が自分の動きを真似《まね》している！　ユースティスはとうとう神経《しんけい》が参《まい》ってしまい、無我夢中《むがむちゅう》でその場から逃《に》げ出《だ》した。洞穴《ほらあな》から飛《と》び出《だ》したときに、宝物《たからもの》のガチャガチャぶつかりあう音や、何かのきしむ音、金貨《きんか》のチャリンチャリン鳴る音、石がこすれあう音などが派手《はで》に聞こえたので、ユースティスはてっきり二匹のドラゴンがあとを追ってくるのだと思った。が、後ろは見ないで一目散《いちもくさん》に水たまりのほうへ走った。身をよじって死んでいるドラゴンの姿《すがた》が月光に浮《う》かびあがり、誰《だれ》だってこんな光景《こうけい》を見たら恐《おそ》ろしさに身が縮《ちぢ》むところだが、いまやそんなものさえユースティスの目にははいらなかった。とにかく水の中に逃げこむことしか考えていなかったのだ。

しかし、水たまりのほとりまで来たときに、二つのことが起こった。まず第一に、いきなり雷《かみなり》に打たれたような衝撃《しょうげき》とともに、ユースティスは気づいた――自分は、いま、四本足で走らなかったか？　いったい、なぜ、そんなことをしたのだろう？　第二に、水たまりをのぞきこんでみると、ここにもまた一匹ドラゴンがいて、そいつが水の中から自分を見上げているように思えた。その瞬間《しゅんかん》、ようやくユースティスは真実を悟《さと》った。水たまりから見上げているドラゴンの顔は、自分の顔が水に映《うつ》ったものだったのだ。もはや疑《うたが》う余地《よち》はない。水たまりの中のドラゴンは、ユースティスが動くと、同じように動いた。ユースティスが口を開けば、水たまりの中のドラゴンも口を開き、ユースティスが口を閉《と》じれば、ドラゴンも口を閉じた。

ユースティスは眠《ねむ》っているあいだにドラゴンに変身《へんしん》してしまったのだ。ドラゴンが集めた宝物《たからもの》の上で、欲深《よくぶか》いドラゴンのような考えを抱《いだ》いて眠りについたせいで、ドラゴンになってしまったのである。

それで、あらゆることが腑《ふ》に落ちた。洞穴《ほらあな》の中で左右両側《りょうがわ》からドラゴンにはさまれていると思ったのはまちがいで、実際《じっさい》には右側に見えたかぎ爪《づめ》は自分の右手で、左側に見えたかぎ爪は自分の左手だったのだ。二すじの煙《けむり》は、自分の鼻の穴から立ちのぼっていたのだ。左腕《ひだりうで》（というか、それまでユースティスの左腕だった部分）の痛《いた》みは、左目で横目を使って見たら、原因《げんいん》がわかった。ユースティスのひじの上にぴったりはまっていた腕輪《うでわ》は、ドラゴンのずんぐりと太い前足には小さすぎるのだ。金の腕輪はウロコにおおわれた肉に深く食《く》い込《こ》み、その上と下が腫《は》れあがってズキズキ痛《いた》んだ。ユースティスは腕輪《うでわ》にドラゴンの牙《きば》を立ててみたが、腕輪を食いちぎることはできなかった。

痛みはあったものの、ユースティスが最初《さいしょ》に抱《いだ》いたのは、安堵《あんど》の気持ちだった。もう何も恐《おそ》れる必要《ひつよう》がなくなったからだ。いまやユースティスは自分が恐れられる対《たい》象《しょう》になったのであり、この世で自分に戦《たたか》いを挑《いど》んでくるものは騎士《きし》以外《いがい》にはいないだろう。騎士だって、皆《みな》が皆ドラゴンに戦いを挑むとは思われない。これで、カスピアンやエドマンドにも仕返ししてやれるぞ——。

しかし、そう考えた瞬間《しゅんかん》、ユースティスは自分が仕返しなんかしたいと思っていなかったことに気がついた。自分が求《もと》めているのはけんかの相手ではなくて、友だちだったのだ。仲間《なかま》たちのあいだにもどって、おしゃべりをし、いっしょに笑《わら》い、いろいろなことを分かちあいたいのだ。けれども、いま、自分は人間とは似《に》ても似《に》つかぬ怪物《かいぶつ》になってしまった。ユースティスはとほうもない孤独《こどく》に襲《おそ》われた。船の仲間たちが悪魔《あくま》などではなかったことが、ようやくわかってきた。それよりも、自分のほうこそ、自分で思っていたほどいい人だったのだろうか、という疑《うたが》いが胸《むね》にうかんだ。

みんなの声が聞きたい、と思った。リーピチープでもいいから、誰《だれ》か優《やさ》しい言葉をかけてくれないだろうか、と。

そう思ったとき、かつてユースティスだった哀《あわ》れなドラゴンは、声をあげて泣《な》いた。見るからに恐《おそ》ろしげなドラゴンがたった一匹《ぴき》、うら寂《さび》しい谷底《たにぞこ》で月の光を浴《あ》びながらおいおい泣いている姿《すがた》は、音も光景《こうけい》も想像《そうぞう》を絶《ぜっ》するすさまじいものだった。

やがて、ユースティスは海岸へもどるルートを探《さが》すことにした。いまになってみれば、カスピアンが自分を置《お》き去《ざ》りにして船を出すなどということはありえないと確信《かくしん》できた。そして、なんとか工夫《くふう》すればみんなに自分が何者であるかをわかってもらえるだろう、という気もしてきた。

ユースティスは水たまりの水をたっぷり飲んだあと、死んだドラゴンをほとんどぜんぶ食べてしまった（と書くと読者諸君《しょくん》にはショッキングに聞こえるかもしれないが、よく考えてみれば、そうでもないことなのだ）。ドラゴンの死骸《しがい》を半分ほど食べたあたりで、ユースティスはようやく自分が何をしているのかに気づいた。しかし、心はもとのユースティスのままであっても、食の好《この》みはドラゴンそのものになっていたから、しかたがない。ドラゴンにとって、ドラゴンの生肉ほど食欲《しょくよく》をそそるものはないのだ。だから、一つの国にはたいてい一匹《ぴき》のドラゴンしか見かけないのである。

ドラゴンの死骸《しがい》を食べおわったあと、ユースティスは谷底《たにぞこ》から出ようと考え、ぴょんぴょん跳《は》ねて絶壁《ぜっぺき》を登りはじめたが、跳ねたとたんに自分が飛《と》べることに気がついた。自分に翼《つばさ》がついていることをすっかり忘《わす》れていたので、これは大きな驚《おどろ》きだったし、ひさしぶりに味わう喜《よろこ》びだった。ユースティスは空高く舞《ま》い上《あ》がり、月の光の中で無数《むすう》の山々の頂《いただき》が眼下《がんか》にそびえる風景《ふうけい》を眺《なが》めた。入江《いりえ》は銀盤《ぎんばん》のように波ひとつなく、停泊《ていはく》している〈ドーン・トレッダー号〉の姿《すがた》や浜《はま》に近い林の中でチラチラ燃《も》えているたき火の光も見えた。ユースティスは空の高みから仲間《なかま》たちのところへ一直線に下りていった。

ルーシーはぐっすり眠《ねむ》っていた。ユースティスを探《さが》しに出た捜索隊《そうさくたい》がいい知らせを持ってもどってくるのを期待して夜遅《おそ》くまで起きていたからだ。カスピアン率《ひき》いる捜索隊は、夜遅くに疲《つか》れはててもどってきた。捜索隊が持ち帰った知らせは、みんなをますます不安《ふあん》にさせるものだった。ユースティスの手がかりはまったく得《え》られず、一方、谷間でドラゴンの死骸《しがい》が見つかったというのだ。みんなはこの知らせをなんとか良《よ》い方向に解釈《かいしゃく》しようとして、たぶんこの付近《ふきん》にはほかにドラゴンはいないだろう、それに午後三時ごろ（捜索隊《そうさくたい》が死骸を見た時刻《じこく》）に死んでいたドラゴンがほんの数時間前に人間を殺《ころ》したとは考えにくい、というようなことを話しあった。

「あのガキを食って毒《どく》に当たったんじゃなければな。ありそうなことだが」リンスがつぶやいた。しかし、リンスはごく小さな声でつぶやいただけだったので、ほかの者たちには聞こえなかった。

夜がさらに深くなったころ、ルーシーはふたたび目をさました。見ると、みんながひたいを寄《よ》せあって小声で相談をしていた。

「どうしたの？」ルーシーは言った。

「ここは全員で一致団結《いっちだんけつ》することが大切だ」カスピアンが話しているところだった。「いまさっき、ドラゴンが一匹《ぴき》、梢《こずえ》をかすめるようにして飛《と》んできて、浜《はま》に下りた。そう、われわれと船とのあいだにいる。ドラゴンが相手では、弓矢は役に立たない。しかも、ドラゴンは火を怖《こわ》がらない」

「陛下《へいか》のお許《ゆる》しがありますれば——」リーピチープが口を開きかけた。

「だめだ、リーピチープ」カスピアン王がきっぱりと言った。「いいか、ドラゴン相手に一騎打《いっきう》ちを挑《いど》むような真似《まね》をするんじゃないぞ。この件《けん》について、わたしの命令《めいれい》に従《したが》うと約束《やくそく》しないならば、お前を縛《しば》り上《あ》げて置《お》いていくしかない。とにかく、ぬかりなく見張《みは》っておいて、夜が明けしだい浜《はま》に出て戦《たたか》いを挑むことにする。わたしが陣頭《じんとう》で指揮《しき》をとる。エドマンド王には右翼《うよく》の守りをお願《ねが》いする。ドリニアン卿《きょう》には左翼《さよく》を頼《たの》む。準備《じゅんび》はそれだけだ。あと二時間もすれば、明るくなるだろう。食事はいまから一時間後とし、ワインの残《のこ》りも飲みほすがよい。何ごとも音を立てぬよう気をつけてやってくれ」

「そのうち、どこかへ飛《と》んでいくんじゃないかしら」ルーシーが言った。

「そうなったら、なおまずいよ」エドマンドが言った。「それじゃ、いつどこにドラゴンが出るか、わからなくなるから。部屋の中にハチがいるとしたら、見えるところにいてほしいと思うのと同じさ」

そのあとは気が気ではない時間が続《つづ》いた。食事が出されても、食べなくてはならないとわかっているのに、みんなほとんど食欲《しょくよく》がなかった。時間が遅々《ちち》として進まないように思われたが、そのうちようやく夜の闇《やみ》が薄《うす》れはじめ、あちらこちらで小鳥がさえずりはじめて、一晩《ひとばん》のうちで最《もっと》も寒くてじめついた時刻《じこく》がおとずれた。そのとき、カスピアンが言った。「さあ、みんな、行くぞ」

一同は立ちあがり、全員が剣《けん》を抜《ぬ》き、ルーシーを真ん中にしてがっちり固《かた》まった隊形《たいけい》を作った。リーピチープはルーシーの肩《かた》に乗っていた。じっと待つよりも行動を起こすほうがはるかにましな気がして、仲間《なかま》の絆《きずな》がいっそう強まるのを誰《だれ》もが感じていた。隊が前進を始めた。林から出るころには、空もだいぶん明るくなっていた。前方の砂浜《すなはま》には、巨大《きょだい》なトカゲのような、あるいはくねくねしたワニのような、はたまた足の生えた大蛇《だいじゃ》のようにも見える巨大でおどろおどろしく節《ふし》くれだったドラゴンが伏《ふ》せていた。

近づいてくる一行《いっこう》を見たドラゴンは、立ちあがって火や煙《けむり》を吐《は》くかと思いきや、なんと後ずさりを始め、よたよたとした足どりで入江《いりえ》の浅瀬《あさせ》へ退《しりぞ》いた。

「なんであんなふうに頭を振《ふ》っているんだろう?」エドマンドが言った。

「こんどはうなずいている」カスピアンが言った。

「それに、目から何か出ているぞ」ドリニアンが言った。

「あら、わからないの」ルーシーが言った。「泣《な》いているのよ。あれは涙《なみだ》だわ」

「そうは思いませんな」ドリニアンがルーシーに言った。「ワニでも、ああいうことはします。相手を油断《ゆだん》させるために」

「いまの言葉を聞いて、首を横に振《ふ》ったぞ」エドマンドが言った。「まるで、そうじゃないって言ってるみたいに。ほら、また首を振っている」

「こっちの言葉がわかるのかしら？」ルーシーが言った。

ドラゴンは激《はげ》しくうなずいた。

リーピチープがルーシーの肩《かた》から滑《すべ》りおり、一歩前に出た。

「ドラゴンよ」甲高《かんだか》い声が響《ひび》いた。「こちらの言うことがわかるか？」

ドラゴンがうなずいた。

「言葉をしゃべることはできるのか？」

ドラゴンが首を横に振った。

「しからば、用件《ようけん》を聞いてもむだであるな」リーピチープが言った。「しかし、当方と友好関係《ゆうこうかんけい》を誓《ちか》うのであれば、左の前足を頭より高く上げてみよ」

ドラゴンは言われたようにしたが、その動きはぎこちなかった。というのも、左の前足は金のブレスレットが食《く》い込《こ》んで腫《は》れあがっていたからだ。

「あら、見て」ルーシーが言った。「足が悪いのよ。かわいそうに。だから泣《な》いていたんじゃないかしら。足を治《なお》してほしくて、わたしたちのところへ下りてきたんじゃない？『アンドロクレスと獅子《しし》』[1]の話みたいに」

「気をつけて、ルーシー」カスピアンが声をかけた。「そのドラゴン、すごく頭が良《よ》さそうだけど、うそつきかもしれないから」

しかし、ルーシーはすでにドラゴンに向かって走りだしていた。すぐあとからリーピチープも短い足で可能《かのう》なかぎりの全力疾走《ぜんりょくしっそう》で追いかけた。もちろん、エドマンドやカスピアンやドリニアンたちもついていった。

「かわいそうに。足を見せて」ルーシーが言った。「治してあげられるかもしれないから」

きのうまでユースティスだったドラゴンは、痛《いた》む前足をおとなしく差《さ》し出《だ》した。自分がドラゴンになる前にルーシーの薬酒のおかげで船酔《ふなよ》いが治《なお》ったことをおぼえていたのだ。しかし、結果《けっか》は期待はずれだった。魔法《まほう》の液体《えきたい》は腕《うで》の腫《は》れを少しはしずめてくれて、おかげで痛みが多少はやわらいだものの、金のブレスレットを溶《と》かすことはできなかったのだ。

みんながルーシーのまわりに集まってきて、治療《ちりょう》のようすを見守った。そのとき、とつぜん、カスピアンが声をあげた。「見よ！」カスピアンの視線《しせん》は金のブレスレットに注がれていた。

1　ジョージ・バーナード・ショウの戯曲《ぎきょく》を映画化《えいがか》した作品。ローマの奴隷《どれい》アンドロクレスがライオンの足のとげを抜《ぬ》いてやったおかげで、後日、ライオンの餌食《えじき》に供《きょう》されることになったときに恩《おん》を感じたライオンに助けられた、という話。

7　冒険《ぼうけん》の結末《けつまつ》

「見よって、何を?」エドマンドが言った。

「腕輪《うでわ》に刻《きざ》まれている紋章《もんしょう》だ」カスピアンが言った。

「小さなハンマーの上に、星のごとく輝《かがや》くダイヤモンド——」ドリニアンが言った。

「これは見たことがあるぞ」

「そうとも!」カスピアンが言った。「見たことがあるにきまっている。ナルニアの名家の紋章だからね。これはオクテジアン卿《きょう》の腕輪だ」

「この悪党《あくとう》め」リーピチープがドラゴンに向かって言った。「おまえはナルニアの貴《き》族《ぞく》を食ったのか?」しかし、ドラゴンは首を激《はげ》しく横に振《ふ》った。

「それとも、もしかしたら……」ルーシーが口を開いた。「このドラゴンがオクテジアン卿《きょう》なのかもしれないわ。何かの魔法《まほう》でドラゴンにされちゃった、とか」

「どっちでもないかも」エドマンドが言った。「ドラゴンは、みんな、金でできたものを集める習性《しゅうせい》があるからね。でも、オクテジアン卿がこの島で命を落としたことは、ほぼ確実《かくじつ》だろうね」

「あなたはオクテジアン卿なの？」ルーシーがドラゴンに話しかけた。ドラゴンが悲しそうに首を横に振《ふ》るのを見たルーシーは、「あなたは魔法をかけられたの？　もとは人間だったの？」と聞いてみた。

ドラゴンははげしくうなずいた。

そして、ルーシーが先に言ったのか、エドマンドが言ったのか、あとで思い出してみるとみなそれぞれに記憶《きおく》がちがっていたのだが、とにかく、どちらかがこう言った。

「もしかして――もしかして、ユースティス？」

ユースティスはおどろおどろしいドラゴンの首を振ってうなずき、しっぽを海の水にザブンと打ちつけ、目からやけどしそうに熱《あつ》い巨大《きょだい》な涙《なみだ》のしずくをこぼしたので、みんなあわててその場から飛《と》びのいた（なかには、ここに記すにたえない絶叫《ぜっきょう》を口にした水夫《すいふ》もいた）。

ルーシーは、なんとかしてユースティスをなぐさめようとし、勇気《ゆうき》をふりしぼってウロコにおおわれた顔にキスまでしてやった。ほかのみんなも口々に「災難《さいなん》だったな」と同情《どうじょう》の言葉を口にし、おれたちは味方だから安心しな、と声をかけてやる者もいた。きっと呪《のろ》いを解《と》く方法《ほうほう》があるにちがいない、一日か二日でちゃんともとにもどるよ、となぐさめてやる者も少なくなかった。そして、言うまでもなく、誰《だれ》もがこうなった理由を聞きたがったが、ドラゴンはしゃべることができない。それに続《つづ》く日々、ユースティスは一日に何度となく砂《すな》に文字を書いてみんなに伝《つた》えようとしたが、うまくいかなかった。なにしろ、ユースティスはそれまでろくな本を読んでいなかったせいで、話をわかりやすく物語るということがまるっきりできなかったのだ。それに、ドラゴンのかぎ爪《づめ》は、筋肉《きんにく》も神経《しんけい》も文字を書くのに使われたためしがなく、そもそも文字を書くようにはできていなかった。その結果《けっか》、文章を書きおえないうちに潮《しお》が満《み》ちてきてしまい、たとえドラゴンの足で踏《ふ》みつけたりしっぽでまちがって消してしまったりしなかったとしても、けっきょくは波に洗われて消えてしまうのだった。

YOUCHAN

みんなが読み取れたのは、次のような文章だった。……のところはドラゴンがまちがって消してしまった部分だ。

ねむろ……した……ルゴス　アグロン　ちがう　ドランゴン　どうくつ……しんでた　あめ　どしゃぶ……めが　さめた……うで　とれなく　くそ……

それはそれとして、ドラゴンになったせいでユースティスの性格《せいかく》が以前《いぜん》よりましになったことは、誰《だれ》の目にもあきらかだった。ユースティスはなんとかして人の役に立ちたいと思うようになったようだった。ドラゴンが島の上をくまなく飛《と》びまわって見てきてくれたおかげで、この島が山ばかりで動物といえば野生のヤギとイノシシくらいしかいないということがわかった。ドラゴンがヤギやイノシシをたくさんしとめてきてくれたおかげで、船に食料《しょくりょう》をたっぷり積《つ》みこむこともできた。ドラゴンはしっぽの一撃《いちげき》で息の根を止めてしまうので、動物は殺《ころ》される瞬間《しゅんかん》にあまり苦痛《くつう》を感じず、自分が死んだことにも気がつかなかった（いまだに気づいていない）にちがいない。

もちろん、ユースティスは自分でもしとめた獲物《えもの》を食べたが、食事はいつもひとりきりですませた。というのは、ドラゴンとなったいま、獲物は生で食べたいのだが、血まみれの食事風景《ふうけい》をほかの人たちに見られるのは耐《た》えがたかったからだ。ある日、ドラゴンがへとへとに疲《つか》れて、のろのろと、しかし大得意《だいとくい》で空を飛《と》んでもどってきたことがあった。メインマストにもってこいの巨大《きょだい》なマツの木を根こそぎ引《ひ》っこ抜《ぬ》いて、遠くの谷間から運んできたのだ。大雨が降《ふ》ったあとなどで夜がひどく冷《ひ》えるときには、ユースティスの周囲《しゅうい》はみんなが気もちよく休める場所になった。ドラゴンの熱《あつ》いからだに背中《せなか》を預《あず》けて腰《こし》をおろすと、ほっこりと暖《あたた》かくなり、濡《ぬ》れたからだも乾《かわ》くからだった。それに、ユースティスが口から炎《ほのお》をひと吹《ふ》きすれば、どんなに燃《も》えにくいたきぎにも火がついた。ときどき、ユースティスは何人かを背中に乗せて空に舞《ま》い上《あ》がった。そうしてぐるぐる回る地上を眺《なが》めながら空高くまで上がると、さまざまな景色《けしき》が見えた。緑なす丘陵《きゅうりょう》、ゴツゴツした岩だらけの山の頂《いただき》、狭《せま》い落《お》とし穴《あな》のような谷間。東の海の果《は》てには、青い水平線に浮《う》かぶ濃《こ》い青色の部分が見えて、もしかしたら陸《りく》があるのかもしれないと思われた。

他人《ひと》から好《す》かれる歓《よろこ》び、そして何より人を好きになることの歓びは、ユースティスが経験《けいけん》したことのない感動であり、それがユースティスを絶望《ぜつぼう》から救《すく》う力となった。ドラゴンとして生きるのは、どうしようもなくみじめなことだった。山間《やまあい》の湖の上を飛《と》んでいるときなど、水面《みなも》に映《うつ》ったおのが姿《すがた》を目にするたびに、ユースティスは身《み》震《ぶる》いした。コウモリのような巨大《きょだい》な翼《つばさ》が大嫌《だいきら》いだったし、ノコギリの刃《は》のようにギザギザな背《せ》びれも嫌《いや》だったし、恐《おそ》ろしく曲がったかぎ爪《づめ》もおぞましかった。自分ひとりきりになるのは恐ろしかったが、他人といっしょにいるのも恥《は》ずかしくてやりきれなかった。夜、みんなの湯たんぽがわりになる必要《ひつよう》のないときは、ユースティスはみんなが野宿している場所からそっと離《はな》れて、林と波打ちぎわとのあいだでヘビのようにとぐろを巻《ま》いて休んだ。そんなときにいちばんのなぐさめになってくれたのは、意外にもリーピチープだった。この気高《けだか》いネズミは、たき火を囲《かこ》む陽気な仲間《なかま》たちのもとをそっと離れ、ドラゴンの頭のそばまで来ては、煙臭《けむりくさ》いドラゴンの息をかぶらないよう風上に腰《こし》をおろすのだった。そして、ユースティスの身に起こったことは運命の歯車がどう回転するか予測《よそく》がつかないことの何よりの証《あかし》であると説《と》き、もしナルニアの拙宅《せったく》へユースティスを招《まね》くことができれば（実際《じっさい》にはドラゴンの全身どころか頭だけだってはいれないほど小さな穴《あな》で、「拙宅」と呼《よ》べるほどのものでもなかったのだが）、上は皇帝《こうてい》や王様から公爵《こうしゃく》、騎士《きし》、詩人、恋人《こいびと》、天文学者、哲学者《てつがくしゃ》、はては魔術師《まじゅつし》にいたるまで、人生の絶頂《ぜっちょう》からどん底《そこ》に転落した何百という例《れい》を見せてあげることができるが、そういう人たちの多くが立ち直ってその後は幸せに暮《く》らしているのだから、とユースティスをなぐさめた。そのときは、おそらく、たいしたなぐさめにはならなかったかもしれないが、リーピチープの心づかいがありがたく、ユースティスはそのことをけっして忘《わす》れなかった。

しかし、言うまでもなく、みんなが心配していたのは、船出の準備《じゅんび》が整ったときにドラゴンをどうするかという問題だった。みんなユースティスの前ではこの話題を避《さ》けていたが、「あいつ、船の片側《かたがわ》に収《おさ》まるかな？　とすると、バランスを取るために下に積《つ》んである荷物を反対側《はんたいがわ》に寄《よ》せなくちゃならないな」とか、「船につないで引《ひ》っ張《ぱ》ってやればいいのかな？」とか、「飛《と》んでついてくる、っていうのは無理《むり》か？」などという会話は、いやでもユースティスの耳にはいった。何よりも、「どうやってあいつを食わせるんだ?」という会話がよく耳にはいってきた。哀《あわ》れなユースティスは、徐々《じょじょ》に真実を悟《さと》った。船に拾われた最初《さいしょ》の日から、自分はどうしようもないお荷物だったこと。そして、いまはもっと救《すく》いようのないお荷物になってしまったこと。そのことが、前足を締《し》めつける腕輪《うでわ》のようにユースティスの心をギリギリと締めつけた。腕輪に鋭《するど》い牙《きば》を立てたところで傷《きず》がひどくなるだけだということはわかっていたが、それでも、とくに寝苦《ねぐる》しい夜など、ユースティスは腕輪に牙を立てずにはいられなかった。

ドラゴン島に上陸《じょうりく》してから六日ほどたった朝、エドマンドはなぜかずいぶん早い時刻《じこく》に目がさめた。空がようやく白みはじめたころで、野宿している場所から入江《いりえ》の方向を見れば木々の幹《みき》がシルエットになって見えるが、反対側《はんたいがわ》はまだ何も見分けられないような暗さだった。目がさめたとき、エドマンドは何かが動く物音を聞いたような気がしたので、片《かた》ひじをついて上半身を起こし、あたりを見まわしてみた。ちょうどそのとき、林よりも海に近い側《がわ》で黒い人影《ひとかげ》が動いたように見えた。すぐに頭にうかんだのは、「この島に原住民《げんじゅうみん》がいないと判断《はんだん》したのはまちがいではなかったか?」という心配だった。次に、あれはカスピアンかもしれない、と思った。ちょうどそのくらいの大きさに思えたのだ。しかし、カスピアンはエドマンドのすぐ横で眠《ねむ》っているはずだった。実際《じっさい》に見てみたが、やはり、すぐとなりで眠っていた。エドマンドは剣《けん》に手を伸《の》ばし、立ちあがってようすを見にいった。

足音をしのばせて林のとぎれるところまで行ってみると、黒い人影《ひとかげ》は、まだそこにいた。近くで見ると、カスピアンにしては小さすぎるし、かといってルーシーにしては大きすぎる。その人影は、逃《に》げようとはしなかった。エドマンドは剣を抜《ぬ》き、不審《ふしん》な人影に「何者か」と声をかけようとしたが、そのとき、人影のほうから低《ひく》い声で話しかけてきた。「そこにいるのは、エドマンド?」

「そうだ。そっちは何者だ?」

「わからない? ぼくだよ──ユースティスだよ」

「え、ほんとに?」エドマンドが言った。「ほんとだ。いやぁ、ユースティ──」

「しっ」と言ったとたん、ユースティスはぐらりとよろけて、倒《たお》れそうになった。

「おい！」エドマンドが声をかけ、ユースティスのからだを支《ささ》えた。「どうしたんだ？　具合が悪いのか？」

ユースティスがあまりに長いあいだ黙《だま》っているので、エドマンドはユースティスが気絶《きぜつ》しかけているのかと思った。しかし、ようやく、ユースティスが沈黙《ちんもく》をやぶった。

「すごく怖《こわ》かった……って言っても、わからないと思うけど……でも、もうだいじょうぶ。どこか別《べつ》の場所へ行って話せない？　まだちょっと、ほかのみんなとは顔を合わせたくないんだ」

「いいよ。そうしよう。どこでもいいよ」エドマンドが言った。「むこうの岩場へ行って、すわって話をしよう。とにかく、よかったね――その、もとの姿《すがた》にもどれて。それにしても、たいへんな目にあったね」

二人は岩場まで行き、入江《いりえ》を見わたせる場所に腰《こし》をおろした。夜明け前の空がだんだん明るくなりはじめ、星たちが姿を消して、空に残《のこ》っているのは水平線に近い低《ひく》いあたりにとりわけ明るく輝《かがや》く一つの星だけだった。

「ぼくがどうしてその――その、ドラゴンになったかは、まだ言いたくないんだ。あとで、みんなの前でちゃんと説明《せつめい》するよ」ユースティスが言った。「そうだ、その〈ドラゴン〉って言葉だけど、ぼく、それさえ、あの日の朝ここへ飛《と》んできてみんなが話してるのを聞くまで、知らなかったんだ。ぼくがどうやってドラゴンからもとにもどったか、聞いてもらえる?」

「いいよ、聞かせて」エドマンドが言った。

「きのうの晩《ばん》、ぼくはこれまでで最悪《さいあく》にみじめな気分になってた。それに、あのいまいましい腕輪《うでわ》がものすごく痛《いた》くて――」

「いまは治《なお》ったの?」

ユースティスは笑《わら》い声《ごえ》をあげた。それは、エドマンドが聞きなれた、あのひねくれた笑いかたではなかった。ユースティスは腕輪をするりと腕から抜《ぬ》いた。「ほら。誰《だれ》でもほしい人に差《さ》し上《あ》げます、って感じだよ。で、さっき言ったように、ぼくは横になったまま眠《ねむ》れずにいて、自分はいったいどうなるんだろう、って考えていた。そのとき――あの、言っとくけどさ、これぜんぶ夢《ゆめ》だったかもしれないんだ。ぼく、よくわからないんだ」

「いいよ、続《つづ》けて」エドマンドがじりじりする気もちを抑《おさ》えながら言った。

「うん。とにかく、ぼくが顔を上げたら、思ってもみなかったものが目の前にいたんだ。ものすごく大きなライオンがぼくのほうへゆっくりと近づいてくるところだった。不思議《ふしぎ》だったのは、きのうの夜は月が出てなかったのに、ライオンのいるところだけは月の光がさしてたことなんだ。で、そのライオンはどんどん近づいてきた。ぼく、ものすごく怖《こわ》かった。こっちはドラゴンなんだからライオンなんか簡単《かんたん》にやっつけられるじゃないかって思うかもしれないけど、そういう意味の怖さじゃないんだよ。ライオンに食われるのが怖かったんじゃなくて、とにかく、そのライオンが怖かったんだ——わかるかな？　で、ライオンはすぐ近くまで来て、まっすぐぼくの目を見た。ぼくはぎゅっと目を閉《と》じたけど、そんなことしても何の役にも立たなかった。だって、ライオンは、ついてこいって言ったんだもの」

「声に出して言った、ってこと？」

「わからない。いま、そう言われてみると、声は聞かなかったような気がする。でも、そう言ったんだよ。言われたようにするしかないってわかってたから、ぼくは立ちあがってライオンについていったんだ。ライオンはずいぶん長いこと歩いて山の中へはいっていった。で、どこへ行っても、ライオンの上とかライオンのまわりには、例《れい》の月の光が照《て》らしてるんだ。そうやって歩いて、とうとう、ライオンとぼくは見たこともない山のてっぺんに着いた。山のてっぺんには庭園があった。木が植わってて、果物《くだもの》がなってて――そういう、ちゃんと作った庭園。その庭園の真ん中に、泉《いずみ》があった。

泉だってわかったのは、底《そこ》からぶくぶくと水が湧《わ》いてたから。でも、ふつうの泉よりはずっと大きい泉だった。すごく大きな丸い形のプールみたいで、大理石の階段《かいだん》で中へ下りていくようになってた。水は信《しん》じられないくらい透明《とうめい》に澄《す》んでいて、この泉にはいって水にからだを沈《しず》めたら腕《うで》の痛《いた》みが楽になるだろうな、って思った。でも、ライオンは、ぼくにまず着ているものを脱《ぬ》がなければいけない、って言ったんだ。ただし、声に出して言ったのかどうかは、わからないけど。

ぼくは、脱ぐなんて無理《むり》です、だって服なんて着てないんだから、って言おうとした。けど、そのときふと思い出したんだ。ドラゴンはヘビっぽいから、ヘビみたいに脱皮《だっぴ》できるのかも、って。そうか、ライオンはそういうことを言ってるんだな、ってぼくは思った。それで、自分のからだに爪《つめ》を立ててひっかいてみた。そしたら、あちこちからウロコがポロポロ取れた。で、もうちょっと深くひっかいてみたら、ウロコだけじゃなくてからだじゅうの皮膚《ひふ》がべろんべろんはがれはじめた。病気が治《なお》ったあとみたいに。ていうか、バナナの皮をむくみたいに。一分か二分で、ぼくは古い皮を脱《ぬ》ぎ捨《す》てた。自分のすぐ横に脱いだ皮がぐちゃっと残《のこ》ってて、気もち悪かったな。皮を脱いだら、ものすごくすっきりした。それで、ぼくは泉《いずみ》の中へ下りていこうとした。

でも、ちょうど水に足を踏《ふ》み入《い》れようとしたとき、下を見たら、前と何も変《か》わってなかったんだ。足全体がごわごわで、がさがさで、しわだらけで、ウロコだらけで。ま、しょうがないか、と、ぼくは思った。いちばん外の皮の下に、もう一枚《まい》ちょっと小さめの皮をかぶってたんだな、じゃ、それも脱がなくっちゃ、って。それで、ぼくはもういっぺん爪を立てて、ガリガリかきむしった。そしたら、二枚目の皮もべろんとむけて、ぼくはその皮を一枚目の皮の横に脱ぎ捨てて、こんどこそ水浴《みずあ》びをしようと思って泉《いずみ》にはいろうとした。

ところが、こんども また同じなんだ。なんてことだ、と、ぼくは思った。いったい何枚《なんまい》皮を脱《ぬ》げばいいんだ？って。とにかく、ぼくは痛《いた》む腕《うで》を水につけたかったんだよ。それで、また皮をかきむしって、前の二枚と同じように三枚目も脱ぎ捨てた。ところが、そんだけやってから水に映《うつ》った自分の姿《すがた》を見ると、やっぱり前と同じままなんだ。

そのとき、ライオンが言った。声に出して言ったのかどうかは、わからないけどね。『わたしが脱がせてあげよう』って。ぼくは正直言ってライオンの爪《つめ》が怖《こわ》かったけど、そのころには、もうどうにでもなれって気もちになってたから、仰向《あおむ》けに寝《ね》っころがって、ライオンの好《す》きにさせたんだ。

最初《さいしょ》の一撃《いちげき》で、ライオンはものすごく深く爪を立てた。ぼく、心臓《しんぞう》までえぐられたかと思った。で、ライオンが皮をはがしはじめたら、いままで経験《けいけん》したことがないくらいに痛《いた》かった。それでもなんとかがまんできたのは、皮がはがれて脱げていく感じが気もちよかったから。たとえばさ、かさぶたをはがすときみたいな感じかな。猛烈《もうれつ》

YOUCHAN

に痛《いた》いんだけど、はがしてみたくてたまらない、っていうような感じ」

「うん、わかる」エドマンドが言った。

「ライオンは、ドラゴンの皮をどんどんはがしていった。自分でも三回とも同じようにはがしたつもりだったけど、自分でやったときはあんなに痛くはなかった。草の上に脱《ぬ》ぎ捨《す》てられた皮を見たら、それまでの三枚《まい》よりずっと分厚《ぶあつ》くて、黒っぽくて、ごつごつしてた。で、ぼくは樹皮《じゅひ》をむいた木の小枝《こえだ》みたいにすべすべで柔《やわ》らかくて小さくなってた。そしたら、ライオンがぼくをつかんで、水に放りこんだんだ。皮がむけたばかりで柔らかい皮膚《ひふ》になってたから、ライオンにつかまれるのは、ちょっといやだったけどね。水に放りこまれた瞬間《しゅんかん》、めちゃくちゃヒリヒリ痛かった。一瞬《いっしゅん》だったけど。そのあとは、ものすごく気もちよくなって、水の中で泳いだり水をはねあげたりしてみたとたんに、腕《うで》の痛みがすっかり消えたことに気がついた。そして、その理由もわかった。ぼくはもとの男の子の姿《すがた》にもどっていたんだ。自分の腕にもどってうれしかったって言ったら、冗談《じょうだん》だろうと思うかもしれないけど、ほんとうにうれしかったんだ。こんな腕、筋肉《きんにく》もついてないし、カスピアンの腕みたいに役には立たないけど、でも、自分の腕《うで》にもどれて、ほんとうによかった。

そのあと、ライオンはぼくを水から出して、服を着せてくれて――」

「服を着せてくれた？　ライオンのあの前足で？」

「うん、そこんところははっきりおぼえていないけど。でも、とにかく服を着せてくれたんだ。新しい服を。いま、ぼくが着てる服。で、気がついたら、この場所にもどってたんだ。だから、なんだか夢《ゆめ》だったんじゃないか、っていう気がしちゃうんだけど」

「いや、夢じゃなかったんだよ」エドマンドが言った。

「どうして？」

「だって、その服があるだろ、第一に。それに、きみはもう、その――ドラゴンの姿《すがた》じゃなくなっている」

「それじゃ、あれは何だったんだろう？　どう思う？」ユースティスがたずねた。

「たぶん、きみはアスランに会ったんだと思う」エドマンドが言った。

「アスラン！」ユースティスが言った。「その名前は〈ドーン・トレッダー号〉に乗ってから何回か聞いたけど、ぼくは、どう言えばいいのか……その、すごく嫌《いや》な名前だと思ってた。でも、あのころは、ぼく、何でもかんでも嫌だと思ってたから。ところで……謝《あやま》らなくちゃ。ぼく、ずっと嫌なやつだったね。ごめん」

「いいよ」エドマンドが言った。「ここだけの話だけど、きみは初《はじ》めてナルニアに来たときのぼくにくらべたら、ずっとましだから。きみはただの嫌なやつだっただけだけど、ぼくは裏切《うらぎ》り者《もの》だったんだからね」

「じゃ、その話は聞かないほうがよさそうだね」ユースティスが言った。「それにしても、アスランって何者なの？　きみはアスランを知ってるの？」

「うん。ていうか、むこうがぼくを知ってるんだ」エドマンドが言った。「アスランは偉大《いだい》なライオンで、大海のかなたの皇帝《こうてい》の息子《むすこ》で、ぼくを救《すく》ってくれて、ナルニアを救ってくれた。ぼくらはみんなアスランを見たことがある。ルーシーがいちばんよくアスランを見るんだけどね。これからぼくらの船が向かっていくところは、もしかしたらアスランの国かもしれないんだ」

しばらくのあいだ、二人とも言葉を口にしなかった。最後《さいご》まで空に輝《かがや》いていた星が消え、右手側《みぎてがわ》にそびえる山々にさえぎられて日の出は見えなかったものの、頭上に広がる空と目の前に広がる入江《いりえ》がバラ色に染《そ》まるのを見て、太陽がだんだん高く昇《のぼ》ってきたのだとわかった。やがてオウムのような鳥が背後《はいご》の林の中で鋭《するど》い声をたて、木々のあいだで人が動きだして、カスピアンの角笛が鳴った。野営地《やえいち》が目をさましたようだ。

みんながたき火を囲《かこ》んで朝食をとっているところへエドマンドと人間の姿《すがた》にもどったユースティスが歩いていくと、歓声《かんせい》があがった。ユースティスがみんなの前でドラゴンになったいきさつを話した。ほかの者たちは、もう一匹《ぴき》のドラゴンが何年か前にオクテジアン卿《きょう》を殺《ころ》したのだろうか、それともその年老《としお》いたドラゴンこそがオクテジアン卿だったのだろうか、と話しあった。洞穴《ほらあな》でユースティスがポケットいっぱいに詰《つ》めこんだ宝石類《ほうせきるい》は、ユースティスがドラゴンになる前に着ていた服といっしょにどこかへ消えてしまった。けれども、ユースティス自身はもちろんのこと、ほかの者たちも、もういちど宝物《たからもの》を探《さが》しにあの谷間へ下りていきたいと思う者はいなかった。

数日後、マストを新しく付《つ》け替《か》え、ペンキを塗《ぬ》りなおし、食料《しょくりょう》や水をたっぷり積《つ》みこんだ〈ドーン・トレッダー号〉は、いよいよ出航《しゅっこう》することになった。船に乗りこむ前に、カスピアンは入江《いりえ》に面した絶壁《ぜっぺき》の平らな岩に、次のような文句《もんく》を刻《きざ》ませた。

ドラゴン島
ナルニアのカスピアン一〇世王により
治世《ちせい》の第四年に発見さる
この地にて
オクテジアン卿《きょう》が没《ぼっ》したものと推察《すいさつ》する

「その後、ユースティスは、それまでとはまるでちがう良《よ》い子になりました」と書くことができれば万事《ばんじ》めでたしめでたしだろうし、そう言えないこともないのだが、しかし厳密《げんみつ》には、ユースティスはそれまでとはちがう子になろうと努力《どりょく》を始めた、というのが正確《せいかく》なところだろう。ときには以前《いぜん》の嫌味《いやみ》なユースティスにもどってしまうこともあったが、まあ、目くじらをたてるほどのことはなかった。ユースティスは、たしかに変《か》わりはじめたのだった。

オクテジアン卿《きょう》の腕輪《うでわ》は、不思議《ふしぎ》な運命をたどった。ユースティスは腕輪を持っていたいとは思わなかったので、カスピアンにあげると言った。カスピアンはその腕輪をルーシーにあげると言った。しかし、ルーシーもそんな腕輪はほしくなかった。「よろしい。それならば、どこへなりと飛《と》んでいくがよい」そう言って、カスピアンは腕輪を空中に放り上げた。ちょうど、みんなで絶壁《ぜっぺき》の岩に彫《ほ》りつけられた碑文《ひぶん》を眺《なが》めているときだった。腕輪は空中高く上がり、太陽の光にきらめき、輪投《わな》げの輪が首尾《しゅび》よく的《まと》にかかったときのように、岩の小さな出っぱりにひっかかった。それは、下から岩を登って取りにいける場所ではなく、上から岩を下りて取りにいける場所でもなかった。わたしの知るかぎり、腕輪はまだそこにひっかかっているはずだし、その世界の終わりが来るまでずっと、そこにあることだろう。

8　二度の危機一髪《ききいっぱつ》

〈ドラゴン島〉から出航《しゅっこう》する〈ドーン・トレッダー号〉の船上では、みんな晴れ晴れとした表情《ひょうじょう》だった。船は入江《いりえ》を出てすぐに順風《じゅんぷう》に乗り、翌日《よくじつ》の朝早く、ユースティスがまだドラゴンだったころ背中《せなか》にみんなを乗せて飛《と》びまわったときに見かけた島に着いた。それは緑におおわれた低地《ていち》が広がる島で、生き物はウサギとヤギを何頭か見かけるだけだった。しかし、廃墟《はいきょ》となった石造《いしづく》りの小屋や、火がつけられた黒焦《くろこ》げの跡《あと》から推測《すいそく》すると、そう遠くないむかしにこの島に人が住んでいたと思われた。あたりには骨《ほね》や壊《こわ》れた武器《ぶき》も転がっていた。

「海賊《かいぞく》のしわざだな」カスピアンが言った。

「でなけりゃ、ドラゴンか」エドマンドが言った。

それ以外《いがい》に一行《いっこう》が島で見つけたものといえば、砂《すな》の上に残《のこ》された一艘《そう》の小さな革張《かわば》りの舟《ふね》、コラクルだった。コラクルはヤナギの枝《えだ》で編《あ》んだ枠《わく》に動物の皮を張《は》った小さな丸い舟で、直径《ちょっけい》は一メートルちょっとしかなく、舟の大きさに見合った小さなパドル[1]が舟の中に残されていた。子ども用に作ったものか、そうでなければ、この島に住んでいたのはドワーフだったのかもしれない。リーピチープは、この小舟を頂戴《ちょうだい》することにした。リーピチープにぴったりのサイズだったからだ。こうして、コラクルは〈ドーン・トレッダー号〉に積《つ》みこまれた。カスピアンたちはこの島を〈焼《や》け跡《あと》島《じま》〉と命名したあと、昼前に島を離《はな》れた。

それから五日ほど、船は南南東の風を受けて走りつづけた。見わたすかぎり島影《しまかげ》もなく、魚もカモメの姿《すがた》も目にしなかった。そのあと、朝から午後までひどく雨の降《ふ》りつづいた日があった。ユースティスはチェスでリーピチープに二ゲーム負けて、むかしの嫌味《いやみ》なユースティスに逆《ぎゃく》もどりしそうになっていた。エドマンドは、自分たちもスーザンといっしょにアメリカに連《つ》れていってほしかったな、とぼやいた。そのとき、ルーシーが船尾《せんび》の窓《まど》から外を見て、声をあげた。

「あら！　雨が上がりそうよ。それに、あれは何かしら？」

みんながバタバタと船尾楼《せんびろう》に上がってみると、雨は止《や》んでいた。見張《みは》り番《ばん》についていたドリニアンも、船尾の方向に現《あらわ》れたものをじっと見つめていた。すべすべした丸い岩が一〇メートルほどの間隔《かんかく》を置《お》いていくつも並《なら》んでいる。

「あれは岩ではないぞ」ドリニアンが言った。「五分前にはあんなものはなかったんだから」

「あ、一つ、消えたわ」ルーシーが言った。

「うん。あ、別《べつ》のが出てきた」エドマンドが言った。

「さっきより近くなってる」ユースティスが言った。

「まずいぞ！」カスピアンが言った。「こっちに向かってくる」

「しかも、本船よりはるかに速いスピードで近づいてきます」ドリニアンがカスピアンに言った。「一分ほどでこっちに追いつくでしょう」

1　カヌーなどで使うへらのような形をした櫂《かい》。

みんな息をのんだ。陸上《りくじょう》であれ、海上であれ、正体不明《しょうたいふめい》のものに追いかけられるのは愉快《ゆかい》なことではない。近づいてきたものは、みんなが想像《そうぞう》したよりはるかに質《たち》の悪い相手だった。いきなり、左舷《さげん》からほんの二〇メートルばかりの海面に、ぞっとするような生き物が頭をのぞかせた。緑色と朱色《しゅいろ》のからだに紫色《むらさきいろ》の斑点《はんてん》があって、あちこちに貝がくっついている。頭の形は、耳のない馬に似《に》ていた。ぎょろりとした目は、深海の闇《やみ》の中でもよく見えるよう巨大《きょだい》に発達《はったつ》したものだろう。大きく開けた口の中は、サメのように鋭《するど》い歯が二列に並《なら》んでいた。最初《さいしょ》、気味の悪い頭部は長く太い首の上に乗っかっているように見えたのだが、首が海面からどんどん長く伸《の》びてくるにつれて、それは首ではなくて胴体《どうたい》だとわかってきた。そして、ついに、化け物の正体がはっきりした。水夫《すいふ》たちが考えもなしに「いちど見てみたい」などと軽口をたたく大ウミヘビだったのだ。くねくね続《つづ》く巨大なしっぽが波間に等間隔《とうかんかく》に見《み》え隠《かく》れしながら遠くまで続いている。大ウミヘビは、いまや〈ドーン・トレッダー号〉のマストよりも高いところまで頭をもたげていた。

船の乗組員全員が武器《ぶき》を取りに走ったが、どうすることもできなかった。化け物に手が届《とど》かないのだ。「撃《う》て！　撃て！」弓矢隊《ゆみやたい》の隊長《たいちょう》が叫《さけ》び、何人かが弓を引いたが、大ウミヘビの皮はまるで鉄板のように矢をはじき返した。少しのあいだ、船員たちは甲板《かんぱん》に棒立《ぼうだ》ちになったまま大ウミヘビの巨大《きょだい》な目玉と大きく開いた口を見上げ、どこに襲《おそ》いかかってくるのだろう、と身構《みがま》えた。

しかし、大ウミヘビは人には襲いかからず、帆桁《ほげた》と平行に首を伸《の》ばして戦闘楼《せんとうろう》の後方をかすめ、なおもぐんぐん先へ伸びて、右舷《うげん》の波よけを越《こ》えたあたりでようやく下りてきた。といっても、人が集まっている甲板に下りてきたのではなく、頭から海に突《つ》っこんだので、大ウミヘビが船の上にアーチのようにおおいかぶさる形になった。そして、大ウミヘビのアーチはあっという間に小さくなっていき、化け物の胴体《どうたい》が〈ドーン・トレッダー号〉の右舷にくっつきそうになった。

ここで、ユースティス（雨とチェスの負けが続いて嫌味《いやみ》な子にもどりかけるまでは、本気でいい子になろうと努力《どりょく》していた）が生まれて初《はじ》めて勇敢《ゆうかん》な行動を見せた。ユースティスはカスピアンが貸《か》してくれた剣《けん》を身につけていたのだが、大ウミヘビの胴体《どうたい》が右舷から手の届きそうな距離《きょり》まで下りてきたところをねらって、波よけに飛《と》び乗《の》り、力いっぱい化け物に剣《けん》で切りつけたのである。結果的《けっかてき》にはカスピアンが二番目に大切にしていた剣をバキバキに折《お》ってしまっただけだったが、初陣《ういじん》としてはよくがんばったとほめてやるべきだろう。

ほかの者たちもユースティスに続《つづ》こうとしたのだが、そのとき、リーピチープの叫《さけ》び声《ごえ》が響《ひび》いた。「戦《たたか》うな！　押《お》すのだ！」あの勇敢《ゆうかん》なリーピチープが「戦うな！」と叫ぶなど前代未聞《ぜんだいみもん》のことだったので、みんな必死《ひっし》の場面ではあったが、いっせいにリーピチープに注目した。リーピチープは大ウミヘビの胴体《どうたい》よりも船首側《せんしゅがわ》のところで波よけに飛《と》び乗《の》り、灰色《はいいろ》の毛におおわれた小さな背中《せなか》をぬるぬるのウロコにおおわれた巨大《きょだい》なウミヘビの胴体に押しつけて、力のかぎり大ウミヘビの胴体を後方へ押しはじめた。それを見たほかの者たちは、やっとリーピチープが言ったことの意味を理解《りかい》して、船の左舷《さげん》と右舷《うげん》に駆《か》け寄《よ》り、リーピチープにならって大ウミヘビの胴体を後方へ押しはじめた。その直後、大ウミヘビの頭がふたたび、こんどは左舷側から向こうむきになって海面に現《あらわ》れ、船の上にいた全員が何が起ころうとしているのかを理解した。

化け物は〈ドーン・トレッダー号〉に巻《ま》きついて締《し》めあげようとしているのだ。このままどんどん締められれば、船は木っ端《こぱ》みじんに砕《くだ》けてしまうだろう。化け物は船をバラバラにしたあとで、波間に浮《う》かぶ人間を一人ずつ順《じゅん》に飲みこもうとしているのだ。この危機《きき》を逃《のが》れるには、船に巻きついた化け物を船尾《せんび》のほうへ押《お》していって、輪《わ》になった化け物を船からはずす以外《いがい》にない。逆《ぎゃく》の言いかたをするならば、船を前方へ押し出して、大ウミヘビの輪から脱出《だっしゅつ》する以外にないのだ。

言うまでもなく、リーピチープひとりの力では、大聖堂《だいせいどう》を持ち上げようとするのと同じようなもので、とうてい勝ち目のない戦《たたか》いだった。船員たちは力を使いはたして息も絶《た》え絶《だ》えになったリーピチープを脇《わき》へよけてやり、あっという間にルーシーとリーピチープ（気絶《きぜつ》していた）を除《のぞ》く全員が左右両舷《りょうげん》の波よけにそって二つの長い列を作った。前の者の背中《せなか》に次の者が胸《むね》を押しつけ、その者の背中にそのまた次の者が胸を押しつけ、そうやって全員の力がいちばん先頭の者に伝《つた》わるようにして、全員が懸命《けんめい》に押した。必死《ひっし》の時間が何秒か過《す》ぎ、船員たちには何時間にも感じられたが、いっこうに何の変化《へんか》も起こらないように見えた。男たちの関節《かんせつ》が音をたて、汗《あせ》がしたたり落ち、うなり声やあえぎ声がもれた。しかし、やがて、船が動きだすのが感じられた。巻《ま》きついた大ウミヘビの輪《わ》がマストから少し後方へずれたのだ。が、同時に、大ウミヘビの輪はますます小さくなり、事態《じたい》は緊迫《きんぱく》の度《ど》を増《ま》した。このままでは、一《いち》段《だん》高くなっている船尾楼《せんびろう》を越《こ》せるかどうかわからない。輪が小さすぎて、船尾楼の前でひっかかるかもしれない。しかし、ぎりぎりのところで、化け物の輪は船尾楼の上に乗った。十数人の水夫《すいふ》が船尾楼に駆《か》け上《あ》がった。これでずいぶん押《お》しやすくなった。大ウミヘビの胴体《どうたい》が船尾楼の甲板《かんぱん》すれすれの高さになったので、水夫たちは船尾楼に横一列に並《なら》んで化け物の胴体を後方へ押せる態勢《たいせい》になったのだ。ひとすじの希望《きぼう》が見えたが、そのとき、〈ドーン・トレッダー号〉の船尾を飾《かざ》るドラゴンのくるりと高く巻きあがったしっぽの形がみんなの頭に思いうかんだ。あのしっぽを越して大ウミヘビを後方へ押し出すのは、とても無理《むり》だろうと思われた。

「斧《おの》を！」カスピアンがかすれた声で叫《さけ》んだ。「もっと押すんだ！」船内のどこに何があるかをよく知っているルーシーは、甲板の中央に立って船尾楼を見上げていたが、カスピアンの声を聞くと即座《そくざ》に船倉《せんそう》へ下りていき、斧をつかんでもどってきて、船尾楼のはしご段《だん》を駆《か》け上《あ》がった。しかし、ルーシーがはしご段をあがりきった瞬間《しゅんかん》、大きな木が倒《たお》れるようなメリメリという音が響《ひび》いて船が大きく揺《ゆ》れ、がくんと前方へ押《お》し出《だ》された。というのは、その瞬間《しゅんかん》に、大ウミヘビを押す男たちの力が優《まさ》ったのか、それとも大ウミヘビが愚《おろ》かにも胴体《どうたい》をきつく締《し》めすぎたのか、ドラゴンのしっぽの形をした船尾《せんび》がぽっきり折《お》れて、〈ドーン・トレッダー号〉が化け物の輪《わ》からするりと抜けたのだ。

みんなへとへとで、ルーシー以外《いがい》は何が起こったのか見ていなかった。船の数メートル後方で、大ウミヘビの輪はぐんぐん小さくなっていき、水しぶきをあげて海中に消えた。ルーシー自身、そのときはものすごく興奮《こうふん》していたので、もしかしたら想像《そうぞう》でものを言ったのかもしれないが、ともかく、その瞬間、化け物の顔にバカみたいな満足《まんぞく》の表情《ひょうじょう》が浮《う》かぶのを見た、とルーシーは言った。どちらにしても、大ウミヘビがひどく頭の悪い生き物であることだけはまちがいなさそうだ。このあと化け物が〈ドーン・トレッダー号〉を追いかけてくることはなく、ぐるりと反転して、まるで船の残骸《ざんがい》を探《さが》すかのように自分の胴体の周囲《しゅうい》を鼻先で探《さぐ》りだしたのだ。〈ドーン・トレッダー号〉はすでにはるか先のほうへ逃《のが》れ、帆《ほ》に風を受けて走りだしていた。船員たちは甲板《かんぱん》のあちこちで倒《たお》れたり座《すわ》りこんだりして荒《あら》い息をつき、うなり声をあげ、そのうちようやく危機一髪《ききいっぱつ》の場面をふりかえって語りはじめ、笑《わら》い声《ごえ》も聞かれるようになった。全員にラム酒が配られると、乾杯《かんぱい》の声があがり、みんな口をそろえてユースティスの勇気《ゆうき》（実際《じっさい》には役に立たなかったが）とリーピチープの勇気をたたえた。

このあと、〈ドーン・トレッダー号〉は三日のあいだ航海《こうかい》を続《つづ》けたが、海と空以外《いがい》は何も見えなかった。四日目に風が北風に変《か》わり、波頭《なみがしら》が立ちはじめた。午後になると、風はかなりの強風になった。そのとき、左舷《さげん》前方に島が見えた。

「陛下《へいか》、よろしければ」と、ドリニアンがカスピアンに声をかけた。「オールを漕《こ》いであの島の風下にはいり、この強風がおさまるまで港に停泊《ていはく》してはいかがでしょうか」カスピアンは同意したが、強風に逆《さか》らってオールで船を進めるのに時間がかかり、港にはいったのは夕方になってからだった。夕日の名残《なご》りを頼《たよ》りに〈ドーン・トレッダー号〉は天然《てんねん》の港にはいり、錨《いかり》を下ろしたが、その夜は誰《だれ》も上陸《じょうりく》しなかった。翌《よく》朝《あさ》になってあたりを見まわすと、そこは緑豊《ゆた》かな入江《いりえ》で、島の中央にそびえる岩山に向かって荒涼《こうりょう》とした斜面《しゃめん》がそそり立っていた。岩山の北側《きたがわ》から強い風が吹《ふ》いているらしく、頂《いただき》を越《こ》えて雲がぐんぐん流されてきていた。一行《いっこう》は上陸用《じょうりくよう》のボートを船から下ろし、空《から》になった水樽《みずだる》をかたっぱしから積《つ》みこんだ。

「ドリニアン、どっちの川で水を汲《く》もうか？」カスピアンがボートの艫《とも》[2]に腰《こし》をおろしながら船長に声をかけた。「入江《いりえ》に流れこむ川は、二本見えるが」

「どちらもたいして変《か》わりはないだろうと思います、陛下《へいか》」ドリニアンが答えた。

「しかし、右舷側《うげんがわ》の、東のほうが距離的《きょりてき》には近いように思います」

「あら、雨だわ」ルーシーが言った。

「ほんとだ！」エドマンドが言った。雨粒《あまつぶ》がたたきつけるように落ちはじめた。「反《はん》対側《たいがわ》へ行こう。むこうなら木がしげってるから、雨やどりできそうだ」

「それがいい」ユースティスも言った。「これ以上《いじょう》わざわざ濡《ぬ》れたくはないからね」

ところが、ドリニアンはあいかわらず右のほうへ向かってボートを進めていく。自

2　船の後方の部分。船尾《せんび》。

動車の運転に飽《あ》きて注意散漫《さんまん》になっている人が、道がちがっていると言われているのに、いっこうにかまわず時速六〇キロくらいで車をとばしつづけるような感じだった。

「みんなの言うとおりだよ、ドリニアン」カスピアンが言った。「なぜ西へ針路《しんろ》を変《か》えないのだ？」

「承知《しょうち》しました」ドリニアンはそっけない返事をした。ドリニアンにしてみれば、きのう一日じゅう空もようを眺《なが》めながらやきもきして船を操《あやつ》ったのに、いまさら船を知らない者たちからあれこれ口をはさまれるのが気に食わなかったのだろう。しかし、とにかくボートは針路を変えた。あとになって、それが幸運だったとわかることになる。

水の補給《ほきゅう》が終わるころには雨もあがり、カスピアンとユースティスとペヴェンシーきょうだいとリーピチープは岩山の頂上《ちょうじょう》まで登ってあたりを見てみようという話になった。雑草《ざっそう》やヒースにおおわれた岩山を登るのは楽ではなかったが、とちゅうで人やけものに出会うことはなく、カモメの姿《すがた》を見かけただけだった。頂上まで登ってみてわかったのだが、そこはとても小さな島で、面積《めんせき》はせいぜい二〇エーカー[3]

というところだった。この高さから眺《なが》めてみると、海は〈ドーン・トレッダー号〉の甲板《かんぱん》や戦闘楼《せんとうろう》から見たよりもはるかに広く、荒涼《こうりょう》とした景色《けしき》だった。

「どうかしてるよな」ユースティスが東の水平線を眺めながら小さな声でルーシーに言った。「あんなとこに向かって、どこまでも船を進めるなんて。何があるのかないのかわかんないのに」もちろん、ユースティスはこういうものの言いかたが癖《くせ》になっていただけで、むかしのように意地悪な気もちで言ったわけではなかった。

北風があいかわらず強く吹《ふ》きつけていたので、寒すぎて、山頂《さんちょう》に長くとどまることはできなかった。

「同じ道を帰るのはやめましょうよ」一行《いっこう》が引き返そうとしたとき、ルーシーが言った。「この先まで行って、もう一つの川ぞいに下りてみない？ ドリニアンが向かおうとした川」

3 一エーカーは約四〇四七平方メートルだから、二〇エーカーは約八万九四〇平方メートル。仮《かり》に島が円形だとすると、半径《はんけい》わずか一六〇メートルほどの島ということになる。

みんなルーシーの提案《ていあん》に賛成《さんせい》し、一五分ほど歩くと、もう一つの川の水源《すいげん》までやってきた。そこは思ったよりもおもしろそうな場所だった。水源は山ふところに抱《いだ》かれた深い小さな湖で、川が海側《うみがわ》に流れ出ていく狭《せま》い場所を除《のぞ》いて、周囲《しゅうい》は崖《がけ》のような斜面《しゃめん》に囲《かこ》まれていた。おかげでようやく吹《ふ》きすさぶ北風を避《さ》けることができたので、一行《いっこう》はヒースがしげる崖《がけ》の中腹《ちゅうふく》に腰《こし》をおろして一休みすることにした。

ところが、腰をおろしたとたん、エドマンドがぴょんと立ちあがった。

「なんだよ、この島。ずいぶんとがった岩だらけだな」と言いながら、エドマンドはヒースの根もとを手で探《さぐ》った。「どの石ころだ、頭に来るな……あ、これか……。え? 石じゃないぞ、剣《けん》の柄《つか》だ。ちがう、剣が丸ごと一振《ひとふ》りだ。錆《さ》びてボロボロだけど。ここに何年も捨《す》てておかれたにちがいない」

「見たところ、ナルニアっぽいな」みんなが見に集まってきたところで、カスピアンが言った。

「わたしがすわっているところにも、何かあるわ」ルーシーが言った。「何か、硬《かた》いもの」

見つかったのは、鎖《くさり》かたびらの残骸《ざんがい》[4]だった。このころには、みんな地面に四《よ》つん這《ば》いになって、分厚《ぶあつ》くしげったヒースの根もとを分けてあちこち探《さが》しまわっていた。その結果《けっか》、かぶとが見つかり、短剣《たんけん》が見つかり、コインもいくつか見つかった。カロールメン国で使われている〈クレセント〉コインではなく、まぎれもないナルニアの〈ライオン〉コインや〈ツリー〉コインで、ビーバー・ダムやベルーナの市場に行けばふつうに目にするコインばかりだった。

「ぼくらが探してる七人の貴族《きぞく》のうちの誰《だれ》かの遺品《いひん》だね、きっと」エドマンドが言った。

「わたしもそう思っていたところなんだ」カスピアンが言った。「誰なんだろう？　短剣にも紋章《もんしょう》が残《のこ》っていないし。それに、どういう最期《さいご》を迎《むか》えたのだろう？」

「そして、どのように仇《あだ》を討《う》ってやればよいのでしょうか」リーピチープが言った。

一行《いっこう》のなかで一人だけ推理小説《すいりしょうせつ》をいくつか読んだことのあるエドマンドがしばら

4　鋼鉄製《こうてつせい》の輪《わ》を鎖のようにつないで作った鎧《よろい》。

く考えこんでいたが、やがて口を開いた。

「どうも解《げ》せないんだよな。この人物は、誰《だれ》かと戦《たたか》って殺《ころ》されたのではないと思う」

「なぜ？」カスピアンが聞いた。

「遺骨《いこつ》がないから」エドマンドが答えた。「敵《てき》なら、鎧《よろい》かぶとを奪《うば》って、遺骸《いがい》は置《お》いていくはずだろう？　戦いに勝った相手が鎧かぶとを残《のこ》して遺骸だけ持ち去るなんて、聞いたことあるかい？」

「野生の動物に殺されたんじゃない？」ルーシーが言った。

「だとしたら、よっぽど頭のいい動物だろうね」エドマンドが反論《はんろん》した。「鎖《くさり》かたびらを脱《ぬ》がせるなんて」

「もしかして、ドラゴン？」カスピアンが言った。

「ありえない」ユースティスが否定《ひてい》した。「ドラゴンには無理《むり》だよ。ぼくだから、わかるけど」

「とにかく、こんな場所からは離《はな》れましょうよ」ルーシーが言った。エドマンドが人骨《じんこつ》のことを言いだしたときから、もう腰《こし》をおろす気になれなくなってしまったのだ。

「そうだね」カスピアンも腰《こし》をあげた。「こんなものは持って帰ってもしかたがないし」

一行《いっこう》は崖《がけ》から下りて湖の周囲《しゅうい》をぐるりと回り、湖から川が流れ出ているところまでやってきて、崖に囲《かこ》まれた深い湖をのぞきこんだ。もし暑い日だったならば、当然《とうぜん》、湖で泳ぎたいと思う者もいただろうし、みんな湖の水を口に運んだことだろう。実際《じっさい》、こんな寒い日でも、ユースティスが湖畔《こはん》にかがみこみ、両手で水をすくおうとした。が、リーピチープとルーシーが同時に「見て！」と叫《さけ》んだので、ユースティスは水をすくおうとした手を止めて、湖の中をのぞきこんだ。

湖の底《そこ》は灰色《はいいろ》がかった青い大きな石が一面に散《ち》らばっていて、水は透明《とうめい》に澄《す》みわたり、水底《みなそこ》に実物大の人の姿《すがた》をした像《ぞう》が横たわっていた。どうやら金でできているようにに見えた。像は両腕《りょううで》を頭の上に伸《の》ばしたかっこうでうつ伏《ぶ》せに沈《しず》んでいた。一行が湖をのぞいていたとき、ちょうど雲の切れ間から太陽の光がさして、金色の像の全身を照《て》らした。ルーシーは、こんなに美しい彫像《ちょうぞう》を見たのは生まれて初《はじ》めてだと思った。

YOUCHAN

カスピアンが口笛を鳴らした。「ほう！　ここまで来た甲斐《かい》があった。あれ、水から揚《あ》げられるかな？」

「飛《と》びこんでみましょうか、陛下《へいか》」リーピチープが言った。

「だめだよ」エドマンドが言った。「少なくとも、あれが純金《じゅんきん》でできているとしたら、重すぎて持ち上げるなんてできないだろう。それに、この湖の深さだって、四メートルあるのか五メートルあるのか、見当がつかない。ちょっと待って。ぼく、ちょうど狩猟用《しゅりょうよう》の槍《やり》を持ってきてるから、実際《じっさい》にどのくらいの深さがあるのか測《はか》ってみよう。カスピアン、ぼくの手を握《にぎ》ってて。水の上に手を伸《の》ばして測ってみるから」エドマンドはカスピアンに片手《かたて》をつかんでもらい、湖の上に身を乗り出して、槍の穂先《ほさき》を水に沈《しず》めていった。

槍が半分も水に沈まないうちに、ルーシーが言った。「あの像《ぞう》、金ではないと思うわ。光のかげんでそう見えるのよ、きっと。だって、エドマンドの槍も同じ色に見えるもの」

「どうした？」何人かが同時に声をあげた。エドマンドが突然《とつぜん》、槍を手から落としたのだ。

「持っていられなかったんだ」エドマンドが息を乱《みだ》して言った。「ものすごく重くなった感じがして」

「湖の底《そこ》まで沈《しず》んじゃったね」カスピアンが言った。「ルーシーの言うとおりだ。像《ぞう》とそっくり同じ色に見える」

そのとき、靴《くつ》が気になったらしく腰《こし》をかがめて足もとを見ていたエドマンドが急に立ちあがり、有無《うむ》を言わせぬ強い口調で叫《さけ》んだ。

「下がれ！　みんな、水から遠ざかるんだ！　いますぐ!!」

全員が言われたとおりにしたあと、エドマンドを見つめた。

「見て」エドマンドが言った。「ぼくの靴のつま先」

「ちょっと黄色っぽく見えるけど——」ユースティスが口を開きかけた。

「金なんだよ、純金《じゅんきん》になっちゃってるんだよ」エドマンドがユースティスの言葉をさえぎった。「よく見て、さわってみて。もう、革《かわ》との境目《さかいめ》がはがれかけてる。それに、鉛《なまり》みたいに重い」

「アスランに誓《ちか》って！」カスピアンが驚《おどろ》きの声を発した。「それは、つまり――？」

「そう」エドマンドが答えた。「この湖の水は何でも金に変《か》えてしまうんだ。ぼくの槍《やり》も金になった。だから、あんなに重くなったんだ。で、湖の水がぼくの足もとに打《う》ち寄《よ》せてたから、靴《くつ》のつま先が金に変わっちゃったんだ。靴をはいていて、よかったよ。だから、湖の底《そこ》に沈《しず》んでるあれは――わかるだろう？」

「つまり、あれは像《ぞう》ではないってことね」ルーシーが小さな声で言った。

「そう。これで、ぜんぶわかった。あの男は、暑い日にここへやってきたんだ。それで、さっきまでぼくたちがすわってたあの崖《がけ》のところで着ていたものを脱《ぬ》いだ。衣類《いるい》は朽《く》ちはてたか、あるいは鳥が巣《す》を作る材料《ざいりょう》に持っていったんだろう。それで、鎧《よろい》だけが残《のこ》った。そのあと、男は湖に飛《と》びこんで――」

「言わないで」ルーシーが止めた。「なんて恐《おそ》ろしいことなの」

「ぼくたちも危《あぶ》ないところだった」エドマンドが言った。

「まことに」リーピチープがあいづちを打った。「誰《だれ》の指が水に浸《つ》かっても、誰の足が浸かっても、誰のひげやしっぽがあの水に浸かっても、不思議《ふしぎ》はないところでしたな」

「それでも、いちおう試《ため》してみよう」カスピアンが腰《こし》をかがめ、ヒースの小枝《こえだ》を折《お》り取った。そして、細心の注意を払《はら》いながら水ぎわに膝《ひざ》をつき、小枝を湖の水に浸《ひた》した。水に浸す前はたしかにヒースの小枝だったものが、水から上げてみたら小枝の形はそのままに重くて柔《やわ》らかい純金《じゅんきん》のヒースに変《か》わっていた。

「この島を所有する王は、またたく間に世界じゅうの王たちのなかでいちばん金持ちになれるということだな」カスピアンは顔を紅潮《こうちょう》させ、ゆっくりと言った。「この島を永遠《えいえん》にナルニア国の所領《しょりょう》であると宣言《せんげん》する。島の名は〈ゴールドウォーター島《とう》〉とし、この場にいる全員に口止めを命ずる。この島のことは、誰《だれ》にも教えてはならない。ドリニアンにさえも、だ。命令《めいれい》に反した者は死刑《しけい》に処《しょ》す。よいな?」

「おい、誰にむかってものを言ってるんだ?」エドマンドが言った。「ぼくはきみの臣下《しんか》ではないぞ。それを言うなら、話が逆《ぎゃく》だろう。ぼくは古代にナルニアを治《おさ》めた四人の王の一人だ。きみのほうこそ、ぼくの兄である上級王に忠誠《ちゅうせい》を誓《ちか》った臣下ではないか」

「腕《うで》にものを言わせようというおつもりか、エドマンド王？」カスピアンが剣《けん》の柄《つか》に手をかけた。

「やめなさいよ、二人とも」ルーシーが声をあげた。「男の子は、これだから困《こま》るのよ。二人とも、何をいばりくさって張《は》りあってるのよ、バカね……あ……！」ルーシーはしゃべるのを忘《わす》れ、息をのんだ。ルーシー以外《いがい》の者たちも、ルーシーが見たものに気づいた。

湖の対岸にそびえる灰色《はいいろ》の（というのは、まだヒースの花が咲《さ》いていなかったからだが）丘《おか》を見上げると、音もなく、ルーシーたちのほうへ視線《しせん》を向けることもなしに、人間が見たこともないほど巨大《きょだい》なライオンがゆっくりと通《とお》り過《す》ぎていくところだった。太陽は雲に隠《かく》れて見えないのに、ライオンだけがまばゆい陽光を浴《あ》びて光《ひか》り輝《かがや》いているように見えた。のちになって、そのときのことを説明《せつめい》するのに、ルーシーは「ゾウみたいな大きさだったわ」と言った。しかし、別《べつ》のときには「荷馬車を引く馬くらいの大きさだったわ」と言いなおすこともあった。だが、大きさはどうでもいいことだ。あれが何だったのかと聞く者は一人もいなかった。みんな、それがアスランだとわかっていたからだ。

アスランがどのようにしてどの方向へ姿《すがた》を消したのか、誰《だれ》も見た者はいなかった。その場にいた全員は、たったいま夢《ゆめ》からさめたように顔を見あわせた。

「さっきまで、何の話をしていたのかな?」カスピアンが言った。「わたしは、ずいぶんとみっともないことを口走ったような気がするのだが?」

「陛下《へいか》」リーピチープがカスピアンに話しかけた。「この場所は呪《のろ》われております。ただちに船にもどりましょう。そして、この島の名前ですが、わたくしに命名させていただけますならば、〈死水島《しにみずじま》〉と呼《よ》びたいところであります」

「まさに、その名前がぴったりなような気がするよ、リープ」カスピアンが言った。「あらためて考えてみると、どうしてなのか自分でもよくわからないが。いずれにせよ、天候《てんこう》も落ち着いてきているようだし、ドリニアンが出航《しゅっこう》したがっているだろう。ドリニアンに聞かせてやる話がいっぱいあるな」

しかし、実際《じっさい》には、船で待っていたドリニアンに話して聞かせられることは、たいしてなかった。というのも、みんな、最後《さいご》の一時間の記憶《きおく》がひどくあいまいになってしまっていたからだ。

「陛下《へいか》たちは、船にもどってこられたとき、そろって何かの魔法《まほう》にでもかかったような顔つきだったな」〈ドーン・トレッダー号〉がふたたび帆《ほ》に風をはらんで走り出して数時間がたち、〈死水島《しにみずじま》〉が水平線のかなたに見えなくなったころ、ドリニアンがリンスに話しかけた。「あの島で何かがあったにちがいない。だが、はっきりとわかったのは、われわれが探《さが》している七人のうちの一人の遺体《いたい》を見つけたらしい、ということだけだ」

「まさか。ほんとうですか、船長？」リンスが言った。「これで三人目か。となると、残《のこ》るはあと四人。この調子でいけば、年明け早々にはナルニアに帰れるかもしれませんね。ありがたい。タバコが残《のこ》り少《すく》なくなってきてるんで。それじゃ、おやすみなさい」

9　声の島

それまでずっと北西から吹《ふ》いていた風が真西から吹きはじめ、朝が来て海のむこうから太陽が昇《のぼ》るたびにドラゴンをかたどった〈ドーン・トレッダー号〉の船首が太陽のちょうど真ん中に見えるようになった。ナルニアで見たときよりも太陽が大きくなっていると言う者もいたが、そうでもないと言う者もいた。船は穏《おだ》やかではあるが一定の風を受けて進みつづけ、そのあいだ魚を目にすることもなく、カモメを目にすることもなく、船や陸地《りくち》を目にすることもなかった。そのうちに、ふたたび食料《しょくりょう》の蓄《たくわ》えが少なくなりはじめ、もしかしたら自分たちは果《は》てしなく続《つづ》く海を進んでいるのではないかという思いがみんなの胸《むね》にうかびはじめた。しかし、東をめざす航海《こうかい》もきょうであきらめるしかないかと思われた最後《さいご》の日、船のまっすぐ前方、昇る朝日と

〈ドーン・トレッダー号〉のあいだに、雲のように低《ひく》く横たわる島が見えてきた。

午後も半《なか》ばを過《す》ぎたころ、船は広い入江《いりえ》に錨《いかり》を下ろし、カスピアンたちは島に上陸《じょうりく》した。島は、それまでに訪《おとず》れたどの島ともちがっていた。砂浜《すなはま》を横切って進んでいくあいだ、どこもかしこも静《しず》まりかえり、まるで人の住まない土地のようにひっそりとしていたが、それにしては一〇人も庭師《にわし》を雇《やと》っているイギリスの大邸宅《だいていたく》のようにみごとに手入れされきちんと刈《か》りこまれた芝生《しばふ》が目の前に広がっていたのである。たくさんの樹木《じゅもく》も均等《きんとう》に間隔《かんかく》をあけて植えられていて、地面には折《お》れた枝《えだ》も枯《か》れ葉《は》も落ちていなかった。ときどきハトの声が聞こえたが、それ以外《いがい》には何の物音も聞こえなかった。

一行《いっこう》は、砂を敷《し》いた長い小道がまっすぐ伸《の》びている場所にさしかかった。小道には雑草《ざっそう》一本生えておらず、両側《りょうがわ》に並木《なみき》が続《つづ》いていた。小道のはるか先に屋敷《やしき》が見えた。左右に長く広がった灰色《はいいろ》の建物《たてもの》が午後の太陽に照《て》らされてひっそりと静まりかえっている。

砂の小道を歩きはじめてすぐ、ルーシーは靴《くつ》の中に小さな石がはいっているのが気になりはじめた。こういう見知らぬ土地では、ほかのみんなに一声かけて靴の中の石をとりのぞくあいだ待ってもらったほうが賢明だったのだろうが、ルーシーはそうしないで、黙ったままみんなから遅れて地面に腰をおろし、靴を脱いだ。靴ひもが絡まっていて、ほどくのに手間がかかった。

靴のひもをほどいているあいだに、ほかのみんなはずっと先へ行ってしまった。小石を取り出して靴をはきなおしたころには、もうみんなの話し声は聞こえなくなっていた。ところが、それとほぼ同時に、何かちがう物音が聞こえてきた。それは、屋敷《やしき》のほうから聞こえてくる音ではなかった。

ルーシーが聞いたのは、ドシン、ドシン、という音だった。何十人もの力自慢《ちからじまん》の男たちが大きな木槌《きづち》で地面を力まかせに打っているような音だった。しかも、その音はどんどん近づいてきた。そのときルーシーは木にもたれてすわっていたが、木に登るのは無理《むり》だったので、その場にじっとすわったまま木に背中《せなか》を押《お》しつけて、気づかれないよう気配《けはい》を消しているしかなかった。

ドシン、ドシン、ドシン……正体《しょうたい》不明《ふめい》の相手は、すぐ近くまで来ているにちがいないと思われた。地面が揺れていたからだ。けれども、ルーシーの目には何も見えない。正体不明《しょうたいふめい》の相手は、どうやら、すぐ背後《はいご》にいるようだった。と思ったら、こんどはすぐ目の前の小道からドシン、ドシンという音が聞こえてきた。相手が小道にいるとわかったのは、音が聞こえたからだけでなく、砂《すな》がすごい力で打たれたように飛《と》び散《ち》るのが見えたからだ。でも、何者が砂を打っているのかは、見えなかった。そのうちに、ドシン、ドシン、という音がルーシーから五、六メートルほど離《はな》れたあたりに集まってきたと思ったら、急に静《しず》かになった。そして、〈声〉が聞こえた。

あいかわらず目には何も見えないままで、ルーシーは恐《おそ》ろしさに震《ふる》えていた。庭園のように美しく手入れされたあたり一帯《いったい》は、一行《いっこう》がさきほど上陸《じょうりく》したときと同じく、物音もしなければ人影《ひとかげ》も見えなかった。にもかかわらず、ルーシーのすぐそばで声が話を始めたのだ。それは、こんな内容《ないよう》だった。

「皆《みな》の衆《しゅう》、いまこそチャンスだ」

即座《そくざ》に、ほかの声たちがそろって合いの手を入れた。「そうだ、そうだ！　いいぞ、そのとおり！　親方の言うとおりさ、いまこそチャンスだ！　でかしたぞ、親方！

それよりまともにゃ言いようがないさ！」

「つまり、だ」最初《さいしょ》の声が続《つづ》けた。「岸まで行って、あいつらとボートのあいだに割《わ》ってはいるのだ。みんな、武器《ぶき》を忘《わす》れるな。あいつらが船に乗ろうとするところをつかまえるんだ」

「よお、そのとおり！」ほかの声たちがいっせいに叫《さけ》んだ。「これまでで最高《さいこう》の計画だな、親方！　その調子だ、親方！　それよりましな計画なんて、思いつきようがないさ！」

「気合を入れていくぞ、皆《みな》の衆《しゅう》、気合を入れて」最初の声が言った。「では、いざ」

「まったくもって、そのとおりだ、親方！」ほかの声たちが言った。「それよりましな命令《めいれい》なんて、言いようがないさ！　おいらたちも、ちょうどいまそう言おうと思ったとこだ！　行こう、行こう！」

言うが早いか、ふたたびドシン、ドシン、という響《ひび》きが起こり、最初はひどく騒々《そうぞう》しかったが、しだいに音が遠ざかり、海のほうへ消えていった。

さっきの目に見えない者たちは何だったのだろうなどとのんびり考えている場合で

ないことはわかっていたので、ドシン、ドシン、という音が聞こえなくなると同時にルーシーは立ちあがり、小道を全力で走ってほかのみんなを追いかけた。何としても、このことを知らせなくてはならない。

ルーシーが恐《おそ》ろしさに震《ふる》えあがっていたあいだに、カスピアンたちは屋敷《やしき》の前までやってきていた。屋敷は二階までしかない低《ひく》い建物《たてもの》で、美しい落ち着いた色の石で造《つく》られており、窓《まど》がたくさんあって、ツタにおおわれている部分もあった。あたりがあまりにもしんと静《しず》まりかえっているので、ユースティスが「誰《だれ》も住んでいないんじゃないの？」と言った。しかし、カスピアンが黙《だま》って指さした先を見ると、煙突《えんとつ》からひとすじの煙《けむり》が立ちのぼっていた。

屋敷の正面ゲートは大きく開け放たれていたので、一行《いっこう》は門から中へはいり、石だたみの中庭へと進んでいった。そして、ここで初《はじ》めて、この島がふつうでないことを示《しめ》す光景《こうけい》を目にすることになった。中庭の中央に井戸《いど》のポンプがあり、ポンプの下にバケツが置《お》いてあった。それだけならば、何の変《か》わったところもない。しかし、手押《てお》しポンプを動かす人の姿《すがた》が見えないのに、ポンプの柄《え》がひとりでに上下していたのだ。

「ここには何か魔法《まほう》の力が働《はたら》いているぞ」カスピアンが言った。「やっと文明国にたどりついたにちがいない」

「機械仕掛《きかいじか》けの装置《そうち》だ！」ユースティスが声をあげた。

ちょうどそのとき、顔を真っ赤にして息を切らしたルーシーが中庭に駆《か》けこんできた。ルーシーは、さっき聞いた会話のことをみんなに小声で説明《せつめい》した。話を半分も聞かないうちに、一行《いっこう》のうちでもっとも勇敢《ゆうかん》な者でさえ、厳《きび》しい表情《ひょうじょう》になった。

「目に見えない敵《てき》だって？」カスピアンがつぶやいた。「ボートとわれわれを切り離《はな》す、と？　これはまずいことになったぞ」

「ルー、その連中《れんちゅう》がどんな感じの生き物なのか、見当つかない？」エドマンドが言った。

「見当なんかつくはずないわよ、エド。だって、見えないんだもの」

「足音とか、人間っぽい感じだった？」

「足音は聞こえなかったわ。声と、あとドスンとかドシンとか恐《おそ》ろしい音だけで。まるで木槌《きづち》を打ちおろしたような音だったわ」

リーピチープが口を開いた。「剣《けん》で貫《つらぬ》いてやったら、見えるようになるのでしょうかな?」

「いずれわかるだろう」カスピアンが言った。「だが、とにかく、この門から外に出よう。あそこのポンプのところにいる連中《れんちゅう》に、こっちの話がすっかり聞かれてしまう」

一行《いっこう》は門から外へ出て、小道をもどった。並木《なみき》にはさまれた場所ならば少しは自分たちの姿《すがた》が目立たなくなるかもしれない、と考えてのことだった。「こんなことしても、しようがないと思うよ」ユースティスが言った。「目に見えない相手から隠《かく》れようとしたって。すぐそばを囲《かこ》まれてるかもしれないのに」

「なあ、ドリニアン」カスピアンが船長に声をかけた。「ボートはあきらめて、入江《いりえ》の別《べつ》の場所まで移動《いどう》したあと、〈ドーン・トレッダー号〉に合図を送って岸に向かわせて、わたしたちを拾ってもらうことはできないかな?」

「水深が足りません、陛下《へいか》」ドリニアンが言った。

「泳いでいけばいいわ」ルーシーが言った。

「陛下《へいか》、ならびに皆様《みなさま》がたに申し上げます」リーピチープが口を開いた。「目に見えぬ敵《てき》を相手に、こそこそ逃《に》げ隠《かく》れするなど、愚《おろ》かなことであります。もし、この目に見えぬ連中《れんちゅう》が戦《たたか》いを挑《いど》んできたとしたら、まちがいなく、連中の意のままになろうかと考えます。どのような結果《けっか》になろうとも、わたくしとしては、しっぽをつかまれるくらいなら面と向かって戦うべきと考えるものであります」

「今回はたしかにリープの言うとおりだと思う」エドマンドが言った。

「そうね。もしリンスたちが〈ドーン・トレッダー号〉の上から岸で戦ってるわたしたちを見たら、きっと何とかしてくれると思うわ」ルーシーが言った。

「でも、戦っているようには見えないと思うよ、敵が目に見えないんだから」ユースティスが気落ちした声で言った。「剣《けん》を振《ふ》り回《まわ》して遊んでるようにしか見えないんじゃないか?」

みんな黙《だま》りこんでしまった。

「しかし、こんなところでぐずぐずしていても、しかたがない」とうとうカスピアンが口を開いた。「先へ進んでいって、立ち向かうしかない。さ、みんな、握手《あくしゅ》だ。

ルーシーは弓に矢をつがえて、ほかの者は剣《けん》を抜《ぬ》いて、行くぞ。おそらく、相手は停《てい》戦《せん》を申し入れてくるだろう」

広々とした芝生《しばふ》や大きな木々が並《なら》ぶのどかな景色《けしき》の中を武器《ぶき》を構《かま》えて海岸に向かって歩いていくのは、奇妙《きみょう》な感じがした。砂浜《すなはま》まで来てみると、ボートは島に上陸《じょうりく》したときのままになっており、なだらかに続《つづ》く砂浜には人影《ひとかげ》もなく、さっきのルーシーの話は想像《そうぞう》の世界のことだったのではないかと思った者も少なくなかった。しかし、一行《いっこう》が砂浜に出る直前に、どこからともなく聞こえる声に呼《よ》びとめられた。

「お待ちなさい、みなさんがた。そこまでだ。話がある。こっちは五〇人以上《いじょう》で、武装《ぶそう》している」

「そうだ、そうだ、そのとおり！」いっせいに声たちがはやしたてた。「いいぞ、親方！　親方の言うことは、まちがいなしだ！　親方の言うことにうそはない、ほんとだぞ！」

「五〇人の武人《ぶじん》の姿《すがた》は見えぬが？」リーピチープが言った。

「いかにも、いかにも」〈親方の声〉が言った。「こっちの姿は、見えるまい。なんで見えないか？　そりゃ、わしらが目に見えない者だからさ」

「いいぞ、親方、その調子だ！」〈ほかの声たち〉がはやしたてた。「まったくもって、そのとおり！　それよりましな答えは言いようがないさ！」

「リープ、黙《だま》ってろよ」カスピアンはリーピチープを制《せい》してから、いちだんと大きな声で言った。「目に見えぬ者たちよ、わたしたちに何の用があるのだ？　恨《うら》みを買うようなことをしたおぼえはないが」

「そちらの小さな嬢《じょう》ちゃんに頼《たの》みたいことがある」〈親方の声〉が言った（ほかの声たちは、そうだ、そうだ、自分たちもちょうどそう言おうと思っていたところだ、と口々にはやしたてた）。

「小さな嬢ちゃんだと！」リーピチープが怒《おこ》った。「こちらは女王であらせられるぞ」

「女王かどうかは知らんが――」と、〈親方の声〉が言った（ほかの声たちも、「知らん、知らん、女王かどうかは知らん！」と口をそろえた）。「――してもらいたいことがあるのだ」

「どんなこと？」ルーシーが言った。

「もし女王陛下《へいか》の名誉《めいよ》や身の安全にかかわるようなことあらば、この命が果《は》てるまでお前たちを殺《ころ》しまくって、目にもの見せてくれようぞ」リーピチープが言った。

「ほう」〈親方の声〉が言った。「とにかく、長い話になるんで、腰《こし》をおろさないか？」

この親方の提案《ていあん》に〈ほかの声たち〉は大賛成《だいさんせい》だったが、ナルニア人たちはその場に立ったまま話を聞いた。

「さて、と」〈親方の声〉が言った。「事情《じじょう》はこういうことだ。この島は、はるかむかしから、ある強大な魔法使《まほうつか》いのものだった。わしらはみんな、その魔法使いにこき使われておる——と言うか、まあ言いようによっては、こき使われておったと言うべきか。それでまあ、長い話を短くするなら、わしがいま話したその魔法使いというやつが、わしらにしたくないことをさせようとした。なんで、したくないか？　それは、する気がないからさ。とにかく、そんなわけで、この魔法使いがカンカンに怒《おこ》った。というのは、魔法使いは島を支配《しはい》しておって、口答えされることに慣《な》れておらんからさ。この魔法使いというのは、歯《は》に衣着《きぬき》せぬ物言《ものい》いをする御仁《ごじん》でな。ええと、ところで、どこまで話したかな？　そうだ、魔法使《まほうつか》いだ。この魔法使いがカンカンに怒《おこ》って、二階へ上がっていった。というのも、魔法に関係《かんけい》があるものは何もかも二階に置《お》いてあって、わしらは下の一階で暮《く》らしておったからさ。魔法使いは二階へ上がっていって、わしらに魔法をかけた。醜《みにく》くする魔法をな。あんたがたが、いま、わしらの姿《すがた》形《かたち》を見たとしたら、醜くされる前にわしらがどんな姿だったか、とてもじゃないが信《しん》じられんだろうし、いまのわしらの姿を見ずにすむ幸運に感謝《かんしゃ》するにちがいない。ほんとに、そうだろうさ。そんなわけで、あんまり醜い姿形にされちまったもんで、わしらはおたがい顔をあわせるのも嫌《いや》になった。で、わしらはどうしたか？　そうさ、わしらがどうしたか、話して聞かせよう。わしらは、昼すぎになってこの魔法使いが昼寝《ひるね》を始めたと思うころまで待ってから、そおっと二階に上がっていって、魔術《まじゅつ》の本が置いてある部屋まで行った。なんとまあ大胆《だいたん》なことさ。魔法の本を見れば、醜い姿にされた魔法をなんとかする方法《ほうほう》がわかるかと思ってさ。だが、わしらみんな冷《ひ》や汗《あせ》はだらだら出るし、からだはブルブル震《ふる》えるし、いやほんと正直な話。とにかく、あろうことかあるまいことか、醜い姿をもとにもどす呪文《じゅもん》が見つからんかったことだけは確《たし》かな話さ。そんで、時間はどんどんたつし、魔法使《まほうつか》いのやつがいつなんどき目をさますか気が気じゃないし、わしゃもう冷《ひ》や汗《あせ》まみれだった、いやほんと正直な話。そんで、とにかく長い話を短くするならば、だ、はたしてわしらのやりかたが正しかったのか正しくなかったのか、けっきょく見つかったのは、人を目に見えなくする呪文《じゅもん》だった。そんで、わしらは、こんな醜《みにく》い姿形《すがたかたち》のままでおるくらいなら、いっそ目に見えなくなったほうがましだと思った。なぜかと言うに、そのほうがいいからさ。そこで、わしのかわいい娘《むすめ》っ子が、そうさな、そこの小さい嬢《じょう》ちゃんと同じくらいの年恰好《としかっこう》かな、この子がまた醜くされる前はそれはそれはかわいい子だったんだが、いまじゃもう——いやいや、言わぬが花さ——とにかく、わしのかわいい娘っ子が呪文を唱《とな》えたんだ。なにしろ、呪文を唱えるのは小さい女の子か魔法使いかのどっちかでないとだめだからさ。わかるかな。そうでないと、呪文は効《き》かないのさ。なぜ効かないか？　それはつまり、何も起こらないからさ。そういうわけで、うちのクリプシーが呪文を唱えた。言っとくのを忘《わす》れたが、クリプシーは、そりゃあ上手に字が読めるのさ。そんなわけで、わしらみんな、ごらんのとおり目に見えなくなった。たしかに、おたがいの顔が見えなくなって、みんなほっとした。とりあえず、最初《さいしょ》のうちはな。けども、いいとこ悪いとこひっくるめて言うと、要《よう》するに、わしらは目に見えんことに死ぬほど飽《あ》き飽《あ》きしとるんだ。しかも、もうひとつ、さっきから話しておるこの魔法使《まほうつか》いというやつまで目に見えなくなるとは、思ってもみなかった。だが、あれ以来《いらい》、魔法使いの姿《すがた》は一度も見かけないんだ。だから、死んじまったもんなのか、どっかへ行っちまったもんなのか、目に見えないまま二階におるもんなのか、それとももしかしたら目に見えないまま一階に下りてきてそこらをうろついておるもんなのか、とんと見当がつかんというわけさ。耳をすませばわかるかというと、そういうわけにもいかん。うそじゃない。魔法使いのやつはいつだってはだしで歩きまわるから、大ネコほどの足音もたてないのさ。そういうわけで、はっきり言って、わしらはもう神経《しんけい》がどうかなりそうなのさ」

〈親方の声〉の話はだいたいそんなところだったが、ただし、これは〈ほかの声たち〉が入れた合いの手を省略《しょうりゃく》して、大幅《おおはば》に短くしたものだ。実際《じっさい》には、〈親方の声〉が何かを言うたびに〈ほかの声たち〉が「そうだ！　そうだ！」とか「いいぞ！　いいぞ！」などと合いの手を入れるので、聞いているナルニア人たちはいらいらして頭がおかしくなりそうだった。〈親方の声〉が話しおえたあと、長い沈黙《ちんもく》があった。

「それにしても」ようやくルーシーが口を開いた。「それが、わたしたちとどう関係《かんけい》あるんですか？　そこがわからないんですけど」

「おや、これはしまった。だいじなところを抜《ぬ》かしちまった」〈親方の声〉が言った。

「そのとおり！　そのとおり！」〈ほかの声たち〉がおおいに熱《ねっ》を込《こ》めて叫《さけ》んだ。「これほどすっかりみごとに抜かせる者はおらんぞ。いいぞ、親方！　その調子だ！」

「また最初《さいしょ》っからぜんぶ話す必要《ひつよう》はないと思うが」〈親方の声〉が言った。

「もちろん」カスピアンとエドマンドが言った。

「それじゃ、手っ取り早くまとめると、わしらはもうずいぶん長いあいだ、外国からちょうどいい年ごろの嬢《じょう》ちゃんがやってくるのを待っておったわけさ。あんたのような嬢ちゃんをな。嬢ちゃんに二階へ上がっていってもらって、魔法《まほう》の本のとこへ行って、目に見えなくなった者をもとにもどす呪文《じゅもん》を見つけて、それを唱《とな》えてもらおうと思ってな。そんで、みんなして決めたんだ。この島に上陸《じょうりく》してきた最初のよそ者をつかまえて――もっとも、かわいい嬢《じょう》ちゃんがおらなけりゃ、話はべつだが――とにかく、わしらの頼《たの》みごとを聞いてくれなきゃこの島から生きては帰さねえぞ、ってな。だから、みなさんがたよ、もしそちらのかわいい嬢ちゃんがわしらの役に立ってくれないと言うんなら、気《き》の毒《どく》だが、あんたがたののどぶえを掻《か》っ切《き》らせてもらうしかない。いわば、やむを得《え》んかかりあいで、悪く思わんでほしいのさ」

「おたくらの武器《ぶき》とやらは、いっこうに見あたらぬが」リーピチープが言った。「武器も目に見えぬというわけかな？」言葉がリーピチープの口を離《はな》れるか離れないかのうちにビュンと音がして、次の瞬間《しゅんかん》、一行《いっこう》の背後《はいご》に立っている木に槍《やり》が刺《さ》さり、柄《え》がビリビリと震《ふる》えた。

「それは槍だ、わかったか」〈親方の声〉が言った。

「そうだ、親方！　そのとおりだ！」〈ほかの声たち〉が言った。「それより上手にゃ言えないさ！」

「その槍は、わしが投げた」〈親方の声〉が続《つづ》けた。「わしの手から離れると、見えるようになる」

YOUCHAN

「でも、どうしてわたしでなくちゃだめなの？」ルーシーが聞いた。「あなたたちの誰《だれ》かでは、だめなの？　女の子はいないの？」

「やなこった！　やなこった！」〈声たち〉が言った。「二階へ行くのは、二度とごめんだ！」

「つまり、自分たちの姉妹や娘《むすめ》たちにはさせられないような危険《きけん》なことをこちらのレディに頼《たの》もうと、そういう魂胆《こんたん》なのだな！」カスピアンが言った。

「そういうこと！　そういうこと！」〈声たち〉がうれしそうに口をそろえて言った。

「それより上手にゃ言えないさ。よお、おたくは学がおありだね。すぐわかる！　すぐわかる！」

「なんと無礼《ぶれい》な——」と言いかけたエドマンドを制《せい》して、ルーシーが言った。

「二階に行くのは、夜じゃないとだめなの？　それとも、昼間でもいいの？」

「昼間さ。もちろん、昼間さ！」〈親方の声〉が言った。「夜じゃない。そんなこと、頼みゃしないさ。暗くなってから二階へ行くなんて、とんでもない」

「わかったわ。それじゃ、わたし、やります」ルーシーが言った。そして、みんなのほうをふりむいて、「いいえ、止めないで。やるしかないでしょ？　むこうは何十人もいるのよ。戦《たたか》うのは無理《むり》だわ。引き受ければ、助かるチャンスがあるんだもの」と言った。

「だけど、魔法使《まほうつか》いがいるんだぞ！」カスピアンが言った。

「わかってるわ」ルーシーが言った。「でも、あの声たちが言ってるほど悪人じゃないかもしれないし。あの声の人たち、なんだか弱虫っぽいと思わない？」

「頭が弱そうなのは、たしかだね」ユースティスが言った。

「ねえ、ルー」エドマンドが声をかけた。「きみにこんなことはさせられないよ。リープに聞いてみなよ、同じことを言うにちがいないから」

「だけど、これはわたし自身の命を救《すく》うためでもあるのよ、みんなの命だけでなく。わたし、目に見えない剣《けん》でバラバラに切《き》り刻《きざ》まれるのなんて、いやだもの。みんなも同じだと思うけど」ルーシーが言った。

「女王陛下《へいか》のおっしゃるとおりです」リーピチープが口を開いた。「戦って女王陛下のお命をお守りできるという確証《かくしょう》があるのならば、取るべき道は明らかです。しかし、わたくしの見るところ、そのような確証《かくしょう》はないと言わざるをえません。それに、連中《れんちゅう》が女王陛下《へいか》に頼《たの》もうとしていることは、女王陛下の名誉《めいよ》を傷《きず》つけるおそれのありそうなことではないし、むしろ気高《けだか》く英雄的《えいゆうてき》な行為《こうい》だと思われます。女王陛下が魔《ま》法使《ほうつか》いに立ち向かうつもりでおられるならば、わたくしは反対いたしません」

リーピチープは誰《だれ》の目から見ても恐《おそ》れ知らずの勇士《ゆうし》だったから、こんな意見を口にしても少しもぶざまには見えなかった。しかし、カスピアンをはじめとするほかの者たちは、しょっちゅう臆病《おくびょう》な心に負けそうになる自分を知っていたから、リーピチープの言葉を聞いて顔を真っ赤にした。とはいえ、どう考えてもリーピチープの言うとおりだったので、みんなその意見に従《したが》わざるをえなかった。ナルニア側《がわ》の意向が伝《つた》えられると、目に見えない者たちのあいだから大きな歓声《かんせい》があがった。そして、〈親方の声〉がナルニア人の一行《いっこう》を夕食に誘《さそ》い、屋敷《やしき》に泊《と》まるよう招待《しょうたい》した。〈ほかの声たち〉も、熱烈《ねつれつ》にあいづちを打った。ユースティスは尻込《しりご》みしていたが、ルーシーが「だいじょうぶ、裏切《うらぎ》ったりはしないわよ。そんな人たちじゃないと思うわ」と言ったので、みんなもその気になった。そんなわけで、ドシン、ドシンと響《ひび》く大きな音に伴《ともな》われて（石だたみの中庭にはいってからは、ますます音が反響《はんきょう》してうるさく聞こえた）、一行《いっこう》は屋敷《やしき》へもどっていった。

10　魔法使《まほうつか》いの本

目に見えない者たちは、心づくしのもてなしをしてくれた。料理《りょうり》をのせた皿が運ぶ人もいないのにひとりでにテーブルに近づいてくるのは、なんとも奇妙《きみょう》な光景《こうけい》だった。たいていの人は、目に見えない手で運ばれる皿は床《ゆか》と平行に動いてくるものと思っているだろう。それだけだって笑《わら》ってしまいそうな眺《なが》めなのだが、このときはそうではなく、料理を盛《も》った皿が長いダイニング・ホールのむこうからぴょんぴょん飛《と》んだり跳《は》ねたりしながらやってきたのだ。毎回ぴょんと跳《と》ぶたびに、皿は空中四、五メートルの高さまで跳びあがり、こんどはそこから下りてきて、床から一メートル足らずの高さでぴたりと止まる。皿の中身がスープやシチューだったりすると、目も当てられないことになった。

「いったいどういう生き物なのか、すごく興味《きょうみ》がわくね」ユースティスが小さな声でエドマンドに言った。「あれ、人間だと思う？　なんだか巨大《きょだい》なバッタかカエルみたいな感じがするよ」

「たしかに」エドマンドが言った。「でも、バッタとかいう話はルーシーに聞かせないようにね。ルーシーは虫が苦手だから。とくにでかいやつは」

料理《りょうり》がこれほど飛《と》び散《ち》らなければ、そして会話が一から十まで「そうだ！　そうだ！」の連呼《れんこ》でなければ、食事はもう少し楽しかったかもしれない。目に見えない者たちは、ありとあらゆることについてあいづちを打つのだ。実際《じっさい》、彼《かれ》らの言うこととときたら、あいづちを打つしかないような話ばかりだった。たとえば、「いつも言ってることだけど、腹《はら》が減《へ》ると、なんか食べたくなるよな」とか、「暗くなってきたな。夜になると、いつも暗いな」とか、「ほう、おたくらは海を渡《わた》ってきたんですか。海は、えらく濡《ぬ》れる場所ですよね」とか。一方、ルーシーは、暗くぽっかりと口を開けている階段《かいだん》への入口に目をやらずにはいられなかった。ちょうどルーシーのすわっている席《せき》から階段が見えたのだ。あしたの朝、あの階段をのぼっていったら、その先に何が待ち受けているのかしら、と考えずにはいられなかった。でも、それ以外《いがい》は、みんな食事を楽しんだ。マッシュルームのスープ、チキンの煮込《にこ》み、熱々《あつあつ》のゆでハム、グーズベリー[1]、レッドカラント[2]、カッテージチーズ、クリーム、ミルク、そして、はちみつ酒[3]が出された。みんなははちみつ酒をおいしいと思ったが、ユースティスだけは、あとで飲まなければよかったと後悔《こうかい》した。

翌朝《よくあさ》、目がさめたルーシーは、学校で試験《しけん》がある日か歯医者へ連《つ》れていかれる日のような重い気分だった。気もちのいい朝で、開いた窓《まど》からはミツバチが出入りする羽《は》音《おと》が聞こえたし、窓の外に広がる芝生《しばふ》はイギリスとそっくりな風景《ふうけい》に見えた。ルーシーは起きあがり、服に着がえて、朝食の席《せき》ではごくふつうにしゃべったり食べたりするようつとめた。そのあと、ルーシーは〈親方の声〉から二階に上がったあとのことについて指示《しじ》を受け、みんなに別《わか》れを告《つ》げると、きっぱりと口を結《むす》んだまま階段《かいだん》の下まで歩いていき、一度もふりかえらずに階段を一段ずつのぼりはじめた。

階段がとても明るいのは、ありがたいことだった。ルーシーの真正面、踊《おど》り場《ば》の上のほうに窓があったのだ。階段をのぼっていくあいだ、下のホールにすえつけられた大きな置時計《おきどけい》のチクタクと時を刻《きざ》む音が聞こえていた。踊《おど》り場《ば》から先は、左へ曲がってさらに階段《かいだん》をのぼるようになっていた。左へ曲がったところから先は、もう時計の音は聞こえなかった。

ルーシーは階段をのぼりきった。先のほうへ目をやると、幅《はば》の広い廊下《ろうか》がずっとむこうまで続《つづ》いていて、つきあたりに大きな窓《まど》が見えた。廊下は、この屋敷《やしき》の端《はし》から端まで続いているようだった。左右の壁《かべ》にはあちこちに彫《ほ》り物《もの》の装飾《そうしょく》がほどこされ、羽目板《はめいた》が張《は》られ、足もとにはカーペットが敷《し》きこまれて、両側《りょうがわ》にたくさんのドアが開いていた。ルーシーは立ち止まって耳をすましてみたが、ネズミがチューと鳴く声も、ハエが飛《と》ぶ羽音《はおと》も、カーテンが風にそよぐ音も聞こえず、ただ自分の心臓《しんぞう》の音が耳の奥《おく》で響《ひび》くだけだった。

「左側にあるいちばん最後《さいご》のドアね」ルーシーはひとりごとを言った。いちばん最後

1　スグリの実。ジャムなどにする。
2　赤スグリ。酸味《さんみ》の強い果実《かじつ》。
3　はちみつと水を混《ま》ぜて自然に発酵《はっこう》させたアルコール飲料《いんりょう》。人類最古《じんるいさいこ》の酒と言われる。

のドア、というのが、ちょっと嫌《いや》な感じだった。そこへ行くまでに、たくさんの部屋の前を通らなければならない。どの部屋に魔法使《まほうつか》いがいないともかぎらない。眠《ねむ》っているか、目をさましているか、目に見えないのか、あるいは死んでいるのか。でも、そんなことを考えてもしかたがない。ルーシーは廊下《ろうか》を歩きだした。カーペットがすごく分厚《ぶあつ》いので、靴音《くつおと》はまったくしなかった。

「いまのところ、まだ怖《こわ》いことなんか何ひとつ起こっていないでしょ」ルーシーは自分に言い聞かせながら歩いた。たしかに、廊下は静《しず》かで日の光がさしているふつうの廊下だった。静かすぎることを別《べつ》にすれば。できれば、両側《りょうがわ》のドアの一つ一つに真っ赤なペンキで書かれた不気味《ぶきみ》な文字のようなしるしがなければ、もっとよかったのだが。どれもねじくれた複雑《ふくざつ》な形をしたしるしで、何か意味があるにちがいなかったし、あまりいい意味のものではなさそうな気もした。それに、壁《かべ》のあちこちに飾《かざ》ってある仮面《かめん》も、できれば、ないほうがよかった。仮面はひどく醜《みにく》いものではなかったが、ぽっかり開いた両目の穴《あな》が気味悪く見えたし、気をゆるめると、通《とお》り過《す》ぎた瞬間《しゅんかん》に自分の背後《はいご》で仮面が動いたりするんじゃないかと思えたりして、いい気分はしなかった。

六つ目のドアを過《す》ぎたところで、ルーシーは初《はじ》めてドキッとさせられた。一瞬《いっしゅん》、ひげの生えた邪悪《じゃあく》で小さな顔が壁《かべ》から飛《と》び出《だ》してきて自分をにらんだと思ったのだ。ルーシーは恐怖心《きょうふしん》を押《お》し殺《ころ》してその場で足を止め、壁から飛び出してきた顔を見た。すると、それは顔でもなんでもないことがわかった。それはルーシーの顔の大きさや形とぴったり同じ小さな鏡《かがみ》で、上のほうに髪《かみ》が生え、下のほうにあごひげが垂《た》れているので、その鏡をのぞきこむと、自分の顔が髪とひげとのあいだにぴったりおさまって、まるで本物の顔のように見えるのだった。「通り過ぎるときに、視界《しかい》の端《はし》に自分の顔が見えただけだったのね」ルーシーはつぶやいた。「なーんだ、それだけのこと。何でもないわ」とは言っても、ルーシーは髪とひげの生えた自分の顔は好《す》きになれなかったので、そのまま先へ進んだ（ひげの生えた鏡がどのような目的《もくてき》でそこにかけてあったのか、著者《ちょしゃ》は魔法使《まほうつか》いではないからわからない）。

左側《ひだりがわ》のいちばん奥《おく》のドアに向かって歩いていくうちに、ルーシーは、さっきから廊下《ろうか》がだんだん長くなっているんじゃないかしら、もしかしたら、それもこの屋敷《やしき》の魔法《まほう》なのではないかしら、という気がしてきた。でも、とうとう、ルーシーはいちばん奥《おく》の部屋にたどりついた。部屋のドアは開いていた。

　そこは大きな窓《まど》が三つある広い部屋で、壁《かべ》には床《ゆか》から天井《てんじょう》まで、ルーシーが見たこともないほどたくさんの本がびっしりと並《なら》んでいた。小さな本もあれば、分厚《ぶあつ》い本もあり、教会にある聖書《せいしょ》よりもっと大きな本もあった。どの本も革《かわ》の表紙をつけて製《せい》本《ほん》されており、古くて難《むずか》しそうで魔法のにおいがした。でも、〈親方の声〉から教えてもらっていたので、ルーシーは壁面《へきめん》に並んでいるたくさんの本を気にする必要《ひつよう》はないとわかっていた。めざす〈魔法の本〉は部屋の中央にすえられた書見台《しょけんだい》の上に乗っていたからだ。書見台の高さを見ると、立ったまま本を読むしかなさそうだったし、どのみち椅子《いす》は置《お》いてなかった。書見台に向かって立つと、部屋の戸口に背《せ》を向けることになるので、ルーシーはさっそくドアを閉《し》めにいった。

　ところが、ドアは閉まらなかった。

　この点に関《かん》して、ルーシーとは考えのちがう読者諸君《しょくん》もいるかもしれないが、わたしはルーシーがドアを閉めようとしたのはもっともだと思う。ルーシーの話によれば、ドアを閉《し》めることさえできれば何も気になることはなかったのだが、ああいう場所でドアが開いたままの戸口を背《せ》にして立っているのは落ち着かない気分になる、というのだ。わたしも、ルーシーと同じように感じただろうと思う。しかし、ドアは閉まらず、それについてはどうすることもできなかった。

ルーシーは、本の大きさを見て、ひどく心配になった。目に見えないものを見えるようにする呪文《じゅもん》が本のどのあたりに出ているのか、〈親方の声〉は何も教えてくれなかった。というより、むしろ、ルーシーがそんな質問《しつもん》をするのが意外だ、というような声の調子だった。〈親方の声〉は、めざす呪文にたどりつくまで本を一ページ目から順《じゅん》にめくっていけばいいと思っているようで、めざすページを見つける方法《ほうほう》はそれ以外《いがい》にないと考えているらしいことは明らかだった。「でも、これじゃ、何日も何週間もかかっちゃうわ！」ルーシーは巨大《きょだい》な本を目の前にしてつぶやいた。「それでなくても、もうここに上がってきてから何時間もたったような気がしているのに」

ルーシーは書見台《しょけんだい》のところへ行き、本の上に手を置《お》いた。本にさわった瞬間《しゅんかん》、本が電気を帯《お》びているかのように指先がピリピリした。ルーシーは本を開こうとしたが、表紙を開くことができなかった。が、それは単《たん》に本が二つの鉛《なまり》の留《と》め金《がね》で閉《と》じられていたからで、留め金をはずしたら、本は簡単《かんたん》に開いた。それにしても、なんとみごとな本だったことだろう！

その本は、印刷《いんさつ》ではなく、手書きされたものだった。はっきりとした、よくそろった文字で書かれていて、下に向かう線は太く、上へ向かう線は細く書かれ、一文字一文字が大きく、活字よりも読みやすくて、とても美しく書かれていたので、ルーシーは丸々一分ものあいだ、読むのを忘《わす》れて本に見とれていた。本の紙はしわや折《お》り目《め》ひとつなく、すべすべで、いいにおいがした。それぞれの呪文《じゅもん》の最初《さいしょ》の一文字は色つきの絵で飾《かざ》られた大きな文字になっていて、本の余白《よはく》にも絵が描《えが》かれていた。

本には題名もなければ、見出しもなかった。いきなり呪文の言葉が書いてあり、初《はじ》めのほうに書いてある呪文はたいして重要《じゅうよう》なものではなかった。たとえば、いぼを取る呪文（月夜に銀の洗面器《せんめんき》で両手を洗《あら》いながら唱《とな》える）とか、歯痛《はいた》を治《なお》す呪文とか、ひきつけを治す呪文とか、ミツバチを巣《す》ごと取る呪文とか。歯痛を抱《かか》えた人の絵はあまりに真《しん》に迫《せま》っていたので、見ているとこっちまで歯が痛くなってきそうだったし、四番目の呪文《じゅもん》のまわり一面に描《えが》かれている金色のミツバチの群《む》れは、見た瞬間《しゅんかん》、ほんとうに飛《と》んでいるように見えた。

ルーシーは最初《さいしょ》のページからなかなか目を離《はな》すことができなかったが、ページをめくってみると、次のページにもまたおもしろそうな呪文が書いてあった。「でも、先へ進まなくちゃ」ルーシーはひとりごとを言いながら三〇ページばかり先へ進んだ。

そこに書いてあった呪文は、ルーシーがおぼえておくことができたとしたらの話だが、埋《う》もれた宝物《たからもの》を見つける呪文、忘《わす》れたことを思い出す呪文、忘れたいことを忘れる呪文、人がほんとうのことを言っているかどうか見分ける呪文、風や霧《きり》や雪やみぞれや雨を呼《よ》ぶ（あるいは遠ざける）呪文、人を眠《ねむ》らせる呪文、誰《だれ》かの頭をニック・ボトム[4]みたいなロバの頭に変《か》えてしまう呪文、などだった。読めば読むほど魔法《まほう》の本はおもしろくなり、絵はますます真《しん》に迫《せま》って見えてきた。

4　シェイクスピア著『真夏の夜《よ》の夢《ゆめ》』に登場する織工《しょっこう》で、妖精《ようせい》パックによって頭をロバの頭に変《か》えられてしまう。

そのうちに、文字がほとんど目につかないくらいに華《はな》やかな絵がいっぱい描《えが》かれているページが出てきた。が、ルーシーは呪文《じゅもん》の最初《さいしょ》の文章に気がついた。そこには、こう書かれていた。「この世のものとは思えぬほどの美貌《びぼう》を手に入れられること絶対《ぜったい》確実《かくじつ》な呪文」。ルーシーは本に顔を近づけて、絵をじっと見つめた。すると、それまでごちゃごちゃして見にくかった絵が、はっきりと見えてきた。最初の絵は、女の子が書見台《しょけんだい》の前に立って巨大《きょだい》な本を読んでいる絵だった。その女の子の服装《ふくそう》は、ルーシーとそっくり同じだった。次の絵を見ると、ルーシーが（絵の女の子は、まちがいなくルーシーだった）立ったまま口を開け、ずいぶんと恐《おそ》ろしげな表情《ひょうじょう》で何かを唱《とな》えているところだった。三番目の絵を見ると、この世のものとは思えぬほどの美貌がルーシーに訪《おとず》れたところだった。考えてみると不思議《ふしぎ》なことなのだが、初《はじ》めに見た絵は小さかったはずなのに、いまでは絵の中のルーシーは実際《じっさい》のルーシーと同じくらいの大きさになっていた。絵の中のルーシーと実物のルーシーは目と目を見合わせたが、二、三分で実物のルーシーのほうが目をそらした。絵の中のルーシーの美しさに目がくらみそうになったからだ。とはいっても、絵の中のルーシーの美しい顔には、やはりどこかに実物のルーシーの面影《おもかげ》があった。そのうちに、次から次へといろいろな場面の絵が迫《せま》ってきた。カロールメンで開かれた武芸大会《ぶげいたいかい》で、ルーシーが貴賓席《きひんせき》にすわっている場面が見えた。世界じゅうの王たちがルーシーの美貌《びぼう》を目あてに戦《たたか》っていた。そのあと、武芸大会の光景《こうけい》は本物の戦争《せんそう》に変《か》わり、ナルニア国やアーケン国やテルマール地方やカロールメン国やガルマ島やテレビンシア島のことごとく荒《あ》れはてたようすが描《えが》かれていた。ルーシーの心を勝《か》ち得《え》ようとして王や君主や大貴族《だいきぞく》たちが激《はげ》しく争《あらそ》いあった結果《けっか》だった。次に絵が変わると、いぜんとしてこの世のものとは思えぬほどの美貌に輝《かがや》くルーシーがイギリスに帰ってきたところだった。そして、スーザン（家族のなかではいちばんの美人と言われていた）がアメリカから帰ってきた。絵の中のスーザンは実際《じっさい》のスーザンとそっくり同じで、ただ、以前《いぜん》よりも平凡《へいぼん》に見え、意地悪そうな表情《ひょうじょう》をしていた。スーザンはルーシーの目もくらむような美貌に嫉妬《しっと》していたのだ。しかし、そんなことはいまや問題ではなかった。いまとなっては誰《だれ》もスーザンのことなど気にとめなくなっていたからだ。

「わたし、呪文《じゅもん》を言うわ、ぜったい」と、ルーシーはつぶやいた。「かまうものですか。わたし、ぜったいに言うわ」ルーシーが「かまうものですか」と言ったのは、心のどこかにこの呪文《じゅもん》を唱《とな》えてはならないといさめる強い声を感じたからだった。

ところが、ルーシーが呪文の最初《さいしょ》の言葉のところへ視線《しせん》をもどすと、並《なら》んでいる文字の真ん中に、堂々《どうどう》たるライオンの顔が現《あらわ》れた。さっきまでその場所には絵など断《だん》じてなかったはずなのに。それはほかでもないアスランの顔で、アスランがルーシーをじっと見つめていた。ライオンの絵は光《ひか》り輝《かがや》く金色で描《えが》かれていたので、いまにもページの中から抜《ぬ》け出《だ》してルーシーのほうへ向かってきそうに見えた。実際《じっさい》、あとで思い出してみても、このときライオンが少し動いたような気がしてならなかった。いずれにしても、ルーシーはアスランの顔に浮《う》かんだ表情《ひょうじょう》をよくわかっていた。アスランは牙《きば》を大きくむき出して、うなり声をあげていたのだ。ルーシーはものすごく恐《おそ》ろしくなって、すぐにページをめくってしまった。

そのあと、何ページかめくると、友だちが自分のことをどう思っているかを知ることのできる呪文があった。ルーシーは、さっきのページに書いてあった「この世のものとは思えぬほどの美貌《びぼう》を手に入れられる呪文」におおいに未練《みれん》があったので、その

Beautiful
YOUCHAN

呪文《じゅもん》を言えなかったかわりに、こんどこそ、本に書いてある呪文を唱《とな》えてやろうと思った。そして、その決心が変《か》わらないうちに、大急ぎで呪文を唱えた（それがどんな呪文だったか、読者諸君《しょくん》に教える気は毛頭《もうとう》ないから、そのつもりで）。呪文を唱えたあと、ルーシーは、何が起こるのかと思いながら待った。

でも、何も起こらなかったので、ルーシーは本に描《えが》いてある絵を眺《なが》めはじめた。すると、たちまち、思いもよらない光景《こうけい》が見えた。それは三等客車の中で、二人の女子生徒《せいと》がすわっていた。ルーシーにはすぐにわかった。マージョリー・プレストンと、アン・フェザーストーンだ。ただし、それはふつうの絵ではなく、動いて見える絵だった。列車の窓《まど》の外を次々と後方へ飛《と》び去《さ》っていく電柱が見えた。そのうちに、ちょうどラジオのダイヤルを動かしてだんだんと周波数《しゅうはすう》が合ってきたときのように、二人の会話が聞こえてきた。

「今学期は、わたしとも付《つ》き合《あ》ってくれるのかしら？」アンがしゃべっていた。「それとも、あのルーシー・ペヴェンシーにまだ夢中《むちゅう》なの？」

「夢中って、どういう意味かしら、わたしにはわからないけど」マージョリーが言った。

「あら、わかってるくせに」アンが言った。「この前の学期は、あなた、あの子にべったりだったじゃない」

「そんなことないわよ」マージョリーが言った。「わたし、そんなバカじゃないわ。ま、あの子はそれなりに悪くはないけど。でも、わたし、この前の学期が終わる前に、もうあの子にはうんざりだったから」

「ああそうですか！　もう二度と仲良《なかよ》くしてあげないわ！」ルーシーは叫《さけ》んだ。

「あっちにもこっちにもいい顔して！」しかし、自分の声を聞いたとたん、ルーシーは自分が本の中の絵に向かって叫んでいたこと、そして、本物のマージョリーは遠い別《べつ》の世界にいることを思い出した。

「あーあ。もっといい子だと思ってたのに」ルーシーはつぶやいた。「この前の学期には、わたし、あの子にはずいぶんいろいろと親切にしてあげたし、あの子が仲間《なかま》はずれにされそうになったときだって、味方になってあげたのに。あの子だって、わかってるはずだわ。しかも、よりにもよって、あのアン・フェザーストーンにおべっか使うなんて！　ほかの友だちも、みんな同じなのかしら？　ここには、ほかにもいっぱい絵があるけど。ううん、わたし、見ない。もう見ないわ」ルーシーは自分の心に鞭打《むちう》って次のページをめくったが、その前に大粒《おおつぶ》の怒《いか》りの涙《なみだ》が本の上にこぼれ落ちた。

次のページは、「気分をさわやかにする呪文《じゅもん》」だった。ほかのページにくらべると絵は少なかったが、とても美しい絵だった。読んでみると、それは呪文というより物語に近いものだった。呪文は三ページにわたって書かれていて、一ページ目のいちばん下まで読むころには、ルーシーは自分が呪文を読んでいることをすっかり忘《わす》れ、物語の世界を実際《じっさい》に生きているような気分になって、一つ一つの絵がみんな現実《げんじつ》の風景《ふうけい》のように見えてきた。三ページ目の最後《さいご》まで読んだルーシーは、「これは、わたしがいままで読んだなかでいちばんすてきなお話だったわ。これからだって、こんなすてきなお話には出会えないんじゃないかしら。ああ、これからずっと、一〇年先までずっと読んでいたいくらい。とりあえず、もう一回読もう……」とつぶやいた。

ところが、ここで本の魔性《ましょう》が現《あらわ》れた。前のページにもどることができないのだ。

これから読むページは開けるけれど、読みおわったページにはもどれなくなっていた。

「え、ひどいわ！」ルーシーが声をあげた。「もういちど読みたかったのに。すごく読みたかったのに。しかたないわ、せめて思い出せないかしら。ええと……何の話だったっけ……何の……ああ、もう、どんどん忘《わす》れちゃう。この最後《さいご》のページもどんどん消えていく……。なんて不思議《ふしぎ》な本なの。信《しん》じられないわ、忘れちゃうなんて。たしか、カップと剣《けん》と木と緑の丘《おか》の話だったと思うんだけど。それだけは思い出せるけど、あとは思い出せないわ。どうしよう？」

けっきょく、ルーシーにとって、すばらしい物語を二度と思い出すことはできなかった。それ以来《いらい》、ルーシーにとって、すばらしい物語とは〈魔法《まほう》の本〉にのっていた二度と思い出すことのできない話を思わせるような物語のことになった。

次のページをめくると、驚《おどろ》いたことに、そこには絵が一つもなかった。ただ、文章の初《はじ》めのほうを読むと、「隠《かく》されたるものを見えるようにする呪文《じゅもん》」と書いてあった。ルーシーは難《むずか》しい言葉に注意しながらその呪文を最後まで黙読《もくどく》し、そのあと声に出して唱《とな》えた。すると、たちまちにして呪文の効《き》き目《め》が現《あらわ》れた。呪文を唱えると同時にページのいちばん上に書かれた大きな文字に色がつき、余白《よはく》にいろいろな絵が浮《う》かびあがったのだ。それは、ちょうど、目に見えないインクで書いた秘密《ひみつ》の文書を火にかざしたときに少しずつ見えてくるのと似《に》ていたが、見えないインクとしてよく使われるレモン汁《じる》が黒っぽいくすんだ色になって見えてくるのとちがって、魔法《まほう》の本の文字は鮮《あざ》やかな金色や青や赤だった。浮かびあがった絵は奇妙《きみょう》な図柄《ずがら》で、あまり見かけのよくない人の姿《すがた》もたくさん描《えが》かれていた。ルーシーは思った。「さっきの呪文《じゅもん》で、ドシン、ドシン、と音をたてる人たちだけじゃなくて、ほかの人たちもぜんぶ見えるようになっちゃったのね、きっと。こんな場所なんだもの、あの人たち以外《いがい》にも目に見えないものがうようよしていても不思議《ふしぎ》はないわ。そういうものがぜんぶ見えちゃうっていうのも、どうかしらねえ……」

そのとき、背後《はいご》の廊下《ろうか》を近づいてくる柔《やわ》らかくて重々しい足音が聞こえた。ルーシーは、魔法使《まほうつか》いがはだしでネコほどの足音も立てずに歩きまわる話を思い出した。背後から何かが近づいてくるときは、とにかくふりかえって確《たし》かめるにかぎる。ルーシーは後ろをふりかえった。

その瞬間《しゅんかん》、ルーシーの表情《ひょうじょう》がパッと明るくなり、少しのあいだ、さっき絵の中で見た美貌《びぼう》のルーシーに負けないくらいに美しく輝《かがや》いた（もちろんルーシー本人は気づいていない）。そして、ルーシーは小さな歓声《かんせい》をあげ、両腕《りょううで》を大きく広げて駆《か》けだした。戸口に立っていたのは、王のなかの王、ライオンのアスランだったのである。アスランは絵ではなくて本物で、そのからだは温かく、ルーシーはアスランにキスをして、輝くたてがみに顔をうずめた。アスランのからだの奥《おく》から響《ひび》いてきた低《ひく》い地鳴りのような音を聞いて、ルーシーは、ライオンがのどをゴロゴロ鳴らしているのかもしれないと思った。

「ああ、アスラン。来てくれて、ありがとう」

「わたしはずっとここにいたのだよ」アスランが言った。「あなたが呪文《じゅもん》でわたしの姿《すがた》を見えるようにしただけだ」

「アスランたら！」ルーシーはアスランをとがめるような声を出した。「からかわないで。わ、わ、わ、わたしがアスランを見えるようにするなんてこと、できるはずないでしょ？」

「いや、できるのだ」アスランが言った。「わたしが自分で定めた決まりを自分から破《やぶ》ると思うかね?」

少し間を置《お》いたあと、アスランがふたたび口を開いた。

「わが子よ、あなたは話を盗《ぬす》み聞《ぎ》きしていたようだ」

「盗み聞き?」

「あなたは学校の同級生があなたについて話しているのを聞いた」

「あら、あれが盗み聞き? アスラン、わたし、あれが盗み聞きだなんて思いませんでした。あれは魔法《まほう》だったのでしょう?」

「魔法であろうと、ほかの方法《ほうほう》であろうと、他人の話をこっそり聞こうとするのは同じことだ。しかも、あなたは友人を誤解《ごかい》している。彼女《かのじょ》は心が弱いが、あなたのことを好《す》きなのだ。彼女は年上の生徒《せいと》が怖《こわ》くて、心にもないことを言ったにすぎない」

「でも、わたし、あの子が言ったことを忘《わす》れるなんてできそうにありません」

「そうだ。忘れることはできないだろう」

「ああ、どうすればいいの」ルーシーはつぶやいた。「わたし、何もかもめちゃくちゃにしてしまったのかしら? アスラン、もしこのことがなかったとしたら、あの子とわたしはこれからもずっと友だちでいられたのでしょうか？　ずっと大の親友で？　一生、ずっと？　それなのに、いまとなっては、もう友だちではいられなくなった、ということ？」

「わが子よ」アスランが言った。「以前《いぜん》、わたしはあなたに説明《せつめい》しなかっただろうか？　もしそうしていればどうなったか、ということは、誰《だれ》も知ることができないのだ」

「ええ、アスラン、おぼえています」ルーシーは言った。「ごめんなさい。でも、せめて――」

「言ってごらん、愛《あい》するわが子よ」

「あのお話、もう二度と読めないのですか？　わたしが思い出せなくなってしまった、あのお話……。アスラン、あのお話を聞かせて。お願《ねが》い、お願いだから」

「ああ、聞かせてあげよう。これから先、何年でも。しかし、いまはこちらへ来なさい。この屋敷《やしき》の主人に会わなければならない」

11　〈あんぽん足〉満足《まんぞく》する

大きなライオンのあとについて廊下《ろうか》に出ると、すぐに、むこうから老人《ろうじん》がやってきた。その人ははだしで、丈《たけ》の長いゆったりとした赤い服を着ていた。白い髪《かみ》にオークの葉の冠《かんむり》をかぶり、あごひげはウエストの飾《かざ》り帯《おび》のあたりまで伸《の》びており、奇妙《きみょう》な彫刻《ちょうこく》をほどこした杖《つえ》をついていた。アスランの姿《すがた》を見た老人は深々とおじぎをして、「ようこそ、アスラン。よくぞ、このあばら家においでくださいました」と言った。

「コリアーキンよ、わたしがあなたに与《あた》えたあの愚《おろ》かな者たちを治《おさ》めるのに飽《あ》き飽《あ》きしておるかな？」アスランが言った。

「いいえ」魔法使《まほうつか》いが言った。「連中《れんちゅう》はたいへん愚かですが、心根《こころね》の悪い者ではありません。最近《さいきん》では、むしろ連中《れんちゅう》に愛着《あいちゃく》を感じるようになってきました。まあ、たまには、いらつくこともありますが。いつになったら、このような手荒《てあら》い魔術《まじゅつ》ではなく叡智《えいち》によって彼《かれ》らを治《おさ》めることができるようになるのか、と」

「いずれ時が来れば、ということだな、コリアーキン」アスランが言った。

「そうですね、いずれそのような時が来るものならば」魔法使《まほうつか》いが答えた。「アスラン、連中の前にお姿《すがた》を現《あらわ》されるおつもりですか？」

「いいや」ライオンは軽くうなるような声で答えたが、ルーシーにはアスランが笑《わら》ったように聞こえた。「そんなことをすれば、連中は怖《こわ》がって大混乱《だいこんらん》してしまうだろう。あなたの治める者たちがわたしの姿をまともに見られるようになるまでには、空の星たちの多くが年老《としお》いて島々に休息の場を求《もと》めて下りてくるほど長い時間がかかるだろう。それに、きょうは、わたしは日暮《ひぐ》れ前にケア・パラヴェルで留守《るす》を守って主君カスピアンの帰りを指折《ゆびお》り数えて待つドワーフのトランプキンに会いに行かねばならぬ。ルーシー、あなたのことはすべてトランプキンに話して聞かせよう。さあ、そんな悲しい顔をしないで。またすぐに会えるから」

「お願いです、アスラン」ルーシーが言った。「すぐって、いつのことなのですか?」

「わたしにとっては、すべての時が『すぐ』なのだ」そう言った次の瞬間《しゅんかん》、アスランの姿《すがた》は消え、ルーシーと魔法使《まほうつか》いの二人が残《のこ》された。

「行ってしまったか!」魔法使いが言った。「残念《ざんねん》だが、いつもこうなのだ。アスランをつなぎとめておく手はない。アスランは飼《か》いならされたライオンではないのでね。ところで、わたしの本はお楽しみいただけたかな?」

「ええ、一部だけですけど、とっても楽しかったです」ルーシーは言った。「わたしがあの部屋にいたこと、ずっとご存《ぞん》じだったのですか?」

「ああ、もちろん、例《れい》の〈あんぽんたん〉どもが目に見えなくなる呪文《じゅもん》を唱《とな》えるのを許《ゆる》しておいたときからずっと、いずれあなたがやってきて呪文を解《と》くだろうということは、わかっていた。ただ、正確《せいかく》な日付《ひづけ》はわからなかったが。それに、けさはとくに注意して見ておったわけでもなかった。ご存じのように、連中《れんちゅう》の呪文のせいでわたしまで目に見えなくなってしまってね。目に見えなくされると、どうにも眠《ねむ》くてしかたがないんだよ。やれやれ、またあくびが出る。お腹《なか》はすいたかな?」

「ええ、少しすいたような気はしますが」ルーシーは答えた。「でも、いま何時なのか、見当もつかないので……」

「来なさい」魔法使《まほうつか》いが言った。「アスランに言わせれば、すべての時が『すぐ』ということになるが、わたしの屋敷《やしき》では、お腹《なか》がすいたときが午後の一時なのだよ」

魔法使いはルーシーを案内《あんない》して廊下《ろうか》を少し進み、一つのドアを開けた。中にはいってみると、そこは陽光があふれ、花が飾《かざ》られた、気もちのいい部屋だった。二人が部屋にはいっていったときにはテーブルの上には何もなかったが、もちろんそれは魔法のテーブルだったので、年老《としお》いた魔法使いがひとこと発すると、テーブルにテーブルクロスがかかり、ナイフやフォークやスプーンが並《なら》び、お皿やコップが置《お》かれ、食べ物が現《あらわ》れた。

「お口に合うといいのだが」魔法使いが言った。「最近《さいきん》口にしておられる料理《りょうり》よりも、むしろあなたの国で召《め》し上《あ》がっていた料理のほうがいいかと思って用意してみた」

「すてきだわ！」ルーシーの言葉どおり、テーブルには焼《や》きたて熱々《あつあつ》のオムレツ、ラム肉とグリーンピースのゼリー寄《よ》せ、ストロベリー・アイスクリーム、食事といっしょにいただくレモン・スカッシュ、そして食後にいただくココアが並《なら》んでいた。しかし、魔法使《まほうつか》いは食事には手をつけず、ワインを飲み、パンを口に運んだだけだった。魔法使いは危険《きけん》な人物ではなさそうで、ほどなくルーシーはむかしからの友だちと話すように魔法使いとの会話を楽しんでいた。

「呪文《じゅもん》はいつ効《き》くのですか?」ルーシーがたずねた。「〈あんぽんたん〉の人たちは、呪文と同時に目に見えるようになるのかしら?」

「もちろん、いまはもう目に見えるようになっているはずだ。ただ、おそらくいまはみんなまだ眠《ねむ》っているだろう。いつも昼間に昼寝《ひるね》をする習慣《しゅうかん》だからね」

「目に見えるようになったのだから、醜《みにく》く変《か》えた姿《すがた》ももとにもどしてあげるおつもりですか?」

「さて、それは難《むずか》しい質問《しつもん》だね」魔法使いが言った。「以前《いぜん》の姿のほうがずっと見た目がよかったというのは、連中《れんちゅう》が勝手にそう思いこんでいるだけなのでね。連中は醜い姿にされたと言っているが、わたしはそうは思わない。むしろ見た目がましになったと言う人も多いのではないかな」

「つまり、〈あんぽんたん〉の人たちは、ずいぶんうぬぼれが強いということですか?」

「そのとおり。少なくとも、〈あんぽんたん〉の親方は、うぬぼれが強い。そして、ほかの者たちにもそういうものの考えかたを吹《ふ》きこんでしまった。あの連中《れんちゅう》は、親方の言うことを一言一句《いちごんいっくしん》信じてしまうからね」

「ええ、それはわたしも気づきました」ルーシーが言った。

「まあ、考えようによっては、あんな親方などいないほうが、連中は扱《あつか》いやすいだろうね。もちろん、わたしの魔法《まほう》を使えば、親方を別《べつ》のものに変《か》えてしまうこともできるし、呪文《じゅもん》を使って連中が親方の言うことを一つも信じないようにすることもできる。だが、そんなことはしたくないのだよ。連中にとっては、あんな親方でも尊敬《そんけい》できる対象《たいしょう》がいたほうが、そういう対象が誰《だれ》もいないより、はるかにいいだろうからね」

「〈あんぽんたん〉の人たちは、あなたのことは尊敬しないのですか?」ルーシーが聞いた。

「とんでもない」魔法使いが言った。「よりにもよってわたしを尊敬するなどということは、ありえない」

「〈あんぽんたん〉の人たちを醜《みにく》い姿《すがた》に――その、あの人たちが醜いと思っている姿に――したのは、どんな理由だったのですか?」

「わたしが説《と》いて聞かせることに耳を貸《か》そうとしなかったからだよ。連中《れんちゅう》の仕事は、庭の手入れをすることと、食べ物を育てることだった。連中はわたしのために働《はたら》かされていると思っているようだが、そうではない。自分たちのための仕事なのだ。わたしが強制《きょうせい》してやらせなければ、連中はまったく働こうとしないだろう。もちろん、庭や畑には水をまかなくてはならない。丘《おか》を八〇〇メートルばかり登っていった上のほうに、美しい泉《いずみ》が湧《わ》いていてね。その泉から小川が流れ出ていて、それが庭の真ん中を通っておる。わたしが〈あんぽんたん〉の連中に頼《たの》んだのは、その小川から水をくんで庭にまきなさい、ということだけだった。それなのに、連中はわざわざバケツを持ってえっさえっさと丘を登って、泉まで水を汲《く》みにいって、ご苦労《くろう》なことにもどってくるあいだに水を半分もこぼして、そんなことを日に二回も三回もくりかえしていたのだよ。そのくせ、どう説得《せっとく》しても、当たりまえのことを理解《りかい》しようとしなかった。そのうちに、まるっきり言うことを聞かなくなったのだ」

「ほんとうにそんなにおバカさんなのですか？」ルーシーが聞いた。

魔法使《まほうつか》いはため息をついた。「連中《れんちゅう》にどれだけ手を焼《や》かされたか、話しても信《しん》じてもらえないだろう。二、三カ月前、連中は食事の前に皿やナイフを洗《あら》うのだと言い張《は》って、たいへんだった。そうすれば食後の洗い物をしなくてすむから、と言うのだよ。また、あるときは、ゆでたジャガイモを土に植えつけていた。そうすれば、収穫《しゅうかく》したあと料理《りょうり》する手間が省《はぶ》ける、と言って。また、ある日には、牛乳《ぎゅうにゅう》の加工所《かこうじょ》にネコがはいりこんでしまったことがあって、連中が二〇人がかりで牛乳を外に運び出していた。牛乳じゃなくてネコのほうを外につまみ出せば簡単《かんたん》なのに、誰《だれ》もそれを考えつかないのだよ。おや、食事が終わったようだね。それでは、〈あんぽんたん〉どもを見にいこうか。もう目に見えるようになっているはずだ」

魔法使いとルーシーは別《べつ》の部屋へはいっていった。その部屋には、アストラーベ[1]、

1　古代の天文学者や占星術師《せんせいじゅつし》が使った天体観測器《てんたいかんそくき》。

オーラリ[2]、クロノスコープ[3]、ポエジメーター、コリアンバス、テオドリンド[4]など、ぴかぴかに磨《みが》きあげられた何に使うのかわからない道具がいっぱい並《なら》べてあった。部屋の窓《まど》ぎわまで来たところで、魔法使《まほうつか》いが言った。「ほら、あれが〈あんぽんたん〉どもだ」

「誰《だれ》も見えませんけど」ルーシーが言った。「それに、あのキノコのようなものは何ですか?」

ルーシーが指さしたキノコのようなものは、刈《か》り込《こ》まれた芝生《しばふ》の上に点々と散《ち》らばっていた。たしかに見た目はキノコそっくりだが、キノコよりはるかに大きかった。軸《じく》の長さが一メートル近くあり、傘《かさ》も端《はし》から端まで同じく一メートル近くあった。よく見ると、軸は傘の中央についているのではなく、傘の端のほうにくっついていて、そのせいで全体がアンバランスな感じに見えた。そして、それぞれのキノコの根もとには、何か荷物のようなものが芝生の上に平らに置《お》いてあった。実際《じっさい》、見れば見るほど、それはキノコとはちがったものに見えてきた。傘の部分は、最初《さいしょ》にルーシーが思ったような円形ではなく、細長い楕円形《だえんけい》をしていて、一方の端が幅広《はばひろ》くなっていた。

芝生《しばふ》の上には、そんなものがたくさん散《ち》らばっていた。五〇以上《いじょう》もあっただろうか。

時計が三時を打った。

すると、とたんに、びっくりするようなことが起こった。ひとつひとつの〈キノコ〉がいきなり上下逆《さか》さになったのだ。軸《じく》の下のところにあった小さな荷物のようなものは頭と胴体《どうたい》で、キノコの軸に見えたのは足の腿《もも》からくるぶしまでの部分だった。足といっても二本の足ではなく、一つの胴体の真下に太い足が一本ついているだけだ（片足《かたあし》がない人のように一本の足が左右どちらかについているのとはちがう）。そして、軸の先っぽについている傘《かさ》に見えたのは、かかとからつま先までの巨大《きょだい》な足の裏《うら》だった。足の裏はかかとよりつま先のほうが幅広くなっていて、しかもつま先が少し上に反り上がっているので、小さなカヌーのように見えた。どうしてこの人たちがキノコ

2　太陽系儀《たいようけいぎ》。太陽と惑星《わくせい》や衛星《えいせい》の位置関係《いちかんけい》を見るための模型《もけい》。

3　きわめて短い時間を正確《せいかく》に測定《そくてい》するための装置《そうち》。

4　ポエジメーター、コリアンバス、テオドリンドは、著者《ちょしゃ》ルイスの言葉遊び。現実《げんじつ》に存在《そんざい》する装置《そうち》ではない。

のように見えたのか、ルーシーにはすぐにわかった。この人たちは背中《せなか》を地面につけて仰向《あおむ》けに寝《ね》ころび、一本足を空中に立てて、その先端《せんたん》についている巨大《きょだい》な足の裏《うら》を傘《かさ》のようにからだの上に広げていたのだ。あとでルーシーが聞いた話では、この連《れん》中《ちゅう》はいつもこういうかっこうで昼寝《ひるね》するのだという。こうして寝ころんでいれば、雨も日ざしも足の裏で防《ふせ》ぐことができるので、〈一本足〉の連中にとっては足の裏を日よけにして寝ころぶのはテントにはいって寝るのとほぼ同じように快適《かいてき》なのだという。

「わあ、なんておかしいの！」ルーシーは思わず笑《わら》いだしてしまった。「あなたがあんなふうにしたのですか？」

「ああ、そうだよ。わたしが〈あんぽんたん〉どもを〈一本足〉にしたんだ」そう答えながら、魔法使《まほうつか》いも涙《なみだ》を流すほど大笑《おおわら》いしていた。「ほら、見てごらん」

たしかに、それは一見に値《あたい》する光景《こうけい》だった。言うまでもなく、〈一本足〉の男たちは、わたしたちのように歩いたり走ったりすることはできない。だから、ノミかカエルのようにぴょんぴょん跳《は》ねて移動《いどう》するのだ。それにしても、なんというジャンプ力だろう！　まるで大きな足にバネがいっぱい詰《つ》まっているような大ジャンプで、地面

YOUCHAN

に着地するときもすごい衝撃《しょうげき》だった。ルーシーが前の日にドシン、ドシン、という音を聞いて気味悪く思ったのは、これだったのだ。いまや〈一本足〉たちは四方八方《しほうはっぽう》に向かってジャンプをくりかえし、たがいに「よう！　また目に見えるようになったぞ！」と声をかけあっていた。

「わしらは目に見えるようになった」飾《かざ》り房《ふさ》のついた赤い帽子《ぼうし》をかぶった〈一本足〉の親方とおぼしき男が声をあげた。「つまりだ、目に見えるようになると、たがいの姿《すがた》が見えるということだ」

「よう、そのとおり！　そのとおりさ、親方！」ほかの〈一本足〉たちが口々にあいづちを打った。「そこが肝腎《かんじん》なとこさ！　親方より頭が切れる者《もん》はいねえな。これよりわかりやすくは言いようがないさ！」

「あの娘《むすめ》っこが、ジジイの昼寝中《ひるねちゅう》にうまくやってくれた」親方が言った。「こんどこそ、ジジイに一泡《ひとあわ》吹《ふ》かせてやったぞ」

「ちょうどいま、そう言おうと思ったとこさ！」ほかの〈一本足〉たちが声をそろえて言った。「きょうはまた特別《とくべつ》にさえてるな、親方！　いいぞ、いいぞ、その調子だ！」

「よくもあなたのことをあんなふうに言えるものですね」ルーシーが言った。「きのうは、あなたのことをひどく怖《こわ》がっているみたいだったのに。あなたが聞いているかもしれないとは思わないのかしら？」

「それがあの〈あんぽんたん〉どものおかしなところなのだよ」魔法使《まほうつか》いが言った。「あるときは、わたしが何もかも支配《しはい》していて、ありとあらゆることを聞いていて、非常《ひじょう》に恐《おそ》ろしい人物であるかのように言う。そうかと思うと、こんどは赤子《あかご》でも見《み》抜《ぬ》けるような手でわたしを丸めこもうと考える。まったく、あきれた連中《れんちゅう》だ！」

「あの人たち、もとの姿《すがた》にもどしてあげないといけませんか？」ルーシーが聞いた。「もし気《き》の毒《どく》でなければ、いまのままの姿がいいと思うんですけど。あの人たち、いまの姿をすごく嫌《いや》がっているのかしら？　とってもうれしそうに見えるけど。だって、ほら、あんなにジャンプして。ああなる前は、どんな姿だったのですか？」

「どこにでもいるような、ふつうのドワーフだよ」魔法使いが言った。「ナルニアにいるドワーフのような性格《せいかく》のいいドワーフとはまるで別物《べつもの》だが」

「もとの姿《すがた》にもどしちゃうなんて、残念《ざんねん》だわ」ルーシーが言った。「だって、とってもおもしろいんだもの。それに、あのほうが見た目もずっと楽しいし。わたしがあの人たちにそう言ってあげたら、少しはあの人たちの気もちも変《か》わるかしら?」

「もちろん、そう思いますよ。ただし、こちらの言いたいことが連中《れんちゅう》の頭の中まで伝《つた》われば、ですがね」

「いっしょに行って、力を貸《か》していただけますか?」

「いやいや、わたしがいないほうが、よっぽどうまくいくでしょう」

「お昼ごはん、ごちそうさまでした」ルーシーはお礼を言うと、さっと向きを変えて、けさはあんなにびくびくしながらのぼった階段《かいだん》を駆《か》け下《お》り、待っていたエドマンドの胸《むね》に飛《と》びこんだ。エドマンド以外《いがい》のみんなも、ずっと階段の下で待っていたようだった。みんなの顔を見て、自分がみんなの心配をすっかり忘《わす》れていたことに気づいたルーシーは、良心《りょうしん》がちくりと痛《いた》んだ。

「だいじょうぶよ」ルーシーは叫《さけ》んだ。「何もかも、うまくいったわ。魔法使《まほうつか》いは、とってもいい人よ。それに、アスランにも会えたの」

そのあと、ルーシーはみんなをその場に残《のこ》してつむじ風のように庭へ飛《と》び出《だ》していった。庭では、〈一本足〉たちがジャンプする足音で地面が揺《ゆ》れ、〈一本足〉たちがあげる叫《さけ》び声《ごえ》で空気がビリビリ震《ふる》えていた。そして、ルーシーが姿《すがた》を見せると、足音と叫び声がいちだんと大きくなった。

「来たぞ、来たぞ」〈一本足〉たちが叫んだ。「嬢《じょう》ちゃんに万歳三唱《ばんざいさんしょう》だ。やあ！　嬢ちゃんがジジイに仕返ししてくれたぞ！」

「いやはや、こんなに残念《ざんねん》なことはない」〈一本足〉の親方が言った。「醜《みにく》くされる前のわしらの姿をお目にかけることができなくて。どんなに変《か》わりはてた姿にされちまったか、嬢ちゃんは信《しん》じられんだろうが、それが真実だ。わしらがとんでもなくみっともない姿にされちまったことはまちがいない、いやほんと正直な話」

「そうだ、そうだ、親方、そのとおりだ！」ほかの〈一本足〉たちがおもちゃの風船のように跳《と》びはねながら声をそろえた。「親方の言うとおり！　親方の言うとおり！」

「でも、あなたたち、ちっとも醜いとは思わないわ」ルーシーは、みんなに聞こえるように大声で叫《さけ》んだ。「みんな、とってもすてきに見えるわよ」

「聞いたか！　聞いたか！」〈一本足〉たちが言った。「あんたの言うとおりだ、嬢《じょう》ちゃん。おれたち、うんと男前さ！　おれたちより見ばえのいい連中《れんちゅう》はいないさ！」〈一本足〉たちはいささかもためらわずに言い切り、自分たちがさっきまでとまるっきり逆《ぎゃく》のことを言っているのに気づいていないようだった。

「つまり、嬢ちゃんの言ってることは、だな」〈一本足〉の親方が口を開いた。「わしらが醜《みにく》くされる前はどんなに男前だったか、ってことだ」

「そうだ、そうだ、親方の言うとおりだ！」ほかの〈一本足〉たちが声をそろえて言った。「嬢ちゃんが言ったのは、そういうことだ。たしかに、この耳で聞いたさ！」

「そんなこと、言ってないわよ」ルーシーは大声をはりあげた。「わたしは、あなたたちがいまのままでとってもすてきだ、って言ったの！」

「そうだ、そうだ、嬢ちゃんはそう言った」〈一本足〉の親方が言った。「わしらがむかしは男前だったとさ」

「いいぞ、いいぞ、そのとおり！　親方と嬢ちゃんの言うとおり！」〈一本足〉たちが言った。「二人の言うこたぁ、瓜二《うりふた》つだ。いつだって、正しいのさ！　これよりうまくは言いようがないさ！」

「でも、わたしたち、まるっきり反対のことを言ってるのよ」ルーシーがいらいらして足を踏《ふ》み鳴《な》らした。

「そうだ、そうだ、そのとおり！」〈一本足〉たちが言った。「まるっきり反対だ！それよりいいもんはないさ！　いいぞ、二人とも、その調子だ！」

「あなたたちと話してると、頭がどうかなりそうだわ」ルーシーは、もうお手上げだった。しかし、〈一本足〉たちは心から満足《まんぞく》しているようすだったので、ルーシーはまあ全体としては会話がうまくいったと思うことにした。

その日が終わる前に、〈一本足〉たちが現状《げんじょう》にますます満足するようなできごとがもう一つ起こった。カスピアンたちはできるだけ急いで海岸までもどり、〈ドーン・トレッダー号〉の船上で待っていたリンスたちに状況《じょうきょう》を報告《ほうこく》した。船の上では、みんながたいへん心配しながら知らせを待っていた。もちろん、〈一本足〉たちもフットボールのように跳《は》ねまわり、大声で「そうだ！　そうだ！」をくりかえしながらカスピアンの一行《いっこう》についてきたので、とうとうユースティスが「魔法使《まほうつか》いも連中《れんちゅう》を見えなくするんじゃなくて聞こえなくしてくれりゃよかったのに」とつぶやいた。しかし、ユースティスはすぐにその発言を後悔《こうかい》するはめになった。聞こえないというのは声が耳に届《とど》かないということだと〈一本足〉たちに説明《せつめい》しなければならず、どんなに言葉をつくして説明してもまともに伝《つた》わったようには思えなかったからだ。しかも、しまいには、〈一本足〉たちは「あの子は親方みたいにわかりやすくものを言うことができないんだな。まあ、いいさ、坊《ぼう》や、そのうちできるようになるから。親方の言うことを聞いてみなよ。ものを言うときは、ああいうふうに言うものさ。親方はほんとに話がうまいや！」などと言いだしたのである。一行《いっこう》が湾《わん》までやってきたとき、リーピチープがいいことを思いついた。船に積《つ》んであった小さなコラクルを下ろさせ、それに乗って、パドルで漕《こ》いでみせたのである。〈一本足〉たちは、これにすっかり心を奪《うば》われた。リーピチープはコラクルの中で立ちあがり、こう言った。「ごりっぱで頭のいい〈一本足〉のみなさん、あなたがたにはボートなどいりません。みなさん、ボートのかわりに使える大きな足を持っておられるからです。さあ、水の上にできるだけそっとジャンプしてごらんなさい」

〈一本足〉の親方は尻込《しりご》みし、ほかの者たちに「水はひどく濡《ぬ》れるぞ」と警告《けいこく》した。しかし、〈一本足〉の若《わか》い連中《れんちゅう》が一人か二人、リーピチープの言葉を聞いたとたんに試《ため》してみた。そのうちに何人かが真似《まね》をしはじめ、しまいには全員が海に浮《う》かぶようになった。波乗りは大成功《だいせいこう》だった。〈一本足〉たちの巨大《きょだい》な足は天然《てんねん》のいかだか舟《ふね》のようなもので、リーピチープから簡単《かんたん》なパドルの作り方を教えてもらったあとは、みんなパドルを使って湾《わん》の中や〈ドーン・トレッダー号〉の周囲《しゅうい》を漕《こ》いでまわり、その姿《すがた》は、小さなカヌーの船尾《せんび》に太ったドワーフが立ち乗りしているように見えた。〈一本足〉たちは海の上で競走《きょうそう》をし、勝った者には〈ドーン・トレッダー号〉から賞品《しょうひん》としてびん入りのワインが下ろされた。〈ドーン・トレッダー号〉の水夫《すいふ》たちは船の舷側《げんそく》[5]から身を乗り出して〈一本足〉たちのレースを眺《なが》め、脇腹《わきばら》が痛《いた》くなるほど笑《わら》いこけた。

〈あんぽんたん〉たちは〈一本足〉という新しい名前がおおいに気に入ったらしく、

5　船の側面《そくめん》。船べり。

堂々《どうどう》たるすばらしい名前だと思ったようだったが、何度教えても〈一本足〉という名前がちゃんとおぼえられなかった。「それって、おいらたちのことなんだとさ」と、〈一本足〉たちはわめきちらした。「いっぽんだち。いっとんあし。あっぽんいし。おいらたちも、ちょうどいま、そう言おうと思ってたとこだったんだ」しかし、そのうちに〈一本足〉たちは新しい名前を古い〈あんぽんたん〉という名前とごちゃ混《ま》ぜにしてしまい、けっきょく二つを合わせた〈あんぽん足〉という名前に落ち着いた。これから先も、おそらく何世紀《なんせいき》にもわたって、彼《かれ》らはこの名前で呼《よ》ばれることになるのだろう。

その晩《ばん》、ナルニア人たち全員が屋敷《やしき》の二階に招《まね》かれて魔法使《まほうつか》いとともに食卓《しょくたく》を囲《かこ》んだ。恐怖心《きょうふしん》がなくなったいま、二階のようすがまったくちがって見えることにルーシーは気がついた。ドアごとに書かれている謎《なぞ》めいた文字のようなしるしは、あいかわらず謎めいて見えたけれど、いまでは悪意のない愉快《ゆかい》な意味を持ったしるしのように見えた。ひげの生えた鏡《かがみ》でさえ、もう恐《おそ》ろしくはなく、むしろおもしろく思われた。魔法の力で、食卓には各人《かくじん》のいちばん好《す》きな料理《りょうり》や飲み物が並《なら》んだ。そして、夕食後、魔法使《まほうつか》いはとても役に立つすばらしい魔術《まじゅつ》を披露《ひろう》してくれた。魔法使いは何も書いてない二枚《まい》の羊皮紙をテーブルに広げ、ドリニアンに「これまでの航海《こうかい》を正確《せいかく》に語ってみてください」と言った。ドリニアンが説明《せつめい》をすると、それにつれて、〈ドーン・トレッダー号〉のたどった航路《こうろ》が羊皮紙の上に細くくっきりした線で描《えが》かれ、二枚の羊皮紙は〈東の海〉の地図になった。そこにはガルマ島、テレビンシア島、七つ島諸島《しょとう》、離《はな》れ島諸島《じま》、ドラゴン島《とう》、焼《や》け跡島《あとじま》、死水島《しにみずしま》、そして〈あんぽん足〉の島などが、どれも正確な大きさと正確な位置《いち》で描かれていた。これは〈東の海〉を描いた初《はじ》めての地図であり、その後に魔法を使わずに描かれたどんな地図よりもよくできた地図だった。というのは、この地図では町や山は一見ふつうの地図と変《か》わらないのだが、魔法使いが貸《か》してくれた虫めがねを通して見ると、本物がそのまま小さな絵になったように見えるのだ。ナローへイヴンの城《しろ》も奴隷市場《どれいいちば》も街路《がいろ》も、どれもとても遠いけれどとてもはっきりと見えた。ちょうど望遠鏡《ぼうえんきょう》を逆向《ぎゃくむ》きにのぞいたような感じだった。この地図のただ一つの欠点《けってん》は、ほとんどの島の海岸線が不完全《ふかんぜん》にしか描かれていないことで、それはドリニアンが実際《じっさい》に自分の目で見たところしか地図に描《えが》かれないからだった。地図ができあがると、魔法使《まほうつか》いは一枚《まい》を自分の手もとに置《お》き、もう一枚をカスピアンに贈《おく》った。いまでも、ケア・パラヴェルの備品庫《びひんこ》には、その地図がかけられている。しかし、魔法使いでさえも、この島より東にある海や島々については何もわからなかった。ただ、七年ほど前にナルニアの船がこの地に寄《き》港《こう》したことがあり、レヴィリアン、アルゴス、マヴラモーン、ループという名の四人の貴族《きぞく》が船に乗っていた、という話を聞かせてくれた。その話から、カスピアンたちは〈死水島《しにみずじま》〉に沈《しず》んでいた金色の人間はレスティマール卿《きょう》にちがいないと判断《はんだん》した。

翌日《よくじつ》、魔法使いは、大ウミヘビに巻《ま》きつかれて壊《こわ》れた〈ドーン・トレッダー号〉の船尾《せんび》を魔法の力で修復《しゅうふく》してくれた。そして、航海《こうかい》の役に立つものをたっぷりと船に積《つ》みこんでくれた。そのあと、心をこめた別《わか》れがあり、正午を二時間ほど過《す》ぎたころ〈ドーン・トレッダー号〉が出港すると、〈あんぽん足〉たち全員がパドルで水をかいて港の出口まで見送りにきて、声が届《とど》かなくなるまで万歳《ばんざい》を叫《さけ》びつづけた。

12 暗闇《くらやみ》の島

この冒険《ぼうけん》のあと、〈ドーン・トレッダー号〉はやや東寄《ひがしよ》りの南に向かって一二日のあいだ航海《こうかい》を続《つづ》けた。風は穏《おだ》やかに吹《ふ》き、空はおおむね晴れて、空気は暖《あたた》かく、一度だけ右舷《うげん》はるか前方でクジラが何頭か潮《しお》を吹くのが見えたほかは、鳥も魚も見かけなかった。ルーシーとリーピチープは、しょっちゅうチェスのゲームをして時間を過《す》ごした。一三日目、戦闘楼《せんとうろう》にあがっていたエドマンドが、左舷《さげん》前方に黒い大きな山のようなものが海面から突《つ》き出《で》ているのを発見した。

船は針路《しんろ》を変更《へんこう》し、この島に向かって進みはじめた。北東方向へ進むのに都合のいい風ではなかったので、船はおもにオールを使って進んでいった。夕方になっても島はまだ遠く、船は一晩《ひとばん》じゅうオールを漕《こ》いで進みつづけた。翌朝《よくあさ》、空は快晴《かいせい》だったが、風はべた凪《な》ぎだった。前方に見える黒いかたまりは、ぐっと近く大きくなったが、あいかわらず輪郭《りんかく》はひどくぼやけていて、まだまだ遠いと思う者もいれば、もうすぐ霧《きり》に突《つ》っこむぞと思う者もいた。

その日の午前九時ごろになって、黒いかたまりがとつぜん目の前に迫《せま》ってきた。至《し》近距離《きんきょり》から見ると、それは陸《りく》や島などではなく、いわゆる霧ともまったくちがうものだった。それは暗黒の闇《やみ》だったのである。描写《びょうしゃ》するのはむずかしいのだが、鉄道のトンネルの入口をのぞいたところを思いうかべれば、想像《そうぞう》できるかもしれない。すごく長いか、あるいは曲がりくねっていて、出口が見えないトンネルを想像してみてほしい。トンネルにはいる直前では、レールも枕木《まくらぎ》も砂利《じゃり》も明るい光のもとでくっきりと見える。そのあと、薄暗《うすぐら》くなったと思ったら、線を引いたような区切りがあるわけではないが、いきなり何もかもが一瞬《いっしゅん》で漆黒《しっこく》の闇にのまれてしまう。このときも、まさにそんな感じだった。船首から一メートルほど先までは、明るい青緑色をした波のうねりが見えていた。その先は、ちょうど夕方遅《おそ》い時刻《じこく》の海のように水が色彩《しきさい》を失《うしな》って灰色《はいいろ》に見えた。さらにその先には、月も星もない闇夜《やみよ》をのぞきこむような真《ま》っ暗闇《くらやみ》が広がっていた。

カスピアンは水夫長《すいふちょう》に大声で命令《めいれい》して船を停止《ていし》させ、オールを握《にぎ》っている者以外《いがい》は全員が船首に駆《か》けつけて、行く手の闇に目をこらした。しかし、いくら目をこらしても、何も見えるものはなかった。背後《はいご》には太陽と青い海が広がり、行く手には漆黒《しっこく》の闇が広がっていた。

「こんな中へ突《つ》っこんでいくのか?」ようやく、カスピアンが口を開いた。

「やめたほうがいいと思います」ドリニアンが言った。

「船長の言うとおりだ」何人かの水夫たちが声をあげた。

「ぼくも船長の言うとおりだと思う」エドマンドが言った。

ルーシーとユースティスは黙《だま》っていたが、内心ではみんなの言うとおりになればいいと思っていた。そのときとつぜん、沈黙《ちんもく》を破《やぶ》ってリーピチープのよく通る声が響《ひび》いた。

「なぜ前進しないのでありますか? どなたか、前進しない理由をお聞かせ願《ねが》いたい」

誰《だれ》も口を開こうとしなかったので、リーピチープが言葉を続《つづ》けた。

「ここにおられる皆々様《みなみなさま》が農民《のうみん》や奴隷《どれい》であるならば、このような考えは臆病《おくびょう》な心から生じたものであろうと理解《りかい》できぬこともありません。しかし、若《わか》さの盛《さか》りにある気《け》高《だか》き方々の御一行《ごいっこう》が暗闇《くらやみ》を前にして恐《おそ》れのあまりしっぽを巻《ま》いて逃《に》げ出《だ》したというような話がナルニアでのちのちまで語られるのは、がまんがなりませぬ」

「しかし、あのような闇《やみ》に向かって突《つ》き進《すす》んでいって、何の得《とく》になるのか」ドリニアンが言った。

「得？」リーピチープが言った。「得とおっしゃいましたな、船長？　腹《はら》を満《み》たすこと、あるいは懐《ふところ》を肥《こ》やすことを得とおっしゃるのであれば、正直申して、得などいっさいありませぬ。わたくしの知るかぎり、われらは得をしようと思って海に出たのではありませぬ。名誉《めいよ》と冒険《ぼうけん》を求《もと》めて海に出たのであります。そして、いま、目の前に、いまだかつて聞いたことのない壮大《そうだい》な冒険が待ち受けているのに、ここで踵《きびす》を返せば、われらの名誉は少なからず傷《きず》つくことになりましょう」

水夫《すいふ》たちの何人かが小声で「名誉なんぞくそくらえだ」というような言葉をつぶや

いたが、カスピアンがこう言った。

「ああ、おまえはほんとうにめんどうなやつだ、リーピチープ。おまえなどナルニアに置《お》いてくればよかった。よろしい！　おまえがそのように言うのならば、ここは前に進むしかなかろう。ルーシーがいやだと言うならば、話は別《べつ》だが？」

ルーシーは、ぜひともやめておきたいと思っていたのに、口から出たのは「受けて立ちましょう」という言葉だった。

「せめて、明かりの点灯《てんとう》をお命じください」ドリニアン船長がカスピアンに言った。

「もちろんだ」カスピアンが言った。「よきにはからってくれ、船長」

　そういうわけで、船の後ろと前とマストの先端《せんたん》につるした三つのランタンに火が入れられた。ドリニアンはさらに船の中央部分に松明《たいまつ》を二本立てさせた。明るい日ざしの中で、ランタンや松明の光はいかにも弱々しく見えた。そのあと、下の船倉《せんそう》でオールを漕《こ》ぐ者たちを除《のぞ》いた全員が甲板《かんぱん》に集められて、鎧《よろい》かぶとに身を固《かた》め、剣《けん》を抜《ぬ》いて、戦闘位置《せんとういち》についた。ルーシーと二名の射手《いて》は戦闘楼《せんとうろう》にあがって、弓の弦《つる》を張《は》り、矢をつがえて戦闘に備《そな》えた。ライネルフは水深を測《はか》る測鉛線《そくえんせん》[1]を準備《じゅんび》して船首に立っていた。銀色に輝《かがや》く鎖《くさり》かたびらに身を固《かた》めたエドマンド、ユースティス、カスピアンとリーピチープも、ライネルフのすぐそばにいた。ドリニアンは舵柄《かじづか》を握《にぎ》っていた。

「それでは、アスランの御名《みな》において、進め！」カスピアンが命令《めいれい》を発した。「ゆっくりと一定の速度《そくど》で漕《こ》ぐように。全員静粛《せいしゅく》を守り、命令を聞《き》き逃《のが》さぬように」

漕ぎ手たちがオールを握る手に力を込《こ》め、〈ドーン・トレッダー号〉はオール受けのきしむ音をたてながら前進しはじめた。ルーシーは、戦闘楼《せんとうろう》の上から、船が暗闇《くらやみ》に突入《とつにゅう》していく瞬間《しゅんかん》の世にも不思議《ふしぎ》な光景《こうけい》を目《ま》のあたりにした。すでに船の先端《せんたん》は闇の中へ消え、船尾《せんび》を照《て》らす太陽の光も遠ざかろうとしていた。ルーシーは太陽の光が後方へ消えていく瞬間を見た。いまのいままで明るい日ざしの中に金色に輝く船尾と青い海と空が見えていたと思ったら、次の瞬間には海も空も消え、船の最後尾《さいこうび》の位置《いち》を知る手がかりは、さっきまでほとんど目につかなかった船尾のランタンの明かりだけになった。ランタンの明かりのすぐ前に、舵柄《かじづか》を抱《だ》くようにうずくまるドリニアンの黒い影《かげ》が見えた。真下には二本の松明《たいまつ》に照らしだされた甲板《かんぱん》がそこだけ明るく見え、剣《けん》やかぶとが暗闇《くらやみ》にきらめいて見えた。前方へ目を転じると、船首楼《せんしゅろう》にもぽっかりと浮《う》かぶ明かりが見えた。それらを別《べつ》にすれば、すぐ頭上のマスト先端《せんたん》につるしたランタンの明かりに照《て》らしだされた戦闘楼《せんとうろう》は、真っ暗な闇の中にゆらゆらと心細く浮かんでいる小さな世界のように思われた。そして、ランタンの明かりそのものも、ふつうならば明かりなど必要《ひつよう》ない昼間の時間に何かの事情《じじょう》で明かりが必要になったときのように、不自然《ふしぜん》で薄気味悪《うすきみわる》い明るさに見えた。それに、あたりがひどく寒く感じられた。

暗闇に突入《とつにゅう》してからどのくらいの時間が経過《けいか》したのか、誰《だれ》にもわからなかった。オール受けのきしむ音とオールが水をかく音のほかには、船が動いていることを感じさせるものは何ひとつなかった。船首に立って前方に目をこらしているエドマンドに見えるのは水面《みなも》に映《うつ》るランタンの光だけで、それもどんよりと濁《にご》った水に映る光のように見えた。進んでいく船の船首から後方へすじを引くさざ波も、重く小さく生気の

1　ロープの先端《せんたん》に鉛《なまり》のおもりをつけたもので、これを水底《みなそこ》まで垂《た》らして水深を測《はか》る。

ない波に見えた。時間がたつにつれて、オールを漕《こ》いでいる者たち以外《いがい》の全員が寒さでがたがた震《ふる》えはじめた。

そのとき、叫《さけ》び声《ごえ》が聞こえた。船上の者たちはみな方向感覚《かんかく》を失《うしな》いかけていたので、どこから叫び声が聞こえたのか、見当がつかなかった。何か人間ではないものの声なのか、あるいは人間の声だとすればあまりの恐怖《きょうふ》に人間らしさを失ってしまった者の声かと思われた。

カスピアンがからからに渇《かわ》いたのどから声をしぼりだそうとしたとき、リーピチープの甲高《かんだか》い声が響《ひび》いた。静寂《せいじゃく》の中で、リーピチープの声はいつにも増《ま》して大きく聞こえた。

「何者か?」リーピチープは声をはりあげた。「敵《てき》ならば、われらは敵を恐《おそ》れはせぬぞ! 味方ならば、そなたの敵はわれらの恐るべき力を知ることになろう!」

「頼《たの》む!」声が叫《さけ》んだ。「助けてくれ! ああ、また夢《ゆめ》で終わってもいいから、助けてくれ! 船に乗せてくれ! 船の上で殴《なぐ》り殺《ころ》されてもいいから、乗せてくれ! 頼む、頼むから、わたしをこの恐ろしい場所に残《のこ》していかないでくれ!」

YOUCHAN

「どこにいるのだ?」カスピアンが大声で呼《よ》びかけた。「船まで来られよ、歓迎《かんげい》する!」

歓喜《かんき》の叫《さけ》びなのか、恐怖《きょうふ》の叫びなのか、ふたたび声が聞こえ、続《つづ》いて、何者かが船にむかって泳いでくる水音が聞こえた。

「引き上げ救助《きゅうじょ》、用意!」カスピアンが命令《めいれい》した。

「はい、陛下《へいか》」水夫《すいふ》たちが返事をした。何人かがロープを手に左舷《さげん》の波よけに駆《か》け寄《よ》り、一人が舷側《げんそく》から大きく身を乗り出して松明《たいまつ》を掲《かか》げた。真っ暗な水面《みなも》に、錯乱《さくらん》した男の真っ白な顔が照《て》らしだされた。船によじ登ろうとする男を上からロープで引《ひ》っ張《ぱ》り、最後《さいご》には十本以上《いじょう》の腕《うで》がさしのべられて、見知らぬ男が甲板《かんぱん》に引きあげられた。

エドマンドは、これほどすさまじい顔は見たことがないと思った。さほど歳《とし》を取っているようには見えなかったが、髪《かみ》は真っ白でくしゃくしゃに乱《みだ》れ、顔はやせこけてやつれ、身につけている衣類《いるい》といえば、ずぶ濡《ぬ》れのボロがからだにまとわりついているだけだった。しかし、何よりも異様《いよう》だったのはその男の目つきで、まぶたがなくなったかと思うほど両目がカッと見開かれ、とほうもない恐怖にもがき苦しんだような目をしていた。甲板《かんぱん》に足がついたとたんに、男は叫《さけ》んだ。

「逃《に》げろ！　逃げろ！　船を回して逃げるんだ！　漕《こ》いで、漕いで、命がけで漕いで、この呪《のろ》われた岸辺《きしべ》から遠ざかるんだ！」

「落ち着かれよ」リーピチープが男に声をかけた。「どのような危険《きけん》があるというのか？　われわれは簡単《かんたん》に逃げ出すような者ではないぞ」

ずぶ濡《ぬ》れの男がぎょっとしたように身を震《ふる》わせた。声の主がネズミであることに気づいたのだ。

「とにかく、ここから逃げないと」男はあえぎながら言葉をしぼり出した。「ここは夢《ゆめ》が現実《げんじつ》になってしまう島なのだ」

「そりゃいい。おれは、ずっとそういう島に来たいと思ってたんだよ」一人の水夫《すいふ》が言った。「ここに上陸《じょうりく》すりゃ、おれはナンシーと結婚《けっこん》できるってわけだな」

「それに、トムも生き返るってことか」別《べつ》の水夫が言った。

「馬鹿《ばか》なことを言うんじゃない！」男が激怒《げきど》して足を踏《ふ》み鳴《な》らした。「わたしもそういう言葉にだまされてこの島へ来た。そして、こんなことならここへ来るまでに溺《おぼ》れ死《し》ねばよかった、いっそ生まれなければよかった、とまで後悔《こうかい》した。わたしの言っているこことがわからないのか？　ここは夢《ゆめ》に見たことが現実《げんじつ》になる場所、現実になってしまう場所なんだ。夢だぞ、言っている意味がわかるか？　甘《あま》い夢ではなくて、悪夢《あくむ》のことを言っているのだぞ」

三〇秒ほど、沈黙《ちんもく》があった。そのあと、乗組員全員が鎧《よろい》をガシャガシャ鳴らしながらメインハッチに殺到《さっとう》し、先を争《あらそ》って船倉《せんそう》へ下りていった。そして、オールに取《と》り付《つ》いて、死《し》に物狂《ものぐる》いで漕《こ》ぎはじめた。ドリニアンは舵《かじ》をいっぱいに切り、水夫長《すいふちょう》が前代未聞《ぜんだいみもん》の全速前進を命じた。みんな、三〇秒の沈黙のあいだに、自分が見たことのある悪夢――ふたたび眠《ねむ》りにつくのが恐《おそ》ろしく思われるほどの悪夢――を思い出し、そうした夢が現実となる島に上陸《じょうりく》したらどんなことになるかを理解《りかい》したのだった。

ひとりだけ動揺《どうよう》しなかったのは、リーピチープだった。

「陛下《へいか》、陛下、このような反乱《はんらん》を、このような臆病者《おくびょうもの》の敗走《はいそう》を、お許《ゆる》しになるおつもりですか？　これはパニックではありませんか。なだれをうって逃《に》げ出《だ》すに等しい行為《こうい》ではありませんか」

「漕《こ》げ！　漕ぐんだ！」カスピアンが大声でどなった。「命がかかっているんだ。船の方向はだいじょうぶか、ドリニアン？　リーピチープ、おまえは好《す》きなことをほざいていろ。人間には立ち向かうことのできないものがあるのだ」

「それでしたら、わたくしは人間でなくて幸いであったと存《ぞん》じます」リーピチープが思いっきりしゃちこばったおじぎをしながら言った。

戦闘楼《せんとうろう》にいたルーシーには、すべての会話が聞こえていた。そして、その瞬間《しゅんかん》に、むかし見た恐《おそ》ろしい夢《ゆめ》が生々しくよみがえってきた。まるで、たったいま悪夢《あくむ》からさめたばかりのように。なんとかして忘《わす》れようとしていた、あの悪夢が……。背後《はいご》に広がる暗黒の島で現実《げんじつ》になろうとしているのは、ああいう恐ろしい夢なのだ！　一瞬《いっしゅん》、ルーシーは戦闘楼から下りてエドマンドやカスピアンのところへ行きたいと思った。しかし、そんなことをしたところで、何の助けになるだろう？　もし悪夢が現実の形をとりはじめたら、エドマンドやカスピアンさえも恐ろしい化け物に変身《へんしん》するかもしれないのだ。ルーシーは戦闘楼の手すりにしがみつき、心を落ち着けようとした。船は全速力で光の世界へもどろうとしていた。あとほんの数秒で、安心できる場所までもどれるにちがいない……しかし、その数秒さえも待つことができないほど恐《おそ》ろしかった。

オールは派手《はで》な水音をたてていたが、それでも船を取《と》り巻《ま》く底《そこ》なしの静寂《せいじゃく》を破《やぶ》ることはできなかった。聞き耳などたてないほうがいい、闇《やみ》の底から聞こえてくる音など気にしないほうがいい、と、みんな頭ではわかっていた。でも、どうしても耳をすまさずにはいられなかった。じきに、誰《だれ》もがさまざまな音を聞きはじめた。ひとりひとり、聞こえる音はちがっていた。

「ねえ、聞こえる? 巨大《きょだい》なはさみが開いたり閉《と》じたりするような音……むこうのほうから聞こえてくるんだけど……」ユースティスがライネルフに話しかけた。

「しっ」ライネルフが言った。「聞こえるぞ……やつら、船の両脇《りょうわき》にそって、だんだん近づいてくる」

「マストに登ろうとしているぞ」カスピアンが言った。

「げっ!」一人の水夫《すいふ》が声をもらした。「ドラの音が聞こえてきた。ああ、こうなるだろうと思ったんだ……」

カスピアンは何も見ないように（とくに背後《はいご》をふりかえらないように）しながら、船尾《せんび》のドリニアンのところへ行った。

「ドリニアン」カスピアンは低《ひく》い声で話しかけた。「ここへ来るまでに、どれくらいの時間がかかった？　オールを漕《こ》いでここまではいってきて、あの男を助けあげるまでに？」

「五分くらいだと思います」ドリニアンが小声で答えた。「なぜですか？」

「ここから出ようとして漕ぎはじめてから、もうそれ以上《いじょう》の時間がたっている」

舵柄《かじづか》を握《にぎ》るドリニアンの手が震《ふる》え、顔に冷《ひ》や汗《あせ》が流れた。船の上の誰《だれ》もが同じことを考えはじめていた。「おれたち、ここから出られないぞ。二度と出られないぞ」オールを握る男たちがうめき声をもらした。「舵取《かじと》りの方角がまちがってるんだ。ぐるぐる回ってるだけじゃないか。これじゃ、出られっこないぞ」船に助けあげられた男はそれまで背中《せなか》を丸めて甲板《かんぱん》にぐったりと倒《たお》れこんでいたが、がばっと起きあがり、とつぜん世にも恐《おそ》ろしい笑《わら》い声《ごえ》をあげはじめた。

「出られっこないさ！」男が金切《かなき》り声《ごえ》で叫《さけ》んだ。「そうさ。そうだろうと思った。二度と出られやしないんだ。こんなに簡単《かんたん》に出られると思った自分が愚《おろ》かだったのだ。

いや、だめだ、ぜったいに出られやしない！」

ルーシーは戦闘楼《せんとうろう》の手すりに頭をもたせかけて、小声でつぶやいた。「アスラン、アスラン、わたしたちを愛《あい》してくださるなら、助けをよこしてください」闇《やみ》の暗さは何ひとつ変《か》わらなかったが、ほんの少し、ほんの少しだけ、ルーシーは元気が出てきた。「だって、まだ何ひとつ悪いことは起こっていないんだから」ルーシーは自分に言い聞かせた。

「見ろ！」船首のほうからライネルフのかすれた声が聞こえた。前方にごく小さな光が見えた。その光に目をこらすうちに、そこから明るい光の束《たば》が船にさした。周囲《しゅうい》はあいかわらずの暗闇《くらやみ》だったが、〈ドーン・トレッダー号〉はサーチライトに照《て》らされたように光の中に浮《う》かびあがった。カスピアンがまばたきしながら周囲を見まわすと、恐怖《きょうふ》に凍《こお》りつき取《と》り乱《みだ》した仲間《なかま》たちの顔があった。誰《だれ》もが同じ方向を見つめていた。それぞれの背後《はいご》に黒くくっきりとした影《かげ》ができていた。

光の束を見上げたルーシーの視線《しせん》が何かをとらえた。はじめ、それは十字架《じゅうじか》のように見えた。そのうちに、飛行機《ひこうき》のように見えはじめた。もう少しすると、それは空に浮《う》かんだ凧《たこ》のように見え、やがて、翼《つばさ》を羽《は》ばたかせながらルーシーの頭上に飛《と》んできたのはアホウドリだった。アホウドリはマストのまわりを三周《しゅう》したあと、船首のほうへ飛んでいき、金色のドラゴンのとさかに一瞬《いっしゅん》だけ舞《ま》いおりた。そして、誰《だれ》にも意味はわからなかったが、何か言葉のように聞こえる力強く美しい声で啼《な》いた。

そのあと、アホウドリは翼を広げて舞い上がり、船の前方やや右舷《うげん》寄《よ》りをゆっくりと飛びはじめた。ドリニアンはアホウドリが道案内《みちあんない》をしてくれるものと信《しん》じて、白い影《かげ》の導《みちび》く方向へ船を進めた。ただし、アホウドリがマストの周囲《しゅうい》を回りながら飛んだときに「勇気《ゆうき》だ、わが子よ」とささやく声を聞いたのは、ルーシーひとりだけだった。その声はまちがいなくアスランの声で、声とともにかぐわしい息がルーシーの顔に吹《ふ》きかけられた。

ほどなく前方の暗闇《くらやみ》が灰色《はいいろ》に変《か》わったと思ったら、かすかな希望《きぼう》を抱《いだ》きはじめる暇《ひま》もないうちに船が太陽の光の中に飛び出し、ふたたび暖《あたた》かく青い世界にもどった。そして、誰もがたちまち、何も恐《おそ》れることはなく、恐れるようなものは現実《げんじつ》にありもしなかったのだ、と悟《さと》った。船に乗っていた人々は、まばたきしながら周《しゅう》囲《い》を見まわした。船が明るい色彩《しきさい》を保《たも》っていることとさえ、意外に感じられるほどだった。みんな、白と緑と金色の船体に暗闇《くらやみ》がすすのようにこびりついているにちがいないと思っていたのだ。そのうちに、一人、また一人と笑《わら》い声《ごえ》をあげはじめた。

「いやいや、ずいぶんとみっともないところを見せちまったな」ライネルフが言った。

ルーシーはすぐに甲板《かんぱん》へ下りた。甲板では、暗黒の島から救《すく》い出《だ》した男のまわりにみんなが集まっていた。男は長いあいだ幸福感をかみしめながら言葉を失《うしな》ったまま、ただ海を眺《なが》め、太陽の光を眺め、船の波よけやロープを手でなでて、これがほんとうに夢《ゆめ》ではないことを確《たし》かめながら涙《なみだ》で頬《ほお》を濡《ぬ》らしていた。

「ありがとう」ようやく男の口から言葉が出た。「あなたがたは、わたしをあの恐《おそ》ろしい場所から……いや、あの場所のことは話したくない……とにかく、あなたがたはわたしを救ってくださった。どこのどなたなのか、どうか教えていただきたい。わたしはナルニアのテルマール人で、かつては〈ループ卿《きょう》〉と呼《よ》ばれておった人間です」

「わたしはカスピアン、ナルニアの王です」カスピアンが口を開いた。「あなたのように父の友人であった方々の行方《ゆくえ》をさがすために航海《こうかい》しておるところです」

ループ卿《きょう》はその場にひざまずき、王の手にキスをした。「陛下《へいか》、この世の誰《だれ》よりもお目にかかりたいと願《ねが》っておりました陛下にお目にかかれて、うれしゅうございます。どうか、ひとつだけ願いをお聞き入れくださいませ」

「何か？」カスピアンが言った。

「わたしを二度とあの場所にもどさないでいただきたいのです」ループ卿は船尾《せんび》の方向を指さして言った。一同はその方向へ目を向けたが、そこに見えるのはまぶしく輝《かがや》く青い海と青い空ばかりだった。暗闇《くらやみ》の島も、漆黒《しっこく》の闇も、永遠《えいえん》に消えてなくなっていたのだ。

「いや、驚《おどろ》いた！」ループ卿が声をあげた。「あなたがたは、あれを打《う》ち砕《くだ》いたのか！」

「それは、わたしたちの力ではないと思いますよ」ルーシーが言った。

「陛下」ドリニアンが口を開いた。「南東へ向かういい風が吹《ふ》いております。オールについていた者たちを甲板《かんぱん》に上げて、帆《ほ》を広げてもよろしいでしょうか？　そのあとは、とりあえずの用がない者たちは休ませてやりたいと思います」

「そうだな」カスピアンが言った。「それから、ラム酒を水で割《わ》って、全員にふるまってくれ。やれやれ、わたしも一昼夜続《つづ》けて眠《ねむ》れそうな気分だ」

こうして、順風《じゅんぷう》を受けた〈ドーン・トレッダー号〉は午後いっぱい意気揚々《いきようよう》と南東へ向けて航海《こうかい》を続けた。アホウドリがいつ姿《すがた》を消したのか、気づいた者は誰《だれ》もいなかった。

13 三人の眠《ねむ》れる貴人《きじん》たち

凪《なぎ》になることはなかったが、風は日ごとに穏《おだ》やかになり、波はついにさざ波ていどになって、船は湖面のごとく静《しず》かな海をひたすら滑《すべ》るように進みつづけた。東の空には、夜ごとに、ナルニアの誰《だれ》も見たことがない新しい星座《せいざ》が次々と現《あらわ》れた。おそらく、これまで一度も生きている者の目にふれたことのない星座なのだろう、と、ルーシーは歓《よろこ》びと畏《おそ》れの入りまじった感慨《かんがい》にひたりながら星座を眺《なが》めた。新しい星たちは明るく大きく輝《かがや》き、夜は暖《あたた》かかった。船に乗り組んでいる者たちはほとんどが甲板《かんぱん》に出て眠《ねむ》り、あるいは夜遅《おそ》くまで話しこんだりした。船べりから身を乗り出して、船首に砕《くだ》ける波が夜目にきらめき躍《おど》るさまを眺めて過《す》ごす者もいた。

ある日の夕暮《ゆうぐ》れどき、息をのむほど美しい景色《けしき》が西の空をいろどった。船の背後《はいご》に沈《しず》んでいく夕日が空を深いあかね色と紫《むらさきいろ》色に染《そ》めあげ、その色彩《しきさい》が左右にどこまでも広がって、空がいちだんと大きくなったように見えた。そして、そのとき、右舷《うげん》前方に島が現《あらわ》れた。島は、ゆっくりと近づいてきた。船の後方からさす夕日に照《て》りはえて、たくさんの岬《みさき》や丘《おか》が燃《も》えあがるように赤く輝《かがや》いて見えた。やがて、船は島の海岸にそって進んでいき、西のほうにそびえる岬が船の後方に回って、夕焼《ゆうや》け空《ぞら》を背《はい》景《けい》に厚紙《あつがみ》を切《き》り抜《ぬ》いた影絵《かげえ》のように黒くくっきりと浮《う》かびあがり、この島の地形をはっきりと見せてくれた。この島には山はなく、たくさんのなだらかな丘が枕《まくら》を並《なら》べたように連《つら》なっていた。そして、島のほうから、おいしそうなにおいが漂《ただよ》ってきた。ルーシーはそれを「なんとなく紫色っぽい香《かお》り」と形容《けいよう》した。エドマンドはそんな形容はくだらないと言い、リンスも心中ひそかにそのとおりだと思った。カスピアンだけは、「わかるような気がするよ」と言った。

船は停泊《ていはく》するのに向いた深い入江《いりえ》を求《もと》めて岬を次々に回り、かなりの距離《きょり》を進んだが、けっきょく大きな遠浅《とおあさ》の湾《わん》に停泊せざるをえなかった。外洋では波が穏《おだ》やかに見えたものの、もちろん砂浜《すなはま》に打《う》ち寄《よ》せるていどの波はあり、〈ドーン・トレッダー号〉

を海岸ぎりぎりまで寄《よ》せることはできなかったので、砂浜《すなはま》からかなり離《はな》れた地点で錨《いかり》を下ろして、そこから先はボートで波に揺《ゆ》られてずぶ濡《ぬ》れになりながらの上陸《じょうりく》となった。ループ卿《きょう》は、もう島には上陸したくないと言って〈ドーン・トレッダー号〉にとどまった。この島に一行《いっこう》が滞在《たいざい》したあいだ、ずっと、砂浜に寄せては砕《くだ》ける波の音が聞こえていた。

二人の見張《みは》り番《ばん》をボートに残《のこ》して、カスピアン率《ひき》いる一行は島の奥《おく》へ進んでいった。とはいっても、探検《たんけん》を始めるには時間が遅《おそ》すぎたし、まもなく日も暮《く》れるので、それほど遠くまでは行かなかったのだが、奥地《おくち》まで踏《ふ》みこまないうちに冒険《ぼうけん》が待っていた。湾《わん》の奥に開けている平坦《へいたん》な谷地《やち》には道もなく、踏みならした跡《あと》もなく、人が住んでいるようには見えなかった。足もとはみっしりと育ったふかふかの芝《しば》で、そこここに小さなしげみが点在《てんざい》していた。エドマンドとルーシーはおそらくヒースのしげみだろうと思ったが、植物に詳《くわ》しいユースティスがヒースとはちがう品種《ひんしゅ》だと言った。おそらくユースティスの指摘《してき》が正しかったのだろうが、まあだいたいは似《に》たようなものだ。海岸から弓の射程《しゃてい》ほども進まないうちに、ドリニアンが「見ろ！　あれは何だ？」

と声をあげ、全員が足を止めた。

「すごく大きな木が並《なら》んでるのかな?」カスピアンが言った。

「塔《とう》じゃないかな」ユースティスが言った。

「巨人《きょじん》かもしれないぞ」エドマンドが低《ひく》い声で言った。

「確《たし》かめるには真《ま》っ向《こう》から切《き》り込《こ》むにしかず、であります」リーピチープがそう言って剣《けん》を抜《ぬ》き、みんなの先頭に立ってパタパタと走りだした。

「何かの廃墟《はいきょ》じゃないかしら」かなり近くまで来たところで、ルーシーが言った。それまでのところ、ルーシーの説《せつ》がいちばん当たっていそうに思われた。一行《いっこう》の前に現《あらわ》れたのは広い長方形の土地に平らな石を敷《し》き詰《つ》めて舗装《ほそう》した場所で、周囲《しゅうい》にはぐるりと灰色《はいいろ》の柱が並んでいたが、屋根はかかっていなかった。そして、舗装された部分には、端《はし》から端まで届《とど》く長いテーブルがしつらえてあった。テーブルには床《ゆか》に届くほどたっぷりとした真っ赤なテーブルクロスがかかっていて、周囲に手のこんだ彫《ちょう》刻《こく》をほどこした石の椅《い》子《す》がたくさん並び、座席《ざせき》には絹《きぬ》のクッションが置《お》かれていた。テーブルの上には、見たこともないような豪華《ごうか》なごちそうが並んでいた。上級王ピーターがケア・パラヴェルで王座《おうざ》についていたころでさえ、これほどのごちそうがテーブルに並《なら》んだことはなかった。シチメンチョウの料理《りょうり》、ガチョウの料理、クジャクの料理。イノシシの頭、シカの脇腹肉《わきばらにく》。帆《ほ》をいっぱいに張《は》った船の形をしたパイ、ドラゴンの形をしたパイ、ゾウの形をしたパイ。アイス・プディング[1]もあったし、鮮《あざ》やかな色のロブスターもあり、つややかなサーモンがあり、ナッツ、ブドウ、パイナップル、モモ、ザクロ、メロン、トマトもあった。金や銀でできたぶどう酒入れや変《か》わった形のグラスも並んでいた。果物《くだもの》やワインのかぐわしい香《かお》りが、ありとあらゆる幸せを約束《やくそく》してくれるかのように漂《ただよ》ってきた。

「わぁ！」ルーシーが声をあげた。

一行《いっこう》はそろそろとテーブルに近づいていった。

「客がいないね」ユースティスが言った。

1　卵《たまご》と生クリームと砂糖《さとう》などで作ったムースにシロップ漬《づ》けの木の実や干《ほ》しぶどうやマラスキーノ酒などを加《くわ》え、氷で冷《ひ》やしてプリンのような形に固《かた》めたデザート。一九世紀イギリスの上流階級でたいへん人気があった。

「わたしらがお客になってもいいですけどね」リンスが言った。

「見ろ！」エドマンドが鋭《するど》い声を出した。一行《いっこう》はすでに列柱《れっちゅう》の内側《うちがわ》まではいりこみ、敷石《しきいし》の上に立っていた。全員がエドマンドの指さした先を見た。椅子《いす》はぜんぶが空席《くうせき》ではなかったのだ。テーブルのいちばん上座《かみざ》の席と、その両脇《りょうわき》に、何かが——というか、「三つの何か」が場所を占《し》めていた。

「あれは何なのかしら？」ルーシーが声をひそめて言った。「ビーバーが三匹《びき》テーブルの上に伏《ふ》せているみたいに見えるけど」

「あるいは、巨大《きょだい》な鳥の巣《す》か」エドマンドが言った。

「わたしには干《ほ》し草《くさ》の山のように見えるが」カスピアンが言った。

リーピチープが走り出て椅子に飛《と》び乗《の》り、そこからテーブルに飛《と》び移《うつ》って、宝石《ほうせき》をちりばめた盃《さかずき》やピラミッドのように積《つ》みあげた果物《くだもの》や象牙《ぞうげ》でできた塩入《しおい》れなどのあいだをダンサーのような身のこなしで走りぬけた。そして正体不明《しょうたいふめい》の灰色《はいいろ》のもののところまで走っていき、目をこらし、手でさわり、大きな声で言った。

「襲《おそ》いかかってくる心配はなさそうです」

その声を聞いたみんなが近くまで寄《よ》っていって、よく見ると、椅子《いす》にすわっているのは三人の男たちだった。ただし、よくよく見なければ、それが人間の男だということはわからなかった。灰色《はいいろ》の髪《かみ》が伸《の》びほうだいに伸びて、目もとどころか顔全体をおおってしまい、ひげも伸びほうだいで、キイチゴが垣根《かきね》にからみつくようにテーブルの上の皿やゴブレットにからみつき、もつれた髪といっしょになってテーブルの端《はし》から床《ゆか》までこぼれ落ちていた。後頭部の髪も椅子の背《せ》から下へ垂《た》れ落《お》ちて、椅子の背がほとんど見えないくらいに伸びていた。実際《じっさい》、三人の男たちは全身が髪とひげにおおいつくされたようなありさまだった。

「死んでいるのか?」カスピアンが聞いた。

「死んではいないと思います、陛下《へいか》」リーピチープがもつれた髪の中から一人の手を両手で持ち上げて、言った。「この手は温かいし、脈《みゃく》も打っております」

「こっちもそうだ。それに、この男も」ドリニアンが言った。

「じゃあ、眠《ねむ》ってるだけってことか」ユースティスが言った。

「それにしては長い眠りだね」エドマンドが言った。「髪がこんなに伸びるまで眠りっぱなしだったなんて」

「魔法《まほう》の力で眠《ねむ》らされているんだと思うわ」ルーシーが言った。「この島に上陸《じょうりく》した瞬間《しゅんかん》から感じたもの、この島には魔法の力が満《み》ちているって。そうだわ！　わたしたち、もしかしたら、その魔法を破《やぶ》るためにこの島につかわされたんじゃない？」

「やってみようか」カスピアンがそう言って、三人の男たちのうちでいちばん近くにすわっている男を揺《ゆ》さぶりはじめた。少しのあいだ、誰《だれ》もがうまくいくかもしれないと思った。男の息づかいが荒《あら》くなり、「もう東へは行かぬぞ。ナルニアへ向けて、漕《こ》ぎかた用意」とつぶやいたからだ。しかし、男はすぐに、もっと深い眠りに落ちてしまった。重そうな頭がさっきまでより一〇センチも深く傾《かたむ》き、どんなに目をさまさせようとしてもむだだった。二人目も同じようなもので、「けもののように暮《く》らすために生まれたわけではないわ。いまのうちに東へ向かおう――太陽のむこうに土地を見つけるのだ」とつぶやくと、椅子《いす》に沈《しず》みこんでしまった。三人目は「マスタードを取ってくれ」と言っただけで、ふたたび深い眠りに落ちた。

「ナルニアへ向けて、と言ったな？」ドリニアンが言った。

「たしかに」カスピアンが応《おう》じた。「きみの言うとおりだ、ドリニアン。われわれの捜索《そうさく》の旅は、ここで終わりになりそうだね。三人の指輪《ゆびわ》を確《たし》かめてみよう。ああ、やっぱり。紋章《もんしょう》がついている。この男は、レヴィリアン卿《きょう》だ。こちらがアルゴス卿で、これがマヴラモーン卿だ」

「でも、目をさまさせることはできないわ」ルーシーが言った。「どうすればいいのかしら?」

「陛下《へいか》、みなさま、失礼《しつれい》いたします」リンスが口をはさんだ。「いつまでも話していないで、このごちそうを頂戴《ちょうだい》してはいかがでしょうかね。こんなごちそうには、めったにお目にかかれませんよ」

「とんでもない!」カスピアンが言った。

「そうだ、そうだ」何人かの水夫《すいふ》たちがあいづちを打った。「魔法《まほう》のにおいがプンプンするぞ。さっさと船にもどったほうがよさそうだ」

「いかにも、そのとおり」リーピチープが言った。「この三人が七年もの眠《ねむ》りについたのは、この料理《りょうり》を口にしたせいでありましょう」

「わたしはぜったいにこの料理《りょうり》には手を出さないぞ」ドリニアンが言った。

「ずいぶんと日の暮《く》れるのが早いな」ライネルフが言った。

「船にもどろう、船にもどろう」水夫《すいふ》たちが言いだした。

「みんなの言うとおりだと思う」エドマンドが言った。「この三人をどうするかは、あした考えればいい。ここに並《なら》んでいる料理を食べる気にはなれないし、それならばここで夜を明かさなければならない理由はない。このあたりは魔法《まほう》の気配《けはい》を強く感じるし、危険《きけん》だと思う」

「わたくしもまったくエドマンド王のお考えと同じであります――」リーピチープが言った。「――一般《いっぱん》の水夫たちに関《かん》しましては。ただし、わたくしはこのテーブルに腰《こし》をおろして、日の出までここに残《のこ》るつもりであります」

「え、どうして？」ユースティスが言った。

「なぜならば、これは大いなる冒険《ぼうけん》だからであります」ネズミが答えた。「ナルニアに帰ったときに、臆病風《おくびょうかぜ》に吹《ふ》かれたせいで大いなる謎《なぞ》をあとに残したままもどったのを悔《く》やむくらいなら、いかなる危険もものの数ではありませぬ」

「ぼくもいっしょに残《のこ》るよ、リープ」エドマンドが言った。

「わたしも残ろう」カスピアンが言った。

「わたしも残るわ」ルーシーが言った。それを聞いて、ユースティスも残ると申し出た。〈ドーン・トレッダー号〉に乗るまで冒険《ぼうけん》物語など読んだこともなく、冒険という言葉さえ聞いたことがなかったユースティスとしては、ほかの者たちよりはるかに勇気《ゆうき》のいる決断《けつだん》だったと言えるだろう。

「陛下《へいか》、わたくしも、ぜひ」ドリニアンが口を開きかけた。

「いや、ドリニアン卿《きょう》」カスピアンが止めた。「きみのいるべき場所は船の上だ。それに、わたしたち五人は楽をさせてもらっていたが、きみはきょう一日ずっと働《はたら》きっぱなしだったから」これについてはひとしきり議論《ぎろん》があったが、けっきょくカスピアンの主張《しゅちょう》が通った。船乗りたちはしだいに濃《こ》くなる夕闇《ゆうやみ》の中を岸のほうへもどっていき、残った五人は、おそらくリーピチープをのぞいて、全員が胸《むね》に一抹《いちまつ》の不《ふ》安《あん》を抱《いだ》かずにはいられなかった。

いかなる危険《きけん》がひそんでいるかわからないテーブルを囲《かこ》んで着席《ちゃくせき》する場所を決め

るにあたっては、相当な時間がかかった。おそらく誰《だれ》もが同じことを考えていたのだろうが、誰もそれを口にはしなかった。はっきり言って、それは容易《ようい》ならぬ選択《せんたく》だった。死体とまでは言わないが、ふつうの意味で生きているとはとても言いがたい毛むくじゃらの三人のすぐそばに腰《こし》をおろして一夜を過《す》ごすことは、とうてい耐《た》えられそうにない。一方で、テーブルの反対側《はんたいがわ》の端《はし》にすわれば、夜がふけるにつれて三人の姿《すがた》はだんだん見えにくくなるだろうし、三人が動いているかどうかも見えなくなるだろう。そして、午前二時ごろになれば、三人の姿は闇《やみ》の中でまったく見えなくなって——いや、そんなことは考えたくもなかった。そこで、カスピアンたちはテーブルのまわりをぐるぐると歩きまわり、「ここはどう？」「もう少しむこうのほうがいいかな」「こっち側にしない？」などと迷《まよ》いぬいたあげく、テーブルの中央よりも眠《ねむ》っている三人にやや近いあたりに腰をおろすことに決めた。時刻《じこく》は午後一〇時ごろで、あたりはほぼ暗くなっていた。例《れい》の見慣《みな》れぬ星座《せいざ》たちが東の空に明るく輝《かがや》いていた。ナルニアの空で見慣れた「ヒョウ座」や「船座」ならよかったのに、とルーシーは思った。

五人は防水《ぼうすい》マントに身を包《つつ》み、じっとすわったまま時間が過《す》ぎるのを待った。初《はじ》めのうちは多少の会話もあったが、長くは続《つづ》かず、ただひたすらすわって待つだけの時間が過ぎた。そのあいだじゅう、浜《はま》に寄《よ》せては引く波の音が聞こえていた。

とほうもなく長く感じられる時間が過ぎ、一同が思わずうとうとしかけたとき、はっと目のさめるようなことが起こった。見ると、星たちは、さっきからずいぶん位《い》置《ち》が動いていた。空はいぜんとして真っ暗な闇《やみ》だったが、東のほうにかすかに灰色《はいいろ》の部分が見えはじめていた。五人はのどが渇《かわ》き、からだは冷《ひ》えきって固《かた》まっていた。しかし、誰《だれ》ひとり口を開く者はいなかった。というのは、何かが起ころうとしていたからだ。

五人の正面、列柱《れっちゅう》のかなたに、なだらかな丘《おか》の斜面《しゃめん》が見えていた。そしていま、その丘の中腹《ちゅうふく》にあるドアが開き、戸口から光がもれて、人が現《あらわ》れ、ふたたびドアが閉《し》まった。その人は明かりを手にしており、はっきりと見えるのは、その明かりだけだった。明かりを持った人はゆっくりとゆっくりと近づいてきて、五人がすわっているテーブルの向かい側《がわ》に立った。それは背《せ》の高い少女で、鮮《あざ》やかなブルーの丈《たけ》の長い袖《そで》なしワンピースを着ていた。頭には何もかぶっておらず、金色の髪《かみ》が背中《せなか》まで垂《た》れて波打っていた。その少女を見た五人は、「美しい」という言葉はこの人のためにこそあるのだと思った。

少女が手に持っている明かりは銀の燭台《しょくだい》に立てた長いろうそくで、少女はそれをテーブルの上に置《お》いた。宵《よい》の口《くち》には海風があったとしても、いまは風がまったく凪《な》いだようで、ろうそくの炎《ほのお》は窓《まど》を閉《し》めきってカーテンを引いた室内に置かれたろうそくのように、揺《ゆ》らぐことのない炎をまっすぐ上げて燃《も》えていた。テーブルに並《なら》んだ金や銀の食器《しょっき》がろうそくの光にきらめいて見えた。

ルーシーは、テーブルの上に何かが置かれているのに気づいた。それはテーブルの長い辺《へん》と平行に置かれていて、さっきまでは目にはいらなかったのだが、あらためてよく見ると、石のナイフだった。鋼《はがね》のナイフのように刃《は》が鋭《するど》く、残忍《ざんにん》な感じで、とても古いものに見えた。

いぜんとして誰《だれ》も口を開く者はいなかったが、やがてリーピチープが立ちあがり、カスピアンがそれに続《つづ》き、全員が立ちあがった。目の前の少女が高貴《こうき》な女性《じょせい》に見えたからである。

「遠き国より〈アスランのテーブル〉へお越《こ》しの旅人たちよ」少女が口を開いた。「なぜ何ひとつ召《め》し上《あ》がらないのですか」

カスピアンが答えた。「はい。それは、この食べ物がわれらの友人たちを魔法《まほう》の眠《ねむ》りにいざなったのではないかと恐《おそ》れるからです」

「この方たちは、一口も召し上がってはおられません」少女が言った。

「どうか教えてください」ルーシーが口を開いた。「この人たちの身に何が起こったのでしょうか」

「七年前のことでした」少女が話しはじめた。「この方たちは船でこの島へやってきました。船の帆《ほ》はずたずたに裂《さ》け、船体はばらばらになる寸前《すんぜん》でした。ほかにも何人か船員がおりましたが、三人のうちの一人がこのテーブルのところへ来て、『ここはいいところだ。帆をたたみ、オールを放り出して、ここでのんびりと幸せな余生《よせい》を送ろうではないか』と言いました。すると、二番目の人が『いや、また船に乗って西へ、ナルニアへもどろう。もうミラーズは死んだかもしれないから』と言いました。しかし、三番目の非常に主張《しゅちょう》の強そうな人が飛《と》び上《あ》がり、こう言いました。『とんでもない。われわれは男だ。テルマール人だ。けだものとはちがうのだ。冒険《ぼうけん》に次ぐ冒険を求《もと》めて進むのがわれらの使命ではないか。いずれにしても、この先の人生はそう長くはない。ならば残《のこ》された歳月《としつき》を昇《のぼ》る朝日のかなたにある未開《みかい》の土地を見つけることに賭《か》けようではないか』と。そのうちに三人がけんかになり、三番目の男の人がそのテーブルの上にある〈石のナイフ〉をつかんで仲間《なかま》と戦《たたか》おうとしたのです。しかし、そのナイフは手を触《ふ》れてはならぬものでした。指がナイフの柄《つか》に触れたとたんに、三人は深い眠《ねむ》りに落ちました。そして、魔法《まほう》が解《と》けるまで、けっして目ざめることはないのです」

「この〈石のナイフ〉は何なのですか？」ユースティスがたずねた。

「どなたもご存《ぞん》じありませんの？」少女が言った。

「わたし……知っているような気がします」ルーシーが言った。「前によく似たナイフを見たことがあります。ずっとむかし、〈白い魔女《まじょ》〉が〈石舞台《いしぶたい》〉でアスランを殺《ころ》したときに使ったナイフが、これと似《に》たようなものでした」

「まさにそのナイフなのです」少女が言った。「この世界が終わるまで、あのときを記念《きねん》するものとして、ここに置《お》いておかれることになっているのです」

会話を聞きながらだんだん不安《ふあん》そうな顔つきになってきていたエドマンドが、口を開いた。

「あの、ちょっといいですか？　ぼくは怖《こわ》がって逃《に》げるつもりはありません――このテーブルに並《なら》んだ料理《りょうり》をいただくかどうかということですけど。それに、失礼《しつれい》なことを言うつもりもないのですが、これまでの航海《こうかい》のあいだにいくつも奇妙《きみょう》な冒険《ぼうけん》をしてきた経験《けいけん》から、ものごとが必《かなら》ずしも見た目どおりとはかぎらない、と学んだのです。あなたのお顔を見れば、おっしゃることをすべて信《しん》じようという気にならずにはいられませんが、考えてみれば、魔女《まじょ》が相手でも同じことは起こりうると思うのです。あなたがぼくたちの味方であると、どうすれば確《たし》かめられるのですか？」

「確かめることはできません」少女は言った。「信じるか、信じないか、それしかありません」

少しの沈黙《ちんもく》があったあと、リーピチープが小さな声でカスピアンに言った。

「陛下《へいか》、お願《ねが》いがあります。そこにある酒びんから、わたしの盃《さかずき》にワインを注《つ》いでくださいませんか。酒びんが大きすぎて、自分ではできないものですから。あの姫君《ひめぎみ》に献杯《けんぱい》いたしたく存《ぞん》じます」

カスピアンはリーピチープの願いを聞き入れてやった。ネズミはテーブルの上に立ち、小さな前足で金の盃を捧《ささ》げ持《も》ち、「姫君に乾杯《かんぱい》！」と言った。そして、クジャク肉の冷製《れいせい》に手を伸《の》ばした。まもなく、ほかの者たちもリーピチープにならって料理《りょうり》を口に運びはじめた。みんなひどく空腹《くうふく》だったので、テーブルに並《なら》んだ料理は、こんなに朝早い時刻《じこく》に口にする朝食にはいささか不向《ふむ》きだったとしても、ひどく遅《おそ》い時刻にありついた夕食としては文句《もんく》なしにおいしい料理だった。

「なぜ、ここが〈アスランのテーブル〉と呼《よ》ばれているのですか？」しばらくして、ルーシーがたずねた。

「アスランの御命令《ごめいれい》によって用意された食卓《しょくたく》だからです」少女が答えた。「こんなに遠くまでやってきた人々のために。この島のことを〈世界の果《は》て〉と呼ぶ人もいます。ここよりさらに先へ船で進むことはできますが、ここが〈世界の果て〉の始まりなのです」

「それにしても、この食べ物、どうして腐《くさ》らないんですか？」現実的《げんじつてき》なユースティスが質問《しつもん》をした。

「毎日食べつくされて新しく用意されるからです」少女が答えた。「そのうちに、おわかりになるでしょう」

「ここで眠《ねむ》っている三人は、どうしてやればいいのでしょう？」カスピアンがたずねた。「わたしの友人たちが住んでいた世界には」（と言って、カスピアンはユースティスとペヴェンシーきょうだいのほうを見てうなずいた）「王子や王が城《しろ》へやってきてみると全員が魔法《まほう》で眠らされていた、というおとぎ話があるそうです。そうした話のなかでは、王子や王が王女にキスをしないと魔法を解《と》くことができないのですが」

「ここでは、ちがいます」少女が言った。「ここでは、魔法を解いたあとでなければ王女にキスをすることはできません」

「それでは、アスランの御名《みな》にかけて、魔法を解く方法《ほうほう》をいますぐに教えてください」カスピアンが言った。

「それは、わたしの父がお教えします」少女が答えた。

「お父様？」みんなが声をあげた。「どのようなお方ですか？　どちらにおられるのです？」

「ご覧《らん》になって」少女はうしろをふりかえり、丘《おか》の中腹《ちゅうふく》にあるドアを指さした。ドアは、さきほどよりもはっきりと見えるようになっていた。話をしているあいだに星たちの光が薄《うす》れ、灰色《はいいろ》だった東の空に白い光を放つ大きな裂《さ》け目《め》が開きはじめたからだった。

14 世界の果《は》ての始まり

ふたたびゆっくりとドアが開き、少女ほどほっそりとした体つきではないものの、同じように背《せ》が高く背すじの伸《の》びた人物が姿《すがた》を現《あらわ》した。その人は明かりを持っていなかったが、その人自身が光を放っているように見えた。近づいてくるにつれて、ルーシーの目には、その人が歳《とし》をとった男性《だんせい》のように見えてきた。銀色のひげははだしの足もとに届《とど》くほど長く伸び、背中《せなか》に垂《た》れた銀色の髪《かみ》はかかとに届くほど長かった。その人の着ているゆったりとした丈《たけ》の長い服は、銀色のヒツジの毛でできているように見えた。その人はとても穏《おだ》やかでありながらとても重々しく見えたので、カスピアンたち五人はふたたび立ちあがり、黙《だま》ったまま近づいてくる人を迎《むか》えた。

しかし、老人《ろうじん》は近くまで来てもカスピアンたちには声をかけず、少女とテーブルをはさんで向きあう位置《いち》に立った。そして老人《ろうじん》と少女は両腕《りょううで》をからだの前に高く差《さ》し伸《の》べて東を向き、その姿勢《しせい》のまま歌を歌いはじめた。どんな歌だったかここに書きとめることができたらよかったのだが、その場にいた者たちは誰《だれ》ひとりとしてその歌を思い出すことができなかった。あとになってルーシーが語ったところによれば、それはとても高い声で、ほとんど金切《かなき》り声《ごえ》に近いような音だったが、とても美しく聞こえ、「冷《つめ》たいような、朝とってても早い時刻《じこく》のような、そんな感じの歌」だったという。二人が歌うにつれて東の空をおおっていた灰色《はいいろ》の雲が晴れ、白い部分がどんどん大きくなっていって、やがて空全体が白くなり、海が銀色に輝《かがや》きだした。そしてさらに長い時間がたち（そのあいだも老人と少女は歌いつづけていた）、東の空が赤く染《そ》まりはじめ、雲がすっかり晴れた空に水平線のかなたから太陽が昇《のぼ》りはじめた。太陽の光は長いテーブルの端《はし》から端までを水平に貫《つらぬ》き、金銀の食器《しょっき》や石のナイフを照《て》らした。以前《いぜん》にも一度か二度、カスピアンたちは東の海で眺《なが》める朝日がナルニアで見ていた朝日よりも大きいのではないかと感じたことがあったが、今回ははっきりと確信《かくしん》した。もう、疑《うたが》いようがなかった。さらに、朝露《あさつゆ》やテーブルにさしかかる光の輝きは、そ

YOUCHAN

れまで見たことのあるどんな朝日よりもまばゆかった。あとになって、エドマンドはこう言った。「あの航海《こうかい》では胸《むね》が震《ふる》えるような場面はいっぱいあったけれど、あの朝日を見た瞬間《しゅんかん》がいちばん胸が震えた」それは、ついに〈世界の果《は》て〉が始まる場所にやってきたことを実感できたからだった。

そのとき、昇《のぼ》る朝日の中心からこちらへ向かって何かが飛《と》んでくるのが見えた。もちろん、朝日をまっすぐに見つめることなどできないから、飛んでくるものが何なのか、はっきりとはわからなかった。そのうちに、空からたくさんの声が聞こえてきた。声は少女と父親の歌声と調和し、しかし二人の声よりはるかに野性的《やせいてき》な響《ひび》きで、誰《だれ》にもわからない言葉で歌われる歌だった。まもなく、歌声の主がわかった。それは大きな白い鳥たちで、何百羽《わ》も何千羽《ば》も飛んできて、ありとあらゆるものの上に舞《ま》いおりた。芝生《しばふ》の上に、敷石《しきいし》の上に、テーブルの上に、人の肩《かた》に、人の手に、人の頭にも白い鳥たちが舞いおり、一帯《いったい》に雪が厚《あつ》く降《ふ》りつもったような景色《けしき》になった。鳥たちは雪と同じようにあたり一面を白一色に変《か》え、あらゆるものの輪郭《りんかく》をぼんやりとにじませた。ルーシーが自分の上にとまった鳥たちの翼《つばさ》のあいだからのぞくと、一羽《わ》の鳥が老人《ろうじん》のもとへ飛《と》んでくるのが見えた。その鳥はくちばしに何かをくわえていた。小さな果物《くだもの》のようにも見えたが、真っ赤に燃《も》えている石炭のようにも見えた。ほんとうにそうだったのかもしれない。というのは、まぶしすぎてじっと見ていられないほどに光《ひか》り輝《かがや》いていたからだ。鳥はそのまばゆい小さなかたまりを老人の口に入れた。

やがて鳥たちはさえずるのをやめ、テーブルの上で何かをさかんについばみはじめた。しばらくして鳥たちがふたたび空へ舞《ま》い上《あ》がったあとを見ると、テーブルの上にあった食べ物や飲み物がすべてなくなっていた。何百羽、何千羽《ば》という鳥たちが食事を終えて飛び去り、あとには、骨《ほね》も皮も殻《から》も何ひとつ残《のこ》っていなかった。鳥たちが食べられないものをすべて持ち去って、昇《のぼ》る朝日の方角へもどっていったからだった。帰りは鳥たちのさえずりが止《や》んでいたので、いっせいに翼《つばさ》を羽ばたく音であたりの空気が震《ふる》えるように感じられた。あとには、食べ物のくずひとつなくきれいに片《かた》づいたテーブルと、あいかわらずぐっすりと眠《ねむ》りつづける三人のナルニア貴族《きぞく》たちが残された。

ようやく、老人《ろうじん》がカスピアンたちのほうに向きなおって、歓迎《かんげい》の挨拶《あいさつ》をした。

カスピアンが口を開いた。「お願《ねが》いです、この三人のナルニア貴族《きぞく》を眠《ねむ》らせている魔法《まほう》を解《と》く方法《ほうほう》を教えていただけないでしょうか」

「喜《よろこ》んで教えよう、わが息子《むすこ》よ」老人が言った。「この魔法を解くには、〈世界の果《は》て〉まで、あるいは〈世界の果て〉のできるかぎり近くまで、船を進めなくてはならない。そして、仲間《なかま》のうちの少なくとも一人をそこに残《のこ》して、ふたたびこの島へもどってこなければならない」

「残された者は、どうなるのですか？」リーピチープがたずねた。

「その者は東の果てまで行くのじゃ。そして、二度とふたたび、この世界にもどってくることはできない」

「それこそ、わが望《のぞ》むところであります」リーピチープが言った。

「その〈世界の果て〉というのは、ここからそう遠くないところなのでしょうか？」カスピアンがたずねた。「ここより東の海や島について、何かご存《ぞん》じではありませんか？」

「遠いむかしに見たことがあるが、ずっと高いところから見たのでな」老人《ろうじん》が答えた。

「船乗りたちが知りたがるようなことは、何もお話しできぬ」

「空を飛《と》んでおられたということですか?」ユースティスがだしぬけに口をはさんだ。

「息子《むすこ》よ、わたしは空よりもはるか上の高みにおったのじゃ」老人が答えた。「わたしはラマンドゥと申す。しかし、あなたがたがそうして顔を見合わせておるところを見ると、この名前を聞いたことがないのじゃな。無理《むり》もない、わたしが星であった日々は、あなたがたがこの世を知るよりもはるか前に終《つ》わりを告げておるからな。星座《せいざ》も、すっかり変《か》わってしまった」

「ひゃー、この人、引退《いんたい》した星《スター》なんだ」エドマンドが小声でつぶやいた。

「あなたは、いまはもう星ではないのですか?」ルーシーがたずねた。

「娘《むすめ》よ、わたしは休息中の星なのじゃ」ラマンドゥが答えた。「わたしが最後《さいご》に夜空をあとにして沈《しず》んだとき、わたしはあなたがたが想像《そうぞう》もできぬほど老《お》いぼれてしまい、それでこの島へ運ばれてきた。いまは、そのときほど老いぼれてはいない。毎朝、鳥が太陽の谷から炎《ほのお》の実を運んできてくれるからだ。炎の実を一つ食べるごとに、わたしは少しずつ若《わか》くなっていく。やがて、生まれたばかりの赤子と同じくらいに若くなったとき、わたしはふたたび空に昇《のぼ》るだろう。この世界の東の果《は》てから。そしてふたたび、空の高みにあっておおいなるステップを踏《ふ》むことになろう」

「ぼくらの世界では、星というのは巨大《きょだい》な燃《も》えるガスのかたまりなんですけど」ユースティスが言った。

「息子《むすこ》よ、あなたがたの世界においても、それは星の本質《ほんしつ》ではなく、星を作る物質《ぶっしつ》にすぎぬ。そして、こちらの世界において、あなたがたはすでに星に出会っているはずじゃ。コリアーキンに会ったのではないかな？」

「あの方も、引退《いんたい》した星なのですか？」ルーシーが言った。

「厳密《げんみつ》には、少しちがう」ラマンドゥが言った。「コリアーキンが〈あんぽんたん〉どもを治《おさ》めることになったのには、休息とは少しちがう理由《わけ》がある。言ってみれば、罰《ばつ》のようなものだ。何も問題がなければ、コリアーキンはまだ何千年ものあいだ冬の南の空で輝《かがや》ける星だった」

「あの方は何をしたのですか？」カスピアンが聞いた。

「息子《むすこ》よ」ラマンドゥが言った。「星がいかなる過《あやま》ちを犯《おか》しうるかは、アダムの息子のあずかり知らぬところである。さあ、このような話は時間のむだだ。決意はまだ変《か》わらぬかな？　ここからさらに東へ船を進め、一人をそこに残《のこ》してふたたびこの島にもどり、魔法《まほう》を解《と》くという決意は？　それとも、ここから西へ船をもどすか？」

「もちろん、陛下《へいか》、その点については微塵《みじん》のためらいもございませんでしょうね？」リーピチープが言った。「ここにいる三人を魔法の眠《ねむ》りから救《すく》い出《だ》すことは、申すまでもなくわれらの目ざすところであります」

「わたしも同じ考えだよ、リーピチープ」カスピアンが答えた。「たとえその目的《もくてき》がなくとも、〈ドーン・トレッダー号〉で行けるかぎり〈世界の果《は》て〉の近くまで行かなかったとしたら、そんなに心残りなことはない。だが、わたしが心配しているのは船員たちのことだ。彼《かれ》らは七人のナルニア貴族《きぞく》たちを探《さが》す目的《もくてき》でこの航海《こうかい》に雇《やと》われたのだが、〈世界の果て〉まで行く約束《やくそく》はしていない。ここからさらに東へ向かうということは、東の果てを見極《みきわ》めるということだ。しかも、それがどのくらい遠いところなのか、誰《だれ》にもわからない。彼らはみな勇敢《ゆうかん》な船乗りばかりだが、なかには長い航海に疲《つか》れてナルニアに帰りたがっている者も見受けられる。きちんと説明《せつめい》して同意を取りまとめたうえでなければ、この先に船を進めるわけにはいかないと思う。それに、気《き》の毒《どく》なループ卿《きょう》の件《けん》もある。ループ卿は、神経《しんけい》がすっかり弱ってしまっているからね」

「息子《むすこ》よ」年老《としお》いた星が言った。「あなたが望《のぞ》んだとしても、みずから志願《しがん》したのでない者たちやだまされて同行させられた者たちを伴《ともな》って〈世界の果《は》て〉まで行ったところで、大願《たいがん》を果たすことはできぬ。そのようなやりかたでは、大いなる魔法《まほう》を解《と》くことはできない。船乗りたちは自分がどこへ行くのか、なぜ行くのかを承知《しょうち》しておらなければならぬ。ところで、神経が弱っている人とは、どなたのことかな？」

カスピアンはラマンドゥにループ卿のことを話して聞かせた。

「その人が何より必要《ひつよう》とするものを、わたしは与《あた》えることができる」ラマンドゥが言った。「この島にいれば、中断《ちゅうだん》も終わりもない眠《ねむ》りが得《え》られる。その眠りのなかでは、夢《ゆめ》のかけらさえ見ることはないだろう。その人をこの三人といっしょにすわらせて、あなたがたがもどるまで、忘却《ぼうきゃく》をぞんぶんに貪《むさぼ》らせてやるがよい」

「ねえ、ぜひそうしてあげましょうよ、カスピアン」ルーシーが言った。「きっと、ループ卿《きょう》は喜《よろこ》ぶと思うわ」

そのとき、がやがやと足音や話し声が近づいてきて、会話が中断《ちゅうだん》された。ドリニアンと船に残《のこ》っていた船員たちがやってきたのだ。ドリニアンたちはラマンドゥと娘《むすめ》の姿《すがた》を見て、驚《おどろ》いて立ち止まった。そして、二人の姿があきらかに高貴《こうき》なようすであるのを見て、男たちは頭のかぶりものを取った。船乗りたちのなかには、テーブルの上の空になった皿や酒びんをいかにも残念《ざんねん》そうな目つきで見つめる者もいた。

「ドリニアン卿よ」カスピアン王が話しかけた。「〈ドーン・トレッダー号〉に使いを二人やって、ループ卿に伝《つた》えてほしい。最後《さいご》までいっしょに航海《こうかい》をした仲間《なかま》三人がここにいて眠《ねむ》っている、と。その眠りは夢《ゆめ》ひとつ見ない眠りであるから、ループ卿もここに来て同じ眠りに加《くわ》わるがよい、と」

伝言《でんごん》を託《たく》したあと、カスピアンは残りの者たちに腰《こし》をおろすように言い、状況《じょうきょう》を細大《さいだい》もらさず説明《せつめい》した。カスピアンの説明が終わったあと、長い沈黙《ちんもく》があり、こそこそと話す声も聞こえたが、そのうちに弓矢隊《ゆみやたい》の隊長《たいちょう》が立ちあがり、口を開いた。

「陛下《へいか》、わたしらの何人かがずいぶん前から聞きたいと思っていたことがあるんですがな。ここから引き返すにしても、あるいはもっと別《べつ》のどこかから引き返すにしても、そっからどうやってナルニアまでたどりつけるのか、ってことです。ここまでずっと、ときどき凪《なぎ》があったのを別にすれば、西風か、でなけりゃ北西の風が吹《ふ》いてました。それが変《か》わらないんなら、どうやってまたナルニアにもどれるのか、うかがいたいもんです。ナルニアまでずっとオールを漕《こ》いでもどるんじゃ、とても食料《しょくりょう》がもちません」

「それは海を知らぬ者の言うことだ」ドリニアンが言った。「このあたりの海では、夏の終わりにかけていつも西風が吹くが、年が明けると、風向きが逆《ぎゃく》になる。西へ帰るのに好都合《こうつごう》な風はたっぷり吹くだろうよ。話に聞くところでは、好都合どころの風ではなさそうだが」

「そのとおりですよ、親方」ガルマ島生まれの年かさの水夫《すいふ》が言った。「一月と二月には、東からひどい嵐《あらし》がやってきます。陛下、失礼《しつれい》を承知《しょうち》で言わせてもらうんなら、もしあたしが船長だったら、この島で冬を越《こ》して、三月にナルニアに向かって船出するのがよかろう、と申し上げるところです」

「ここで冬を越《こ》すと言うけれど、そのあいだの食べ物はどうするの？」ユースティスが言った。

それを受けて、ラマンドゥが口を開いた。「このテーブルには、毎晩《まいばん》、日暮《ひぐ》れと同時に、王をもてなすほどの馳走《ちそう》が並《なら》ぶ」

「そりゃ、いいや！」船乗りたちから声があがった。

「陛下《へいか》、王様、女王様、それに、みんな。ひとつだけ言わせてもらいたいことがあるんだ」と、ライネルフが口を開いた。「この航海《こうかい》には、強制《きょうせい》されて参加《さんか》した者は一人もいない。おれたちは、自分から望《のぞ》んで航海に参加した。なのに、こうやって見てると、あのテーブルをじっと見つめて『王をもてなすほどのごちそう』のことばかり考えてる者が何人もいる。みんな、ケア・パラヴェルから出航《しゅっこう》した日には声高《こわだか》に冒険《ぼうけん》の話を口にして、世界の果《は》てを見つけないうちはもどってこないとまで豪語《ごうご》しておったのに。岸壁《がんぺき》に立って出航を見送った者たちのなかには、何をおいてもこの航海に連《つ》れていってほしいと願《ねが》った者たちも少なくなかった。あのときは、〈ドーン・トレッダー号〉にボーイとして雇《やと》われて寝棚《ねだな》をもらえるだけでも、騎士《きし》のベルトを身につけるよりすばらしいことだと言われたもんだ。おれの言ってることがわかってもらえたかどうか知らんが、とにかく、おれが言いたいのは、あんなふうに堂々《どうどう》と胸《むね》を張《は》って出航《しゅっこう》しておきながら、このままナルニアにもどって、〈世界の果《は》て〉の入口までは行ったけどそっから先は根性《こんじょう》がなくて行けなかったなんて言った日にゃ馬鹿《ばか》丸出しだ、あの〈あんぽん足〉どもと同《おんな》じように馬鹿丸出しだ、ってことだ」

船乗りたちのなかから「そうだ、そうだ」という声があがったが、「そうは言ってもなぁ……」という声もあった。

「これは、うまくないな」エドマンドが小声でカスピアンにささやいた。「乗組員の半分がしりごみしたら、どうする?」

「まあ、見ていてくれ」カスピアンも小声で言った。「こっちにも打つ手があるんだ」

「あなたは何も言わないの、リープ?」ルーシーが小声でリーピチープに言った。

「いいえ。女王陛下《へいか》、なぜ、そのようなことをおっしゃるのですか?」と、リーピチープがあたりに聞こえるほどの声で言った。「わたくしの心は、とうに決まっております。〈ドーン・トレッダー号〉で東へ行けるかぎり、東をめざします。〈ドーン・トレッダー号〉で行けなくなったらば、コラクルを漕《こ》いで東をめざします。コラクルが沈《しず》んだら、四本の足で泳いで東をめざします。そして、もうこれ以上《いじょう》は泳げないとなってもまだアスランの国に到達《とうたつ》できなければ、あるいは〈世界の果《は》て〉の大きな滝《たき》にのまれて流れ落ちてしまったとあらば、わが鼻先を日の昇《のぼ》る方角へ向けて沈む覚《かく》悟《ご》であります。そのときは、ピーピチークがわたくしに代わってナルニアの〈もの言うネズミ〉たちのリーダーとなるでありましょう」

「いいぞ、その心意気《こころいき》だ！」一人の船乗りが言った。「おれも同じ考えだ。ただし、コラクルはおれには小さすぎて無理《むり》だけどな」そして、小さい声でつけくわえた。「ネズミなんぞに遅《おく》れを取ってたまるか」

ここで、カスピアンがすっくと立ちあがった。「みんな、聞いてくれ。わたしの意図するところがきちんと伝《つた》わっていないように思う。みんなの話を聞くと、ここから先の航海《こうかい》に船員として加《くわ》わってくれるようわたしが頭を下げて頼《たの》むとでも思っているようだが、断《だん》じてそうではない。わたし自身も、ここにいる王と女王も、そのお身内のユースティスも、りっぱな騎士《きし》であるサー・リーピチープも、ドリニアン卿《きょう》も、〈世界の果《は》て〉を極《きわ》めるという使命をおびている。そこで、志《こころざし》ある者たちのなかから、かくも高尚《こうしょう》なる大冒険《だいぼうけん》に参加《さんか》を許《ゆる》すべきと認《みと》められる船員たちを選《えら》びたいと考えているのだ。希望《きぼう》すれば誰《だれ》でも参加できると言ったつもりはない。これからドリニアン卿とリンス親方に命じて慎重《しんちょう》なる検討《けんとう》をおこない、みんなの中から戦《たたか》いにおいてもっとも勇《いさ》ましき者、船乗りとしてもっとも腕《うで》のよき者、血潮《ちしお》のもっとも熱《あつ》き者、王に対してもっとも忠実《ちゅうじつ》なる者、そして人品においてもっとも高潔《こうけつ》なる者を選んで、その名を船員リストとして提出《ていしゅつ》してもらおうと考えている」カスピアンはここでいったん言葉を切ったあと、早口になって「アスランのたてがみにかけて！」と声をはりあげ、「皆《みな》の者、この世の果てを目にするという特権《とっけん》がたやすく手にはいると思うでないぞ」と続《つづ》けた。「ここから先の航海《こうかい》に参加した者は、〈ドーン・トレッダー〉すなわち〈夜明けを踏破《とうは》する者〉の称号《しょうごう》を後世の子々孫々《ししそんそん》に残《のこ》すことになろう。そして、帰りの航海を終えてケア・パラヴェルにもどったあとは、黄金《おうごん》または土地を与《あた》えられ、一生涯《いっしょうがい》にわたって裕福《ゆうふく》な暮《く》らしが約束《やくそく》されるのである。それでは、これにて解散《かいさん》する。各々《おのおの》、島内の好《す》きな場所で過《す》ごすがよい。三〇分後に、ドリニアン卿《きょう》から船員リストを提出してもらう」

船乗りたちはおずおずと黙《だま》ったまま一礼してその場を去り、三々五々《さんさんごご》言葉をかわしながら思い思いの場所へ散《ち》っていった。

「さて、それではループ卿の件《けん》だが」カスピアンが口を開いた。

しかし、テーブルの上座《かみざ》へ視線《しせん》を向けると、すでにそこにループ卿がいた。船員たちとの話しあいが続《つづ》いているあいだに、ひっそりと人目も引かずにやってきて、アルゴス卿の隣《となり》に腰《こし》をおろしていたのだ。かたわらにはラマンドゥの娘《むすめ》が立っていて、たったいまループ卿に手を貸《か》して席《せき》にすわらせたように見えた。ラマンドゥはループ卿の背後《はいご》に立ち、両手をループ卿の白髪《しらが》頭《あたま》に置《お》いていた。昼間の光のなかでも、ラマンドゥの両手からはかすかな銀色の光が放たれているのがわかった。ループ卿のやつれた顔には笑《え》みがうかんでいた。ループ卿は片方《かたほう》の手をルーシーに差《さ》し伸《の》べ、もう一方の手をカスピアンに差し伸べた。そして一瞬《いっしゅん》、何か言おうとしたように見えた。しかし、次の瞬間《しゅんかん》、その表情《ひょうじょう》は快感《かいかん》に満《み》たされたかのように晴れ晴れとした笑みに変《か》わり、口から満足《まんぞく》の長いため息を漏《も》らしたあと、ループ卿《きょう》は頭を深く垂《た》れて眠《ねむ》りに落ちた。

「ループ卿、お気《き》の毒《どく》に」ルーシーが言った「でも、これで良《よ》かったわ。きっと、とうもなく恐《おそ》ろしい思いをなさったのね」

「想像《そうぞう》するのもためらうよね」ユースティスが言った。

一方、カスピアンのスピーチは、おそらく島に働《はたら》いていた魔法《まほう》の力とも相まって、ねらいどおりの効果《こうか》を発揮《はっき》しはじめていた。それまで、少なからぬ数の船乗りたちがもういいかげんにこの航海《こうかい》から「抜《ぬ》けたい」と思っていたのだが、一転して、こんどはみんな「置《お》いてきぼり」にされるのを心配してあわてはじめたのだ。もちろん、船乗りの誰《だれ》かが航海に参加《さんか》させてもらう許可《きょか》を願《ねが》い出る決心を固《かた》めたと宣言《せんげん》するたびに、まだ決心のついていない者たちは自分たちが少数派《しょうすうは》になろうとしていると考えて不《ふ》安《あん》になるのだった。そんなわけで、約束《やくそく》の三〇分が終わらないうちに何人もの船乗りたちがドリニアンとリンスに「ごまをすって」（少なくとも、わたしの通った学校では、こういう言葉を使ったものだ）自分を取り立ててもらおうとしはじめた。まもなく、航海《こうかい》に志願《しがん》しない者は三人だけになった。この三人は自分たちといっしょに島にとどまるようほかの者たちを必死《ひっし》に説得《せっとく》したが、やがて、残留《ざんりゅう》希望者《きぼうしゃ》はたった一人になってしまった。そして、最後《さいご》には、この男も一人っきりで島に置《お》いていかれるのが嫌《いや》で、決心をひるがえした。

三〇分が経過《けいか》したところで、船乗りたちはぞくぞくと〈アスランのテーブル〉に集まってきた。ドリニアンとリンスはカスピアンとともに席《せき》に着き、報告《ほうこく》書を提出《ていしゅつ》した。カスピアンは、いちばん最後に考えを変《か》えた男一人を除《のぞ》いて、残《のこ》り全員を航海に連《つ》れていくと発表した。残された男の名はピトゥンクリーム[1]と言い、ほかのみんなが〈世界の果《は》て〉を見にいっているあいだ〈星の島〉に残され、いっしょに行けばよかったとおおいに悔《く》やみつづけた。この男はラマンドゥやラマンドゥの娘《むすめ》と会話を楽しめるような種類《しゅるい》の人間ではなく（ラマンドゥたちのほうでも同じだった）、おまけに雨降《あめふ》りの日も多かったので、毎晩《まいばん》テーブルにすばらしい料理《りょうり》が並《なら》んでも食事を楽しむにはほど遠い気分で、一人きりでテーブルについて、テーブルの端《はし》で四人の貴《き》族《ぞく》が眠《ねむ》っているのを見ると、雨の晩《ばん》などはぞっと鳥肌《とりはだ》が立った、と言った。そして、ほかの者たちが航海《こうかい》からもどってくると、この男はひどい疎外感《そがいかん》にさいなまれ、帰りの航海のとちゅう、離《はな》れ島諸島《じましょとう》で船から脱走《だっそう》してカロールメン国へ行き、そこで暮《く》らすようになった。カロールメンで、ピトゥンクリームは〈世界の果《は》て〉まで行った壮《そう》大《だい》な冒険《ぼうけん》物語を語りまくり、とうとうしまいには自分でもそれが真実だったかのように思いこむまでになった。ある意味で、これもハッピーエンドなのであるが、ピトゥンクリームは一生ネズミだけは大嫌《だいきら》いだったという。

その晩、船乗りたちは全員が列柱《れっちゅう》に囲《かこ》まれた大きなテーブルに着き、魔法《まほう》の力で新しく用意されたごちそうを食べ、ワインを飲んだ。そして翌朝《よくあさ》、白い大きな鳥たちがやってきて去っていくのと同じ時刻《じこく》に、〈ドーン・トレッダー号〉はふたたび出航《しゅっこう》した。

「姫君《ひめぎみ》」カスピアンは少女に言葉をかけた。「魔法を解《と》くことができたら、そのとき

1　Pittencream。この名前は pitiful（みじめな）または pittance（取るに足らない）という言葉を連想《れんそう》させる（*Companion to Narnia*, HarperOne による）。

にまたお目にかかりたいと思います」ラマンドゥの娘《むすめ》はカスピアンを見つめてほほえんだ。

15　さいはての海の不思議《ふしぎ》

ラマンドゥの島を出てすぐに、〈ドーン・トレッダー号〉がすでに世界の果《は》てを越《こ》えたことを実感させる変化《へんか》が起こりはじめた。何もかもが、それまでとはちがってきたのだ。ひとつには、あまり眠《ねむ》らなくてすむようになった。眠りたいとか食べたいとかいう欲求《よっきゅう》をさほど感じなくなり、話すときでさえ小声で言葉少なに会話するだけになった。もうひとつには、光の変化《へんか》があった。光があふれるようにまばゆいのだ。毎朝昇《のぼ》ってくる太陽は、ふつうの大きさの二倍にも三倍にも見えた。そして、（ルーシーは何よりもこれを見て不思議な気もちになったものだが）毎朝きまって巨大《きょだい》な白い鳥たちが人間の声で誰《だれ》にも理解《りかい》できない言葉をさえずりながら頭上を群《む》れ飛《と》んでいき、船の後方へ姿《すがた》を消すのだった。〈アスランのテーブル〉へ朝食をついばみに行くのだ。そして、しばらくすると、こんどは鳥たちが空を飛《と》んでもどってきて、東の方角へ消えていった。

「水がすごく澄《す》んでいて、とってもきれい！」二日目の昼すぎ、船の左舷《さげん》から身を乗り出して海を眺《なが》めていたルーシーがつぶやいた。

ほんとうに、そのとおりだった。ルーシーが最初《さいしょ》に気づいたのは、黒い小さな物体だった。その物体は靴《くつ》と同じくらいの大きさで、船と同じスピードで動いていた。一《いっ》瞬《しゅん》、ルーシーは海面に何か黒いものが漂《ただよ》っているのかと思った。しかし、そのとき、パンくずが船の脇《わき》をプカプカと流れてきた。料理人《りょうりにん》が古くなったパンを調理場から投《な》げ捨《す》てたものだった。ルーシーはパンくずが黒い物体とぶつかるものと思ったが、そうはならなかった。パンくずは黒い物体の上を通りすぎていったのだ。それを見て、ルーシーは、黒い物体が水面《みなも》に浮《う》かんでいるのではないとわかった。と思った瞬間《しゅんかん》、黒い物体が急にものすごく大きくなり、次の瞬間にまたもとの大きさにもどった。

どこかで同じようなことを見たんだけどな……と、ルーシーは考えた。どこで見たんだっけ……？　ルーシーは片手《かたて》を頭に当て、顔をしかめ、舌《した》を突《つ》き出《だ》して、懸命《けんめい》に思い出そうとした。そして、ようやく思い出した。そうだった！　お天気のいい日に列車に乗っていたときに、これに似《に》たことがあったのだ。自分の乗っている列車の黒い影《かげ》が、列車と同じ速度で野原を走っている。そのうちに、列車が切り通しにさしかかると、急に影が大きく迫《せま》ってきて、切り通しの芝生《しばふ》の上を黒い影が列車と同じ速度で走る。そして、列車が切り通しを抜《ぬ》けると、黒い影はシュッと縮《ちぢ》んでもとの大きさになり、また野原を列車と同じ速度で走りつづけるのだ。

「そうか、影なのね！　あれは〈ドーン・トレッダー号〉の影なんだわ」ルーシーはつぶやいた。「〈ドーン・トレッダー号〉の影が船と並《なら》んで海の底《そこ》を走ってるんだわ。さっき影が大きくなったのは、海の底が丘《おか》みたいに高くなっていたところを通ったからなのね。でも、だとしたら、海の水はわたしが思ってたよりずっと澄《す》んでいるってことだわ！　驚《おどろ》いた、海の底まで見えているなんて。何尋《ひろ》も何尋も深い海の底が」

さっきから見えていた大きな銀色の広がりは、それまで気がつかなかったけれど、海底《かいてい》の砂地《すなじ》だったのだ。そして、暗い色や明るい色に見えた部分は海面の光や影ではなく、海底に実際《じっさい》に何かがあって、それが明るく見えたり暗く見えたりしていたのだ。

たとえば、いま、船はちょうど柔《やわ》らかな紫色《むらさきいろ》がかった緑色のかたまりの上を通《とお》り過《す》ぎるところで、そのかたまりの真ん中あたりを明るい灰色《はいいろ》をした幅《はば》の広い線のようなものがうねうねと横切っているのだが、いまではそれが海底《かいてい》にあるものだとわかったので、それまでよりもはっきりと見分けられた。よく見ると、海底の暗い色に見える部分はそうでない部分よりずっと上のほうにあって、ゆらゆらと揺《ゆ》れている。「風に吹《ふ》かれて揺れる木とそっくりだわ」ルーシーはつぶやいた。「そうね、きっとそうにちがいないわ。これは海底にある森なのね」

船は海底の森の上を通過《つうか》した。そのうちに、こんどは白っぽい色をした線が現《あらわ》れ、そこにもう一本の白っぽい色の線が合流した。「わたしがあそこにいたとしたら、あの白っぽい線は、きっと森の中を通る道みたいに見えるでしょうね」ルーシーは思った。「そして、二本の線が交わるところは、四《よ》つ辻《つじ》だわ。ああ、あそこに行けたらいいのに。あら！　森が終わりになったわ。やっぱり、あの線は道路だったのね！　だって、広い砂地《すなじ》の上をずっと続《つづ》いていくのが見えるもの。色がちがうし。それに、何だか両端《りょうはし》に印《しるし》がついてるわ……点線みたいになってる。たぶん、あれは石じゃないかしら。あ、道がだんだん広くなってきた」

しかし、実際《じっさい》には道が広くなったのではなく、海底《かいてい》がせり上がってきたのだった。それがわかったのは、〈ドーン・トレッダー号〉の影《かげ》が自分のほうへ一気に近づいてきたからだ。そして、道は（いままでは道にちがいないとルーシーは確信《かくしん》していた）ジグザグに折《お》れ曲《ま》がりはじめた。あきらかに急な斜面《しゃめん》を登っている感じだ。ルーシーが顔を傾《かたむ》けて後方をふりかえってみると、ちょうど丘《おか》の上からつづら折《お》りの道を見下ろしたような風景《ふうけい》が見えた。太陽の光が束《たば》になって海の深い谷間に広がる森にさしかかっているようすまで見えた。ずっと深いところは何もかもがぼんやりとした緑色にとけあって見えたが、太陽の光がさしこんでいるところだけは鮮《あざ》やかな群青色《ぐんじょういろ》に見えた。

けれども、のんびりと後ろをふりかえっている暇《ひま》はなかった。行く手にわくわくするようなものが見えてきたのだ。道はどうやら丘の頂上《ちょうじょう》まで達《たっ》したらしく、そこから先はまっすぐに続《つづ》いていた。道の上を小さな点がいくつも行ったり来たりしている。そして、おりよくたっぷりの日ざし――これほど深海まで届《とど》く太陽の光としてははたっぷりの日ざし、という意味だが——がさしこんだところに、すばらしい景色《けしき》が見えてきた。それはでこぼこで、ギザギザで、真珠《しんじゅ》か象牙《ぞうげ》のような色をしていた。ルーシーは真上から見ていたので、最初《さいしょ》、それが何なのかわからなかった。しかし、影《かげ》の形に気づいたら、何もかもがはっきりした。太陽の光がルーシーの背後《はいご》からさしていたので、海底《かいてい》の砂地《すなじ》に影が伸《の》びていた。その影の形から、ルーシーが見ているものは大小さまざまな形をした塔《とう》やドーム屋根だとわかったのだ。

「まあ！　これって都市かしら、でなければ巨大《きょだい》なお城《しろ》？」ルーシーはつぶやいた。「それにしても、どうして高い山の頂上《ちょうじょう》にそんなものを作ったのかしら？」

ずっとあとになって、イギリスにもどってから、エドマンドと二人でこの大冒険《だいぼうけん》の話をしているときに、二人はその答えを考えついた。たぶん、それが正解《せいかい》だろうと思う。つまり、海の中では、深いところへ行くほど暗くなり、寒くなる。そういう暗くて寒い場所には、巨大なイカや大ウミヘビやクラーケン[1]など危険《きけん》な生き物が潜《ひそ》んでいる。海の中では、深い谷間は何に出会うかわからない危険な無法地帯《むほうちたい》なのだ。海の人々にとっては、海底《かいてい》の谷間がわたしたち人間から見た山岳地帯《さんがくちたい》のように危険《きけん》な場所であり、反対に、高くなっているところがわたしたちにとっての谷間のように安心できる場所なのだ。つまり、高いところ（わたしたちの言葉で言えば、「海の浅《あさ》いところ」）が暖《あたた》かくて平和な場所なのである。海の中では、怖《こわ》いもの知らずの狩人《かりゅうど》たちや勇敢《ゆうかん》な騎士《きし》たちは獲物《えもの》や冒険《ぼうけん》を求《もと》めて深みに下りていくが、安らぎや平和があり、礼節《れいせつ》や知恵《ちえ》が重んじられ、スポーツやダンスや歌を楽しめる場所は、海の高みに作られた住処《すみか》なのだ。

海の都が通《とお》り過《す》ぎたあとも海底は上がりつづけ、いまでは水深は一〇〇メートルたらずになっていた。海底の道はなくなり、船の下には広々とした公園のような景色《けしき》が広がって、鮮《あざ》やかな色の植物が小さな森のようにゆらゆらと点在《てんざい》していた。そのとき、ルーシーはびっくりして思わず声をあげそうになった。海の中に人の姿《すがた》が見えたのだ。

海の中の人影《ひとかげ》は一五人から二〇人ほどいて、みんな馬に乗るようにタツノオトシゴ

1　北欧伝説《ほくおうでんせつ》に登場する海の怪物《かいぶつ》で、巨大《きょだい》なタコやイカのような姿《すがた》に描《えが》かれることが多い。

にまたがっていた。タツノオトシゴといっても、読者諸君《しょくん》が博物館《はくぶつかん》で見るような小さなタツノオトシゴではなく、海の中に見える人影《ひとかげ》よりも大きいくらいのタツノオトシゴだった。この人たちは身分の高い人々にちがいない、とルーシーは思った。その人たちの額《ひたい》に金色の飾《かざ》りがきらめき、肩《かた》からエメラルド色やオレンジ色のケープが潮《しお》の流れに長くたなびいているのが見えたからだ。そのときだった。

「あら、じゃまな魚たちね!」ルーシーがつぶやいた。丸々と太った小魚の群《む》れが水面すれすれに泳いできて、ルーシーと〈海の人たち〉のあいだに割《わ》りこんだからだ。おかげで海の人たちの姿《すがた》が見えなくなってしまったが、そのかわりにとんでもなく興味深《きょうみぶか》いできごとを目撃《もくげき》することになった。ルーシーが見たこともない獰猛《どうもう》な顔つきの小さな魚がとつぜん海中から矢のような勢《いきお》いで上がってきて、太った小魚に食いつき、それをくわえたまま、あっという間に海底《かいてい》へもどっていったのだ。〈海の人たち〉は、全員がタツノオトシゴにまたがったまま、それを見上げていた。何か言葉をかけあって笑《わら》っているようにも見えた。獲物《えもの》をくわえた魚がもどる前に、同じ種類《しゅるい》の魚がもう一匹《ぴき》、〈海の人たち〉の手もとから上がってきた。そのようすを見ていたルーシーは、一同の中央でタツノオトシゴにまたがっている大柄《おおがら》な男の人が狩《か》りをする魚を放したのだとわかった。その人が手に持つか手首にとまらせるかしていた魚を放したように見えたのだ。

「わかったわ！」ルーシーは言った。「この人たち、狩りをしているのね。鷹狩《たかが》りみたいな感じかしら。そうにちがいないわ。あの小さくて獰猛《どうもう》そうな魚を手首にとまらせて、タツノオトシゴにまたがって、狩りに来たのね。ちょうど、わたしたちがハヤブサを手首にとまらせて、馬に乗って狩りに行ったのと同じように。ずっとむかし、ケア・パラヴェルでわたしたちが王や女王だったころ……。それで、小魚の群《む》れを狙《ねら》って、あの魚を飛《と》ばしたのね……『飛ばした』と言うより『泳がせた』というべきかもしれないけど。それにしても――」

ルーシーは、はっと口をつぐんだ。海の中のようすが一変《いっぺん》したのだ。〈海の人たち〉は〈ドーン・トレッダー号〉に気づいたようだった。小魚の群れは散《ち》り散《ぢ》りに逃《に》げていき、〈海の人たち〉が海面へ上がってこようとしていた。自分たちと太陽とのあいだに割《わ》りこんできたこの大きくて黒いものはいったい何なのか、確《たし》かめに来たようだった。〈海の人たち〉は海面のすぐ下までやってきた。これが水中でなくて水の上だったなら、ルーシーのほうから声をかけることもできそうに思われた。〈海の人たち〉の中には、男もいたし、女もいた。全員が王侯貴族《おうこうきぞく》のつける小さな冠《かんむり》のようなものをかぶっていて、真珠《しんじゅ》の首飾《くびかざ》りをつけている者もたくさんいた。それ以外《いがい》には身につけている衣類《いるい》はなく、からだはくすんだ象牙色《ぞうげいろ》で、髪《かみ》は濃《こ》い紫色《むらさきいろ》をしていた。中央にいる王様（どう見ても、その人が王様だった）が誇《ほこ》り高《たか》く猛々《たけだけ》しい顔つきでルーシーの顔を見すえ、手に持った銛《もり》を振《ふ》った。まわりにいる騎士《きし》たちも同じような構《かま》えを見せた。女の人たちは、ひどく驚《おどろ》いた表情《ひょうじょう》をしていた。この人たちは船というものを見たこともなければ、人間も見たことがないにちがいない、とルーシーは思った。あたりまえのことだ、いまだかつて船が訪《おとず》れたことのない〈世界の果《は》て〉の先の海なのだから。

「何をそんなにじっと見てるの、ルー？」すぐそばで声がした。

ルーシーはすっかり夢中《むちゅう》になって海の中を見つめていたので、声をかけられてびくっとした。そして、ふりかえったとき、ずっと同じかっこうで手すりによりかかっ

YOUCHAN

ていたせいで腕《うで》がしびれているのに気がついた。ドリニアンとエドマンドがすぐそばにいた。

「見て」ルーシーは言った。

ドリニアンとエドマンドは海をのぞきこんだが、すぐにドリニアンが低《ひく》い声で言った。

「いますぐこちらを向いてください、お二人とも。そうです、海に背中《せなか》を向けて。だいじな話をしていたようなそぶりをお見せにならないように」

「どうして？　どういうことなの？」ドリニアンの言うとおりにしながら、ルーシーが聞いた。

「船乗りには、ああいうものを見せてはならないのです」ドリニアンが言った。「船乗りたちが海の女に恋《こい》をしてしまうからです。あるいは、海の中の世界そのものに心を奪《うば》われてしまう者もいます。そして、海に飛《と》びこんでしまうのです。不思議《ふしぎ》な海でそういうことが起きたという話を聞いたことがあります。ああいう人たちを見るのは、海では不吉《ふきつ》なことなのです」

「でも、わたしたち、人魚とは知りあいだったのよ」ルーシーが言った。「むかし、ケア・パラヴェルで、兄のピーターが上級王だったころ。戴冠式《たいかんしき》のとき、人魚たちは海の上に出てきて歌を歌ってくれたわ」

「あれはちがう種類《しゅるい》の人魚だったんだと思うよ、ルー」エドマンドが言った。「あの人魚たちは水の中でも水から出ても生きられたけど、この人魚たちはそうじゃないと思う。あの顔つきからすると、水から出ても生きられるのなら、とうのむかしに水面に出てこっちに攻撃《こうげき》をしかけてきただろうから。すごく獰猛《どうもう》そうな顔してただろ？」

「いずれにせよ」とドリニアンが言いかけたとき、二つの音が聞こえた。一つはポチャンという水の音。もう一つは戦闘楼《せんとうろう》の上からで、「人が海に落ちたぞ！」という叫《さけ》び声《ごえ》だった。みんながいっせいに走りだした。何人かの水夫《すいふ》が急いで帆桁《ほげた》に登って帆をたたんだ。ほかの水夫たちは甲板《かんぱん》から駆《か》け下《お》りていって、オールに取《と》り付《つ》いた。船尾楼《せんびろう》で舵《かじ》を取っていたリンスは、海に落ちた者の救助《きゅうじょ》に向かうために、舵をいっぱいに切って船を転回させようとした。しかし、まもなく、みんなは海に落ちたのが厳密《げんみつ》な意味で「人」ではないことを知った。落ちたのはリーピチープだったのである。

「あのいまいましいネズミめ！」ドリニアンが言った。「ほかの水夫《すいふ》全員を束《たば》にしたよりも手がかかる。めんどうを起こす暇《ひま》があれば、きまってめんどうを起こすんだから。あんな野郎《やろう》は手かせ足かせをかけて船の下をくぐらせる厳罰《げんばつ》に処《しょ》するしかない。いや、無人島《むじんとう》に置《お》き去《ざ》りにしてやろうか。ひげもちょん切って。誰《だれ》か、あの馬鹿《ばか》野郎を見つけたか？」

こんなふうに言ったからといって、ドリニアンが本心からリーピチープを憎《にく》んでいたわけではない。むしろ逆《ぎゃく》で、ドリニアンはリーピチープのことが大好《だいす》きだっただけに、その身を案《あん》じ、それゆえ腹《はら》を立てたのだった。読者諸君《しょくん》が道路に飛《と》び出《だ》して走ってくる車にひかれそうになったときに、お母さんが赤の他人の何倍も厳《きび》しく叱《しか》るのと同じことだ。もちろん、リーピチープが溺《おぼ》れることを心配する者は、一人もいなかった。リーピチープは泳ぎの名手だったからである。しかし、海の中に誰がいるかを知っていたルーシーたち三人は、海の人たちが手にしている長くて危険《きけん》な銛《もり》のことを心配していた。

数分ほどで〈ドーン・トレッダー号〉は方向転換《てんかん》してさっきの場所までもどり、誰の目にも海面に浮《う》かんでいる黒くて小さいもの、すなわちリーピチープの姿《すがた》が見えるようになった。リーピチープは大興奮《だいこうふん》して何か言おうとしているのだが、口を開くたびに水が口にはいってしまうので、何を言っているのか誰にも聞き取れなかった。

「あいつがしゃべってしまう前に黙《だま》らせないと」ドリニアンが声をあげた。そして、みずから船べりに駆《か》け寄《よ》り、船の外にロープを垂《た》らして、ほかの水夫《すいふ》たちに向かって「だいじょうぶ、だいじょうぶだ！　みんな持ち場にもどってくれ。ネズミ一匹《ぴき》ぐらい、わたし一人で引き上げられるから」と大声で言った。そして、リーピチープが船から垂らされたロープを登りはじめると――水に濡《ぬ》れて毛皮が重くなっていたので、あまり敏捷《びんしょう》な身のこなしではなかったが――ドリニアンは船べりから身を乗り出して、小声でリーピチープに警告《けいこく》した。

「黙ってろよ。ひとことも言うな」

しかし、甲板《かんぱん》に上がってきたずぶ濡れのネズミは、〈海の人たち〉にはまったく関《かん》心《しん》がないようだった。

「真水だ！」リーピチープが甲高《かんだか》い声をはりあげた。「真水です！　塩辛《しおから》くないのであります!」

「いったい何の話だ?」ドリニアンがムッとした顔で言った。「そんなところでブルブルして、わたしに水をかけないでほしいね」

「だから、水が塩辛《しおから》くないと言っているのであります」リーピチープが言った。「真水なんです、塩水《しおみず》じゃないんです」

少しのあいだ、リーピチープが言っていることの重要性《じゅうようせい》を誰《だれ》ひとり理解《りかい》できずにいた。しかし、リーピチープはむかしからの予言をいまいちどみんなに話して聞かせた。

潮《うしお》のうましくなるところ
疑《うたが》うなかれ、リーピチープ
それ東《ひんがし》の海の果《は》て

それで、ようやくみんな、わけがわかった。

「ライネルフ、バケツをくれ」ドリニアンが言った。

バケツを受け取ったドリニアンは、それを海に下ろして海水をくみあげた。バケツの中の水はガラスのように輝《かがや》いていた。

「陛下《へいか》、最初《さいしょ》に味見をなさいますか?」ドリニアンがカスピアンに言った。

カスピアン王は両手でバケツを受け取り、口へ持っていって水をすすり、そのあとたっぷりと飲んで顔を上げたが、その顔は表情《ひょうじょう》が一変《いっぺん》していた。目の光だけでなく、全身がまばゆく輝《かがや》いて見えた。

「ああ、これは真水だ」カスピアンは言った。「正真正銘《しょうしんしょうめい》の真水だ。これを飲んでも命にかかわらぬものかどうか知らないが、たとえ命を落としたとしても本望《ほんもう》だ。こういうことだとは、まったく知らなかった」

「どういう意味?」エドマンドが聞いた。

「その……何と言うか……光を飲んだような気がするんだ」カスピアンが言った。

「そのとおりであります」リーピチープが言った。「飲むことのできる光であります。いまや、われわれは〈世界の果《は》て〉にきわめて近いところまで来ているにちがいありませんﾞ」

一瞬《いっしゅん》の沈黙《ちんもく》があり、そのあとルーシーが甲板《かんぱん》に膝《ひざ》をついて、バケツから水を飲んだ。

「こんなにおいしいものは、飲んだことがないわ」ルーシーはあえぐように息を切らしながら言った。「それにしても、これ……強いわね。もう何も食べる必要《ひつよう》がないような気がしてきたわ」

そのあと、一人ずつ順《じゅん》に、船に乗っていた全員が海の水を飲んだ。そして、長いあいだ、誰《だれ》もが黙《だま》りこんでいた。信《しん》じられないほど体調が良《よ》くなり、全身に力がみなぎるように感じたのだ。ほかにも変化《へんか》が感じられた。前にも書いたように、ラマンドゥの島を出発して以来《いらい》、光がどんどん強くなっていた。太陽はますます大きくなり（暑くなりすぎることはなかったが）、海はますますまばゆくなり、大気はますます輝《かがや》きを強めていた。それがいま、光が弱くなったわけではないのに——むしろ強くなったくらいなのに——船に乗っている者たちの目はそれに耐《た》えられるようになっていたのだ。みんな、太陽を直接《ちょくせつ》見つめてもまぶしいとは感じず、それまでよりずっと強い光を見ても平気になっていた。船の甲板《かんぱん》も、帆《ほ》も、乗組員たちの顔やからだもどんどん輝《かがや》きを増《ま》していき、船のロープの一本一本まで輝いて見えるようになった。翌朝《よくあさ》、かつての五倍も六倍も大きな太陽が昇《のぼ》ったとき、〈ドーン・トレッダー号〉の船乗りたちは太陽をまっすぐ見つめて、そこから飛《と》んでくる鳥たちの羽根《はね》の一本一本まではっきりと見ることができた。

その日一日じゅう、船の上では口を開く者はほとんどいなかった。昼食の時間になって（誰《だれ》も食事をしたいとは思わず、海の水を飲んだだけで十分だった）、ドリニアンがこう言った。

「どうにも不思議《ふしぎ》なことがあるんですがね。いまは風がまったく吹《ふ》いていないし、帆も垂《た》れ下《さ》がっている。海は池の水みたいに波ひとつない。なのに、船は後ろから強風にあおられているかのような速さで進んでいるんです」

「わたしもそのことを考えていた」カスピアンが言った。「何か強い海流に乗っているにちがいない」

「ふむ」エドマンドが言った。「それは、あんまりうれしくないね。もし、この世界にほんとうに端《はし》があって、そこに近づいているとしたら」

「つまり、その——この勢《いきお》いのまま世界の端からこぼれ落ちる、と?」カスピアンが言った。

「そうです、そうであります!」リーピチープが手を打ちあわせて声をあげた。「そういうことだろうと、ずっと想像《そうぞう》しておりました。この世界は大きな丸いテーブルのようなもので、すべての海の水がたえまなく端から流れ落ちているのです。船は端からこぼれ落ちる直前に、頭を下にして立つでしょう。その瞬間《しゅんかん》、われわれの目にも世界の果《は》ての先がどうなっているか見えるのです。そのあとは、ぐんぐん落ちていって、勢いがついて、スピードが出て——」

「落ちていった先に何が待っていると思うのだ、え?」ドリニアンが言った。

「おそらく、アスランの国でしょう」ネズミが目を輝《かがや》かせて言った。「あるいは、底《そこ》などないのかもしれません。永遠《えいえん》に落ちつづけるのかもしれません。しかし、何があるにせよ、〈世界の果て〉を超《こ》える一瞬《いっしゅん》を見ることができれば、それだけで本望《ほんもう》ではありませんか?」

「ちょっと待ってよ」ユースティスが口をはさんだ。「そんな話、馬鹿《ばか》げてるよ。世界は丸いんだ。いいかい、世界はボールみたいに丸いんだよ、テーブルみたいな形じゃなくて」

「ぼくたちの世界はそうだけど」エドマンドが言った。「こっちの世界はどうかな?」

「それはつまり、きみたち三人が住んでいた世界はボールのような球体だということなのか?」カスピアンが言った。「いま初《はじ》めて聞いた! みんな、ひどいなぁ。こちらでも、そういうおとぎ話はある。ボールのようにまん丸な世界があるという話で、わたしはそのおとぎ話が大好《だいす》きだった。しかし、ほんとうにそういう世界があるとは、思ってもみなかった。むかしからずっとそういう世界があればいいのにと思っていたし、そういう世界に住んでみたいと思っていたけれど。ああ、どんな犠牲《ぎせい》を払《はら》ってもいいから……。それにしても、なぜ、きみたちはこちらの世界にはいってこられるのに、ぼくたちはそちらの世界には行けないのだろう? ぼくにもそういうチャンスがあったらなあ! ボールのようなものの上で暮《く》らすなんて、さぞ、わくわくするだろうね。人が上下さかさまになって歩く部分に行ってみたことは、あるの?」

エドマンドが首を横に振《ふ》った。「そんなふうじゃないんだよ。実際《じっさい》にむこうに行ってみたら、わくわくするようなことなんか何もないんだよ」

16　この世の果《は》て

ドリニアンとペヴェンシーきょうだいを別《べつ》にすれば、〈ドーン・トレッダー号〉の乗組員たちのなかで〈海の人たち〉に気づいたのはリーピチープだけだった。リーピチープは〈海の王様〉が銛《もり》を振《ふ》り回《まわ》すのを目にした瞬間《しゅんかん》に海に飛《と》びこんだ。〈海の王様〉のしぐさを威嚇《いかく》または挑発《ちょうはつ》のようなものとみなしたからで、その場ですぐに決着をつけようと海に飛びこんだのだった。ところが、海の水が塩辛《しおから》くなくなっていることを発見した驚《おどろ》きが大きかったので、リーピチープの関心《かんしん》はすっかりそちらに向かってしまい、ふたたび〈海の人たち〉のことを思い出す前にルーシーとドリニアンがリーピチープをわきへ連《つ》れていって、船べりから見たことを口外《こうがい》しないよう釘《くぎ》をさした。

結果的《けっかてき》には、そんな心配をする必要《ひつよう》はなかった。いまや〈ドーン・トレッダー号〉は誰《だれ》も住んでいないと思われるあたりを滑《すべ》るように進んでいたからだ。ルーシーを別《べつ》にすれば、それっきり〈海の人たち〉の姿《すがた》を目にした者はいなかったし、ルーシーも、ほんの一瞬《いっしゅん》その姿を見ただけだった。翌日《よくじつ》の午前中、〈ドーン・トレッダー号〉は比較的浅《ひかくてきあさ》い海を走りつづけ、海の底《そこ》には海藻《かいそう》がたくさん生えていた。お昼になる少し前、ルーシーは魚の大群《たいぐん》が海藻のあいだで餌《えさ》をついばんでいるのを見た。魚たちは食欲旺盛《しょくよくおうせい》なようすで、みんな同じ方向を向いていた。「ヒツジの群《む》れとそっくりね」と、ルーシーは思った。そのとき、魚たちの真ん中にルーシーと同じくらいの年恰好《としかっこう》の女の子が見えた。物静《ものしず》かで寂《さび》しげなようすの女の子は、端《はし》の曲がった杖《つえ》を手に持っていた。あの子は羊飼《ひつじか》い――というか、魚飼《さかなか》い――にちがいない、そして、あの魚の群れはヒツジの群れを放牧《ほうぼく》しているのと同じようなものなのだろう、とルーシーは思った。魚の群れも女の子も、水面のすぐ近くにいた。そして、浅いところを滑るように泳いでいる女の子と船の上から身を乗り出して見ているルーシーが真正面に来たとき、女の子が上を向いてルーシーの顔をじっと見つめた。おたがいに言葉をかわすことはなかったし、あっという間に女の子の姿《すがた》は後方へ去ったが、ルーシーはその子の顔を忘《わす》れることができなかった。その子は、ほかの〈海の人たち〉のように驚《おどろ》いた顔や怒《おこ》った表情《ひょうじょう》をしてはいなかった。ルーシーはその女の子に好意《こうい》を感じたし、相手の女の子も自分に好意を抱《いだ》いてくれたにちがいないと確信《かくしん》した。不思議《ふしぎ》なことだが、一瞬《いっしゅん》のうちに二人は友だちになったのだった。その世界においても、あるいは別《べつ》の世界においても、二人がふたたび会うことはないだろう。でも、もしもふたたび出会う機会《きかい》があったとしたら、二人ともたがいに手を差《さ》し伸《の》べあって相手に駆《か》け寄《よ》るにちがいない。

そのあと何日ものあいだ、帆《ほ》に風をはらむこともなく、船首に水の泡《あわ》を立てることもなしに、波ひとつない海を〈ドーン・トレッダー号〉は東へ向かって滑《すべ》るように進みつづけた。日ごとに、時間ごとに、光はますますまばゆくなっていったが、船乗りたちは平気だった。誰《だれ》も食事をせず、誰も眠《ねむ》らず、また、そうしたいとも思わず、ただ海からくみあげたまばゆい水を口にするだけだった。海の水はワインよりも強く、不思議にふつうの水よりも水っぽくて滑《なめ》らかに感じられ、みんな心のなかでたがいに乾杯《かんぱい》しながら海の水を飲みほした。船乗りのなかには、この航海《こうかい》が始まった時点で比《ひ》較的《かくてき》年配の者が一人二人いたのだが、その者たちもいまでは日ごとに若々《わかわか》しくなっていた。船の上では誰《だれ》もが喜《よろこ》びと興奮《こうふん》に包《つつ》まれていたが、興奮といっても大声でしゃべりたてるような興奮ではなかった。航海が長くなるにつれて船乗りたちは言葉少なになり、話すときもほとんどささやくような小声になった。〈世界の果《は》て〉の海の静《しず》けさが身に乗《の》り移《うつ》ったかのようだった。

「ドリニアン」ある日、カスピアンが船長に声をかけた。「前方に何が見える?」

「陛下《へいか》、白いものが見えます。水平線にそって、北から南まで、見わたすかぎり、ずっと白いものが見えます」

「わたしにも同じように見える」カスピアンが言った。「何なのか、想像《そうぞう》ができない」

「もっと緯度《いど》の高い場所であれば、氷であろうと申し上げるところですが」ドリニアンがカスピアンに言った。「しかし、この場所ではそんなはずはありません。とはいえ、船員をオールにつかせて、海流に逆《さか》らいながら進むようにしたほうがよろしいでしょう。あの白いものが何であれ、このスピードで衝突《しょうとつ》することは避《さ》けたいですからね」

ドリニアンの進言に従《したが》ってオールに漕《こ》ぎ手が配置《はいち》され、船は徐々《じょじょ》に速度を落としながら進んでいった。近づいていっても、白いものはあいかわらず正体不明《しょうたいふめい》のままだった。もし陸地《りくち》だとするならば、ずいぶん変《か》わった陸地だとしか言いようがなかった。水面と同じように平らで、しかも水面と同じ高さに広がっているからだ。白いもののすぐ近くまで来たところでドリニアンは舵《かじ》を大きく切り、〈ドーン・トレッダー号〉の船首を南に向けたので、船は海流を真横から受けながら、白いものが広がるすぐそばを南へ向かって進む形になった。そのおかげで、偶然《ぐうぜん》、重要《じゅうよう》なことがわかった。海流は幅《はば》がわずか一〇メートルほどしかなく、それ以外《いがい》の場所では、海の水は池か水たまりのように動きがないのだ。これは、船乗りたちにとってはうれしい発見だった。ラマンドゥの島までもどるのに、ずっとこの海流に逆《さか》らってオールで漕ぎつづけるのは無理《むり》だろうと、みんな心配になりはじめていたからだ（魚を放牧《ほうぼく》していた少女があっという間に船尾《せんび》のほうへ去った理由も、これでわかった。少女は、海流の外にいたのだ。もし〈ドーン・トレッダー号〉と同じ海流に乗っていたならば、船と同じ速度で東へ移動《いどう》していったはずだから)。

いぜんとして、白いものが何なのか、誰《だれ》にもわからなかった。そこで船からボートが下ろされ、調べにいくことになった。〈ドーン・トレッダー号〉の船上に残《のこ》った者たちの目には、ボートが白いものを押《お》し分《わ》けて進んでいくのが見えた。そのうちに、ボートに乗っている者たちの驚《おどろ》いたような甲高《かんだか》い声が、静《しず》かな水面《みなも》を渡《わた》ってはっきりと聞こえてきた。ボートの舳先《へさき》に乗っているライネルフが水深を測《はか》るあいだ、しばらく沈黙《ちんもく》があり、そのあと一行《いっこう》がもどってきたのだが、ボートの中には白いものがいっぱいはいっていた。報告《ほうこく》を聞こうとして、〈ドーン・トレッダー号〉の全員が船べりに押《お》し寄《よ》せた。

「陛下《へいか》、スイレンです!」ライネルフがボートの舳先で立ちあがって叫《さけ》んだ。

「何だって?」カスピアンが聞きかえした。

「スイレンです、花の」ライネルフが言った。「ナルニアで池や庭に咲《さ》いているのと同じスイレンです」

「見て!」ボートの艫《とも》のほうにいたルーシーが声をあげた。水に濡《ぬ》れた両腕《りょううで》いっぱいに白い花びらや大きくて平らな葉を抱《かか》えあげて見せている。

「ライネルフ、水深は?」ドリニアンが聞いた。

「それがおかしいんです、船長」ライネルフが言った。「まだ深いんです。優《ゆう》に三尋《ひろ》半はあります」

「だったら、ほんとうのスイレンではありえない。いわゆるスイレンとはちがう植物だ」ユースティスが言った。

おそらく、そのとおりなのだろう。しかし、とにかく、その花はスイレンにそっくりだった。しばらく相談したあと、〈ドーン・トレッダー号〉はふたたび海流のあるところまでもどり、潮《しお》の流れに乗って〈スイレンの湖〉あるいは〈銀の海〉(最初《さいしょ》のうちはこの両方の呼《よ》び名《な》を使っていたが、やがて〈銀の海〉が呼び名として定着し、いまでもカスピアンの地図にはこの名前が出ている)を東の方向へ滑《すべ》るように進みはじめた。ここから〈ドーン・トレッダー号〉の航海《こうかい》は世にも不思議《ふしぎ》な世界に突入《とつにゅう》した。まもなく、船があとにした海は西の水平線に見える青くて細い一本の線になり、船の周囲《しゅうい》には、どっちを向いても、かすかに金色がかった白い水面《みなも》がはてしなく広

YOUCHAN

がるばかりになった。ただ、船の引く澪《みお》だけは、スイレンが押《お》し分《わ》けられて深緑色のガラスのような水面《みなも》が見えていた。一見したところ、この〈世界の果《は》て〉の海は北《ほっ》極《きょく》の海とよく似《に》ていた。船乗りたちの目がワシの目のように強くなっていなかったら、白い花びらに反射《はんしゃ》する太陽の光には——とくに太陽がもっとも大きく見える早朝などは——とても耐《た》えられなかっただろう。夕方になると、白い花びらのおかげで宵《よい》の明るさがいっそう長く続《つづ》いた。スイレンの花はどこまでも果てしなく続いているように見えた。来る日も来る日も、何キロも先まで見わたすかぎりスイレンの花で埋《う》めつくされた海から、ルーシーでさえも言葉で表現《ひょうげん》できないようなかぐわしい香《かお》りが立ちのぼっていた。それはたしかに甘《あま》い香りなのだが、眠《ねむ》くなるような香りではなく、息が詰《つ》まりそうな強い香りでもなく、すがすがしく野性的《やせいてき》でどこか孤独《こどく》な香りが脳《のう》に染《し》みこんでくるように感じられて、高い山も一気に駆《か》け上《あ》がることができそうな気分、あるいはゾウを相手にレスリングができそうな気分にさえなるのだった。ルーシーとカスピアンは、〈銀の海〉の香りのことを、「もうこれ以上《いじょう》はがまんできないという気がするのに、そのくせ、このいい香りが消えてほしくないとも思うんだよね」などと話しあっていた。

〈ドーン・トレッダー号〉はたびたび水深を測《はか》りながら進んでいったが、水深が浅《あさ》くなりはじめたのは何日か過《す》ぎてからのことだった。それ以降《いこう》は、水深がぐんぐん浅くなっていった。そしてある日、オールを漕《こ》いで船を海流のないところへ出し、そこから先は水深を探《さぐ》りながらオールを使ってそろそろと進むことになった。そして、まもなく、〈ドーン・トレッダー号〉ではそれ以上《いじょう》は東へ進めないことがわかった。事実、巧《たく》みな操船《そうせん》のおかげで、船はかろうじて浅瀬《あさせ》に乗り上げずにすんだのだった。

「ボートを下ろせ」カスピアンが大声で命令《めいれい》した。「それから、全員を船尾《せんび》に集めよ。話がある」

「何をする気だろう?」ユースティスが小声でエドマンドに言った。「あいつの目つき、ちょっとおかしいぞ」

「ぼくたち、たぶん、みんな同じような目つきになってると思うよ」エドマンドが答えた。

エドマンドとユースティスは、カスピアンと並《なら》んで船尾楼《せんびろう》に立った。まもなく、乗組員全員が王の話を聞くために船尾楼《せんびろう》に上がるはしご段《だん》のたもとに集まった。「仲間《なかま》のみんな」カスピアンが口を開いた。「われわれは、いま、この航海《こうかい》の目的《もくてき》を果《は》たした。七人の貴族《きぞく》たちの行方《ゆくえ》は、全員つきとめることができた。そして、サー・リーピチープが二度《にど》とこの世にはもどらぬと宣言《せんげん》したから、みんながラマンドゥの島にもどったときには、レヴィリアン卿《きょう》とアラゴス卿とマヴラモーン卿はまちがいなく目ざめているはずだ。ドリニアン卿、きみにこの船を委《ゆだ》ねることとする。全速でナルニアにもどり、けっして〈死水島《しにみずしま》〉には立《た》ち寄《よ》らないように。そして、わが摂政《せっしょう》であるドワーフのトランプキンに命じて、ここにいる乗組員全員に約束《やくそく》したほうびを与《あた》えてやってほしい。みんな、十二分の働《はたら》きをしてくれた。そして、もしわたしがもどらなかったら、そのときは、摂政とコルネリウス先生とアナグマのトリュフハンターとドリニアン卿とで協議《きょうぎ》のうえ、ナルニア王を選《えら》ぶように――」

「お待ちください、陛下《へいか》」ドリニアンがカスピアンの話をさえぎった。「陛下は退位《たいい》なさるおつもりなのですか?」

「わたしはリーピチープといっしょに〈世界の果《は》て〉を見にいく」カスピアンが言った。

船乗りたちのあいだに動揺《どうよう》のざわめきが走った。

「わたしたちはボートを使わせてもらう」カスピアンが続《つづ》けた。「こんなに穏《おだ》やかな海だから、この船にはボートは必要《ひつよう》ないだろう。ラマンドゥの島に着いたら、新しいボートを作ってくれ。それから――」

「カスピアン」とつぜん、エドマンドが厳《きび》しい口調で言った。「こんなことは許《ゆる》されないぞ」

「そのとおりです」リーピチープが言った。「陛下《へいか》、それはなりませぬ」

「なりませぬ」ドリニアンも声をそろえた。

「ならぬ、と？」カスピアンが語気を強めた。その表情《ひょうじょう》は、一瞬《いっしゅん》、叔父《おじ》のミラーズに似《に》ているように見えなくもなかった。

「陛下、はばかりながら申し上げます」船尾楼《せんびろう》の下の甲板《かんぱん》から、ライネルフが声をあげた。「もしも、わたしらの誰《だれ》かがそういうことをしたら、それは脱走《だっそう》と呼《よ》ばれる行《こう》為《い》であります」

「付《つ》き合《あ》いが長いのをいいことに図々《ずうずう》しい口をききすぎだぞ、ライネルフ」カスピアンが言った。

「いいえ、陛下《へいか》！　ライネルフの言うとおりです」ドリニアンが言った。

「アスランのたてがみにかけて」カスピアンが言い返した。「きみたちはわたしに指図をする教師《きょうし》ではなくて、わたしに従《したが》うべき臣下《しんか》だと思っていたが」

「ぼくは臣下ではない」エドマンドが口を開いた。「そして、もういちど言うが、こんなことは許《ゆる》されない」

「またも、ならぬ、と？」カスピアンが言った。「それはどういう意味だ？」

「失礼《しつれい》ながら、陛下。わたくしどもは、陛下にそうはさせませぬ、と申し上げておるのでございます」リーピチープがそう言って、深々とおじぎをした。「あなた様はナルニアの国王であられます。国にもどらなければ、国民《こくみん》の信頼《しんらい》、とりわけトランプキンの信頼を裏切《うらぎ》ることになります。一般《いっぱん》の民《たみ》のように冒険《ぼうけん》を楽しむ自由は、あなた様にはないのです。もし陛下がどうしても道理に耳を貸《か》さぬとおっしゃるのであれば、この船の乗組員全員とともに真の忠誠《ちゅうせい》をはたすため、わたくしが先頭に立って陛下の武器《ぶき》を取りあげ、正気《しょうき》にもどられるまで陛下を縛《しば》りあげておくよりほかにございません」

「そのとおりだ」エドマンドが言った。「セイレーンのところへ行こうとしたユリシーズを縛《しば》りあげたのと同じようにね」

カスピアンは剣《けん》の柄《つか》に手をかけたが、そのときルーシーが割《わ》ってはいった。「それに、カスピアン、あなたはラマンドゥの娘《むすめ》さんと約束《やくそく》したんじゃなかったの？　もどってくる、って」

カスピアンは手を止めた。「あ、そうだ。それがあった」カスピアンは心を決めかねたようすで立ちつくしていたが、やがて船員たちに向かって捨《す》てぜりふを吐《は》いた。「どいつもこいつも、好《す》きにするがいい。冒険《ぼうけん》は終わりだ。帰るぞ。ボートを引き上げろ」

「陛下《へいか》」リーピチープが口を開いた。「全員が帰るわけではありません。わたくしは、さきほどもご説明《せつめい》申し上げたとおり――」

「黙《だま》れ！」カスピアンがどなった。「忠言《ちゅうげん》は聞いたが、くどくどと説教《せっきょう》されるのはうんざりだ。誰《だれ》かこのネズミを黙《だま》らせる者はいないのか？」

「陛下《へいか》はお約束《やくそく》なさったではありませんか」リーピチープが言った。「ナルニアの〈もの言うけもの〉に対して良《よ》き君主となられることを」

「たしかに、〈もの言うけもの〉に対してはな」カスピアンが言った。「だが、際限《さいげん》なくものを言いつづけるけものに対してまで約束をしたおぼえはない」そう言うと、カスピアンは怒《いか》りにまかせてはしご段《だん》を駆《か》け下《お》り、船尾楼《せんびろう》のキャビンにはいって荒々《あらあら》しくドアを閉《し》めた。

しかし、少しあとにエドマンドたちがキャビンへ行ってみると、カスピアンはすっかりしょげて、顔色は青白く、目に涙《なみだ》をうかべていた。

「悪かった」カスピアンは言った。「これまで自分の短気やおごりを克服《こくふく》しようと努《ど》力《りょく》してきたのに、なぜもう少しましな対応《たいおう》ができないのだろう。アスランと話をしたよ。いや、ここに実際《じっさい》にアスランが来たわけじゃない。こんなキャビンには、アス

---

1 美しい歌声で船乗りをまどわせて溺死《できし》させるセイレーンの誘惑《ゆうわく》に抵抗《ていこう》するために、ユリシーズ（オデュッセウス）が自分の身を船のマストに縛《しば》りつけさせた、というギリシア神話。

ランはおさまりきらないし。そうじゃなくて、あの壁《かべ》にかかってる金のライオンの頭が本物そっくりになって、ぼくに語りかけたんだ。恐《おそ》ろしかったよ――アスランの目が。ひどいことをされたわけではない。最初《さいしょ》ちょっと厳《きび》しい言葉をもらっただけで。でも、恐ろしいことに変《か》わりはない。それで、アスランが言ったんだ。アスランが……ああ、ぼくはとても耐《た》えられない。最悪《さいあく》のことを言われたんだ……きみたちはこの先へ行かなければならない、って。リープと、エドマンドと、ルーシーと、ユースティスは。それで、ぼくはもどらなくてはならない、って。ぼくひとりだけは。いますぐに。こんなの、ひどすぎるよ」

「ああ、カスピアン」ルーシーが声をかけた。「わたしたちがいずれもとの世界にもどらなければならないことは、わかっていたでしょう?」

「うん」カスピアンは泣《な》きながら答えた。「でも、早すぎるよ」

「ラマンドゥの島にもどれば、きっと少しは気分がよくなると思うわ」ルーシーが言った。

しばらくしてカスピアンはいくらか元気をとりもどしたが、どちらにとっても別《わか》れは悲しいことで、ここで別《わか》れの場面をくどくどと描写《びょうしゃ》するのはやめておこう。午後二時ごろになって、食料《しょくりょう》と水をたっぷり積《つ》みこんで（みんな食料も水もいらないと思ったが）リーピチープのコラクルをのせたボートが〈ドーン・トレッダー号〉を離《はな》れ、はてしなく続《つづ》くスイレンの海に漕《こ》ぎだした。〈ドーン・トレッダー号〉はありったけの旗《はた》を揚《あ》げて船全体を飾《かざ》りたて、船べりに盾《たて》を並《なら》べて、リーピチープたちの門出《かどで》を祝《いわ》った。スイレンで埋《う》まった海面から見上げると、〈ドーン・トレッダー号〉の船体は高くそそりたち、頼《たの》もしくなつかしく見えた。やがて、〈ドーン・トレッダー号〉はボートからまだその姿《すがた》が見えるうちに方向転換《てんかん》して、ゆっくりとオールを使って西へもどりはじめた。ルーシーは少し涙《なみだ》を流したが、読者諸君《しょくん》が想像《そうぞう》するほど悲しみに暮《く》れたわけではなかった。まばゆい光と、あたりの静《しず》けさと、〈銀の海〉のぞくぞくする香《かお》りと、なんとも不思議《ふしぎ》だけれど寂《さび》しささえもが、心を躍《おど》らせるように感じられたのだ。

ボートを漕ぐ必要《ひつよう》はなかった。海流がボートを東へ向けてぐんぐん押《お》し進《すす》めていったからだ。誰《だれ》ひとりとして眠《ねむ》らなかったし、食べ物を口にしなかった。その夜一晩《ひとばん》じゅう、そして翌日《よくじつ》も一日じゅう、ボートは滑《すべ》るように東へ進んでいった。そして、三日目の夜があけるころ――朝日のまぶしさは、わたしたちがサングラスをつけていたとしても、とても耐《た》えきれないほどだった――行く手に不思議《ふしぎ》な光景《こうけい》が見えてきた。ボートと空とのあいだに壁《かべ》のようなものがそそりたっているのだ。壁は緑色がかった灰色《はいいろ》で、小刻《こきざ》みに震《ふる》えていて、かすかに光っているように見えた。やがて、朝日が昇《のぼ》りはじめた。壁を透《す》かして昇ってくる太陽が見え、光の透過《とうか》した壁が虹色《にじいろ》に輝《かがや》いた。それを見て、ルーシーたちはわかった。壁は、左右にとほうもなく長く続《つづ》く高い波だったのだ。ちょうど滝《たき》と同じように、ずっと同じところで動かないように見える波の壁だった。波の高さは一〇メートル近くあり、ボートは海流に運ばれて波の壁のほうへぐんぐん近づいていった。読者諸君《しょくん》はボートに乗っていた四人が危険《きけん》を感じただろうと思うかもしれないが、実際《じっさい》には誰《だれ》も危険だとは思わなかった。あの状況《じょうきょう》では、誰もそんなことは考えなかったと思う。いまや四人の目には波のむこうにあるものだけでなく、昇る朝日のかなたにあるものまでもが見えたからだ。〈世界の果《は》て〉の海の水を飲んだおかげで目が強くなっていなかったら、太陽を直視《ちょくし》することさえできなかっただろうが、いま、四人は昇ってくる朝日をはっきりと見ることができ、しかも、朝日の背後《はいご》に広がる景色《けしき》まで見ることができた。東の方向、朝日のさらに後方に見えたのは、山脈《さんみゃく》だった。あまりに高い山脈だったので、山の頂《いただき》は見えなかったか、あるいは見ようとも思いつかなかった。四人とも、その方向に空を見た記憶《きおく》はなかった。その山脈は、ナルニアの世界の外にあるものにちがいないと思われた。なぜなら、あの山々の二〇分の一の、そのまた四分の一くらいの高さしかない山でさえ、ふつうならば氷や雪をかぶっているのがあたりまえだからだ。しかし、いま四人が目にしている山脈は暖《あたた》かそうで、緑の木々におおわれ、どれほど高いところまで目をやっても、深い森や水の流れ落ちる滝《たき》が無数《むすう》に目についた。そのとき、とつぜん東からふわりと風が吹《ふ》いてきて、波の壁《かべ》の上端《じょうたん》を揺《ゆ》らして白く泡《あわ》だて、ボートの周囲《しゅうい》の滑《なめ》らかな水面にさざ波を立てた。それはほんの一秒ほどのことだったが、その瞬間《しゅんかん》に感じとったものは三人の子どもたちにとって生涯忘《しょうがいわす》れえない感覚《かんかく》となった。それはかぐわしい香《かお》りであり、また音楽のような音色《ねいろ》であって、エドマンドとユースティスはあとになってもけっしてそのときのことを話題にしようとはしなかった。ルーシーも、「胸《むね》が痛《いた》くなるような感じだったわ」と形容《けいよう》するのがせいいっぱいだった。わたしが「なぜ？　すごく悲しかったのかい？」とたずねたら、ルーシーは「悲しい？　ぜんぜんちがうわ」と答えた。

ボートに乗っている四人の誰《だれ》ひとりとして、いま自分たちが〈世界の果《は》て〉を通《とお》り越《こ》してアスランの国を見ているのだということを疑《うたが》う者はいなかった。

そのとき、ザザザッと音をたててボートが浅瀬《あさせ》に乗り上げた。水深が浅くなり、もうボートでは先へ進めなくなったのだ。「ここから先は、わたくしが一人で参《まい》ります」リーピチープが言った。

ほかの三人は、リーピチープを引き止めようともしなかった。みんな、何もかもあらかじめ決められた運命であるような、あるいは以前《いぜん》にも同じことが起こったような気がしていたのだ。三人はリーピチープに手を貸《か》して、小さなコラクルを水に下ろしてやった。リーピチープは「これはもう必要《ひつよう》がないでしょう」と言って腰《こし》につけていた剣《けん》をはずし、スイレンにおおわれた海のかなたへ放り投げた。剣は水に落ちたところでまっすぐに立ち、柄《つか》の部分が水面から上に見えていた。そのあと、リーピチープ

YOUCHAN

はルーシーたち三人に別《わか》れを告《つ》げた。三人の手前、リーピチープはいちおう悲しげな表情《ひょうじょう》をしてみせたものの、ほんとうは幸福感にわなわなと震《ふる》えていた。ルーシーは、最初《さいしょ》で最後《さいご》の機会《きかい》に、それまでずっとしてみたかったことをした。リーピチープを両腕《りょううで》で抱《だ》きしめて、ほおずりしたのだ。そのあと、リーピチープはそそくさとコラクルに乗りこみ、パドルを手にした。コラクルは海流に乗り、ぐんぐん運ばれていって、リーピチープは白いスイレンの海のかなたにぽつんと見える黒い影《かげ》になった。波の壁《かべ》に達《たっ》すると、そこから先はスイレンはなく、滑《なめ》らかな緑色の斜面《しゃめん》になっていた。コラクルはしだいにスピードを増《ま》して勢《いきお》いよく波の壁を上がっていき、一瞬《いっしゅん》、波の頂点《ちょうてん》にコラクルに乗ったリーピチープの姿《すがた》が見えた。そのあとリーピチープの姿は消え、以来《いらい》、その姿を見たと言う者はいない。しかし、わたしの考えるところでは、リーピチープは無事《ぶじ》にアスランの国に着いて、いまもそこで生きているにちがいないと思う。

太陽が高く昇《のぼ》っていくにつれて、この世の外にある大山脈《だいさんみゃく》の姿はしだいに消えていった。波の壁は変《か》わらずそこにあったが、その先に見えるのは青い空だけになった。

子どもたちはボートを降《お》りて、水の中を歩きはじめた。波の壁《かべ》に向かって歩くのではなく、波の壁を左手に見ながら南の方角に向かって歩いていった。なぜそうしたかは、本人たちにもわからない。そうなるさだめだったのだ。〈ドーン・トレッダー号〉での航海《こうかい》のあいだ、三人ともずいぶん大人になったように感じていたし、実際《じっさい》にそうだったのだが、いまはすっかり子どもにもどってしまったような心細い気分で、三人は手をつなぎあってスイレンの海を歩いていった。疲《つか》れはまったく感じなかった。水は温かく、どんどん浅《あさ》くなっていった。そしてとうとう、三人は乾《かわ》いた砂浜《すなはま》に上がり、その先には草地が続《つづ》いていた。とても目の細かい短い草におおわれた広大な草原で、高さは〈銀の海〉とほとんど差《さ》がなく、モグラ塚《づか》ひとつ見かけないほど平坦《へいたん》な土地が広がっていた。

木さえ一本も生えていないどこまでも平坦な場所にいるといつも感じることだが、このときも、まるで空の端《はし》が目の前に広がる草原まで下りてきているように見えた。歩みを進めていくにつれて、三人とも、この先でほんとうに空が下りてきて地面とつながっているにちがいない、という奇妙《きみょう》な感覚《かんかく》に襲《おそ》われた。とてもまぶしいけれど手を伸《の》ばせば実際《じっさい》にさわれそうなガラスのような青い壁《かべ》が地面まで下りてきている、と。そして、まもなく、三人は自分たちの感覚《かんかく》がまちがってはいないと確信《かくしん》するようになった。三人は青い空の壁が地面に届《とど》く場所のすぐ近くまで来ていた。

青い空の壁の手前に、何か白いものが見えた。それは緑の草原に映《は》えてあまりに白くまばゆかったので、ワシのように強い目になっていた三人にもはっきりと見ることはできなかった。近づいていってみると、それは子ヒツジだった。

「ここへ来て、朝食を召《め》し上《あ》がれ」子ヒツジはかわいらしいミルク色の声で言った。

そう言われて三人は初《はじ》めて気づいたのだが、草の上にたき火があって、その上で魚が焼《や》けていた。三人は腰《こし》をおろし、魚を食べた。何日ぶりかで空腹《くうふく》というものを感じた。魚はそれまで三人が食べたことのないおいしさだった。

「教えてください、子ヒツジさん」ルーシーが話しかけた。「アスランの国へ行く道は、こっちなのですか？」

「あなたがたが通るのは、この道ではありません」子ヒツジが言った。「あなたがたがアスランの国へ行くには、あなたがたの世界にある扉《とびら》からはいるのです」

「なんだって！」エドマンドが言った。「ぼくらの世界からも、アスランの国にはいる入口があるってこと？」

「わたしの国にはいる入口は、あらゆる世界にある」子ヒツジが言った。しかし、そう話しているあいだに子ヒツジの雪のように白い全身が黄褐色《おうかっしょく》に輝《かがや》く金色に変《か》わり、ぐんぐん大きくなって、見上げるようなアスランの姿《すがた》になり、たてがみが光を放った。

「ああ、アスラン！」ルーシーが言った。「わたしたちの世界からあなたの世界にはいる方法《ほうほう》を教えてくださいませんか？」

「これから折々《おりおり》に伝《つた》えるようにしよう」アスランが言った。「ただし、その道のりがどのくらい長いか、どのくらい短いか、それは教えるわけにはいかない。わたしの国へ来るには川を渡《わた》らなくてはならないことだけは教えておこう。しかし、恐《おそ》れる必要《ひつよう》はない。わたしは橋をかけることが得意《とくい》なのだ。さあ、来なさい。空に扉《とびら》を開いて、あなたがたをもとの世界にもどしてあげよう」

「お願《ねが》いです、アスラン」ルーシーが言った。「わたしたちが帰る前に、こんどまたいつナルニアにもどってこられるか、教えていただけませんか？ お願《ねが》いです。そして、どうか、どうか、どうか、すぐにもどってこられるようにしてください」

「愛《あい》する子よ」アスランがとても優《やさ》しい声で言った。「あなたとあなたの兄は、もう二度とナルニアへ来ることはない」

「アスラン！」エドマンドとルーシーはそろって落胆《らくたん》した声を出した。

「子どもたちよ、あなたがたは歳《とし》を取りすぎた。そろそろ、自分たちの暮《く》らす世界との絆《きずな》を深めるべきときが来たのだ」

「ナルニアに来たいわけではないんです、わかるでしょう？」ルーシーが泣《な》きながら言った。「アスラン、あなたに会いたいのです。むこうの世界では、あなたに会えないでしょう？ 二度とあなたに会えないなんて、わたしたち、どうやって生きていけばいいの？」

「親愛《しんあい》なるわが子よ、あなたはわたしに会えるであろう」アスランが言った。

「あなたは、むこうの世界にもいらっしゃるのですか？」エドマンドが聞いた。

「そうだ」アスランが言った。「ただし、むこうの世界では、わたしは別《べつ》の名前で呼《よ》ばれている。あなたがたは、わたしをその名前で呼《よ》ぶことをおぼえなくてはならない。あなたがたがナルニアに連《つ》れてこられた理由は、まさにそれなのである。ここでわたしのことを少しばかり知ることによって、むこうの世界でもわたしをよりよく知ることができるだろう」

「ユースティスも二度とナルニアへ来られないのですか？」ルーシーが聞いた。

「わが子よ」アスランが言った。「あなたはそれをほんとうに知る必要《ひつよう》があるだろうか？　さあ、空に扉《とびら》を開いてあげよう」次の瞬間《しゅんかん》、カーテンが裂《さ》けるように青い空が裂け、空のむこうから強烈《きょうれつ》な白い光がさしこんだ。子どもたちは額《ひたい》にアスランのたてがみが触《ふ》れたのを感じ、ライオンのキスを感じ、そして……気がついたら、ケンブリッジにあるアルバータ叔母《おば》さんの家の寝室《しんしつ》にもどっていた。

あと二つだけ、つけくわえておこう。一つは、カスピアンと家来《けらい》たちが全員そろってラマンドゥの島に帰り着いたこと。三人の貴族《きぞく》たちは、無事《ぶじ》に眠《ねむ》りからさめた。カスピアンはラマンドゥの娘《むすめ》と結婚《けっこん》し、一行《いっこう》はナルニアにもどり、ラマンドゥの娘は偉大《いだい》な王妃《おうひ》となって、その子や孫《まご》は偉大な王たちとなった。もう一つは、わたしたちのこの世界にもどったあと、誰《だれ》もがすぐにユースティスがずいぶんいい子になったと言いはじめたことだ。みんなが口をそろえて「まるで人が変《か》わったみたいだ」と言った。ただ一人だけ例外《れいがい》だったのはアルバータ叔母《おば》さんで、叔母さんはユースティスがひどく平凡《へいぼん》で退屈《たいくつ》な子になってしまった、これはきっとあのペヴェンシーきょうだいの影響《えいきょう》にちがいない、と言ったのだった。

解説

立原　透耶
（作家・中華圏SF研究者）

錚々《そうそう》たるメンバーが名を連ねる本シリーズの解説において、どうしてわたしのような「専門の学者」ではない人間が解説を書くことになったかと申せば、ひとえに作品への深い愛情からだと思われる。どれくらいナルニアが好きかというと、小学生でナルニアに出会って本文を諳《そら》んじるようになり、中高生の時にはC・S・ルイスの他の作品を読み漁《あさ》って、ルイスの人間関係や彼の宗教観についての研究書にまで手を伸ばし……そして二十代でついにイギリスにまで行ってしまったのである。それも二度も。英語が苦手なのにオックスフォード大学やお墓などに「聖地巡礼」したのは良い思い出である。クリスチャンでないわたしには、彼の書くキリスト教への絶対なる信頼などうしても理解できない部分はあるものの、それでも自分が小説に書く時の根っこにある作品の一つが『ナルニア国物語』なのは間違いない。

難しいこと、学術的なことはほかの先生方にお任せして、なぜわたしがナルニアにここまで惹かれるのか、ということについて考えてみたい。

ナルニアの一番の魅力といえば生き生きとした性格描写。それも人間以外の動物たち。例えばネズミ。『カスピアン王子』に初めて登場する大柄な、勇気あふれる気位《きぐらい》の高い勇猛果敢なリーピチープ。彼は本書でも大活躍するが、いつでも必ず己の中の「筋を一本通し続ける」。この筋を通すというのが案外に難しい。皆さんだってそうでしょう？　怖いな、やりたくないな、と思うことがあれば普通、誰だって躊躇《ためら》うもの。でもリーピチープは違う。背筋をピンッと伸ばし、相手が誰であろうと正しいと思うことを真っ直《ます》ぐに述べ、そう行動する。

もしかしたら彼の遠いご先祖さまは『魔術師のおい』でアンドリュー伯父が実験で送り込んだネズミの血が混じっているのではないだろうか。こっそりストロベリーのしっぽに摑《つか》まってナルニアに入り込んでいたのかも。だからこそ、彼は進取《しんしゅ》の気性に富み、誰もたどり着いたことのない未知の世界を目指せたのかもしれない。リーピチープがどれほど雄々しく、愛おしい存在であるかは、本シリーズの随所に記されている。

「われらは、もしリーピチープ隊長がこの先しっぽなしで生きてゆかねばならぬとあらば、自分たちもしっぽを切り落とそうと考えておるのでございます［中略］」「なるほど！」アスランが言った。「あなたがたには負けた。あなたがたは大きな心の持ち主だ。リーピチープよ、これはあなたの名誉のためではなく、あなたと部下たちとのあいだの愛情に免じてのことである。さらにまた、はるかむかしにあなたたち一族がわたしに対しておこなってくれた親切、すなわち〈石舞台〉にわたしを縛りつけていた縄を食いちぎってくれた親切に報いるためでもある。あなたがたはすでに忘れているかもしれぬが、あのときから、あなたがたは〈もの言うネズミ〉となったのである」（『カスピアン王子』三一六〜三一七頁）

四人のきょうだいが初めての大冒険をしたあの時、裏切ったエドマンドを救うために己を犠牲にしたアスラン。その姿を見ていたのは仲間ではスーザンとルーシーだけだったろうか……いや、ネズミたちもいた。まだものを言わぬ小さなネズミではあったが、彼らは十分な愛情と敬意をアスランに示したのである。

リーピチープの誇り高き精神はネズミという小さな体だからこそ、素晴らしく発揮される。もし彼が大きなクマだったりしたら……たちまち大騒動になってしまう。大きな体と強い力で、「決闘だ！」「決闘だ！」とそれこそ誰にも止められない勢いで暴れまわっていただろう。そう考えれば、彼は必要な大きさという器のおかげで、より思慮深くもなれたわけである。

さて、本書『ドーン・トレッダー号の航海』では長い長い艱難辛苦《かんなんしんく》の船旅が描かれる。その都度、人々の心は臆病になったり愚かになったりする。人間の心のなんと脆《もろ》いことか。彼らはアスランに導かれ、自分の行動を悔い、正しき道を歩んでいく。やがて、三人の忠臣を救うには、誰かがたった一人、何があるかわからぬ東の海へ行かねばならない……。その瞬間、我らが高潔なるサー・リーピチープは迷うことなくはっきりと答える。

「わたくしの心は、とうに決まっております。〔中略〕あるいは〈世界の果て〉の大きな滝にのまれて流れ落ちてしまったとあらば、わが鼻先を日の昇る方角へ

向けて沈む覚悟であります」（本書三一七～三一八頁）

展開としてはなんとなく予測できていたのにもかかわらず、このセリフを実際に目にした途端、「ああ、彼が去ってしまうのか」と心の底から残念に思ってしまった。ぜひ次のお話でも、その次の冒険でも、リーピチープに登場してほしいと深く願っていたからだ。

人間よりも動物、人間以外の生き物の方が生き生きしている、などと書くと叱られるかもしれない。しかし、初めて『ナルニア国物語』を読んだ小学生の時、わたしは押し入れに入って（当時我が家には衣装だんすがなかった）、ナルニアに行くことを夢想し、フォーンやビーバー、ネズミの騎士たちと冒険することを夢見たものだ。そしてよそさまのお家に衣装だんすがあると、必ずお願いして中に潜り込んでもみた……けれど、どんなに願っても、ナルニアの入り口は見つからなかった。それでも諦めきれずに繰り返し本を読み返していくうちに、あることに気がついた。語り手が読者に向かってちょいちょい話しかけているのだ。

しかし、わたしの考えるところでは、リーピチープは無事にアスランの国に着いて、いまもそこで生きているにちがいないと思う。（本書三六八頁・傍点筆者）

（ひげの生えた鏡がどのような目的でそこにかけてあったのか、著者は魔法使いではないからわからない）（本書二二三頁・傍点筆者）

あらためて読み直すと、物語の中で堂々と「著者」と名乗っているではないか。普通に考えれば、これは作者のC・S・ルイスで間違いないだろう。しかし子供のわたしはどういうわけかカーク教授がこの物語を書いたと思い込んでしまったのだ。というのも、カーク教授はナルニア誕生に立ち会っていたし、その後のナルニアでの冒険も四きょうだいから聞いていた。本の中でたびたび読者に語りかけたり説明したりしてくるのも、カーク教授が現実とナルニアの両方を知り尽くしているからこそできるに違いない。例えば、次のような一文。

（ところで、筆者自身も、この遠く離れた島々がどのようないきさつでナルニアの支配するところとなったのか、聞いたことがない。もしその話を聞く機会があり、それがおもしろい話ならば、いずれ別の本に書くこととしよう。）（本書六三頁）

こんな風に書かれていると、「あっ、カーク教授なんだ」と思い込む子供がいても仕方あるまい。

この屋敷は探検しつくすのが不可能なくらいに広くて、あちこちに思いもかけないような場所があった。（『ライオンと魔女と衣装だんす』一四頁）

いまも教授がその屋敷に住んでいたなら、子どもたちを四人とも泊まらせてくれたことだろう。けれども、その後いろいろあって教授は貧乏になってしまい、いまでは小さな平屋建ての家に住んでいて、客間は一つしかなかった。（本書一

五頁）

この気のいいカーク老教授は実は第一巻『魔術師のおい』の主人公の一人である。となると、妄想はどんどん膨らみ、わたしの頭の中では世間と相容《あいい》れない個性を持った、頭のいい老教授が、邸宅を失って貧乏になり、小さな家で自分の体験を記し、続いて四人のきょうだいの話を書き留めていったのではないか……だから、カーク教授は実在するのだ！　きっと今もイギリスの片田舎で小説を書いているに違いない！

そんな風に思い込んだのである。

激しい思い込みのおかげで、わたしの中で現実とナルニア国がますます近づいた。アスランも言っている。ナルニアにいく扉はどこかにある、そう、わたしたちの世界のどこかにもあるのだ。その気配に気がついていないだけで。

ところで話を戻そう。リーピチープは一番好きなキャラクターだが、もちろんほかにも大好きでたまらない生き物がいる。それはミセス・ビーバーである。彼女は第二巻にしか出てこないし、登場シーンもそれほど多くはない。なのに圧倒的な存在感で、「母性」のようなもので物語全体をあたたかく包み込む。ミセス・ビーバーが出てくるとそれだけでほわあっとした雰囲気になり、どれほど切迫したシーンでもなぜだか癒されてしまうのである。そして夫のミスター・ビーバーがダムを自慢するシーン。ここがまたビーバーのプライドを見せつけられる名場面である。

「なんてすてきなダムなんでしょう!」とほめた。すると、このときばかりはミスター・ビーバーは「しーっ!」とは言わず、「たいしたことはありません!〔中略〕まだ完成もしていないんです!」と答えた。(『ライオンと魔女と衣装だんす』一〇一頁)

この好きでたまらないビーバーたちがどうなったかというと、どうやら長い歳月の後に絶滅したらしいことが『カスピアン王子』に書かれている。……呆然。

そうだった。この『ナルニア国物語』はいい子がいつまでも幸せに暮らしました、悪い人も改心しました、という単純なストーリーではなかった。王国を乗っ取りカスピアンを亡き者にしようとした叔父ミラーズの最期はどうだったか。本書でもたった一人だけ最後の冒険に参加できなかった船乗りはどうなったか。

のちに悔い改めて立派な王になったエドマンドさえも、悪い子だった間にもらいそびれたサンタからの贈り物は、もらえないままだ。彼だけはプレゼントがない。それは許しではなく、いつまでも続く戒《いまし》めに思える。

「クリスマスのプレゼントは、持って出ないとね」ピーターが言った。［中略］エドマンドは、そのときいっしょにいなかったので、プレゼントはもらわなかった（これはエドマンドの自業自得であり、その話は「ナルニア国物語」のほかの巻で読むことができる）。（『カスピアン王子』四三頁）

そう、厳しい。厳しいのだ、このナルニアの世界は！

だからこそ、子供たちはこの物語に魅せられる。子供たちは幼いながらに、世の中は単純に善と悪に分かれているのではないということ、人はとても弱く簡単に恐怖や欲に負けてしまいそうになるということ、しかしそれでも努力の果てには得難い学びがあるのだということを理解する。本書で登場するイヤなやつ、いとこのユースティス・クランス・スクラブだって、冒険を経て成長し、少しずつ変化し始める。

彼らと一緒に、本を読む側にいる、たくさんのユースティスが、あるいはスーザンが、あるいはシャスタが、それぞれに成長して、何が大切なのかを体感していく。誘惑に負けそうになったルーシーにだって、アスランは決してお説教しない。ルーシーがこっそり友達同士の会話を盗み聞きしたことにだって、

「でも、わたし、あの子が言ったことを忘れるなんてできそうにありません」
「そうだ。忘れることはできないだろう」
〔中略〕
「以前、わたしはあなたに説明しなかっただろうか？　もしそうしていればどうなったか、ということは、誰も知ることができないのだ」（本書二三八〜二三九頁）

どうすればいい、何をすればよい、といったことをアスランは言わない。本人の気

づきを促す。自分の弱さを自身でしっかり見つめ、認め、そして反省すること。何よりもそれが大切なのだ。

彼はただそこに「ある」だけだ。もしかしたら、今、わたしのすぐ後ろにいるのかもしれない。ただわたしに「見る」ことができないだけで。

巻数が進むにつれて、アスランは子供たちの年齢を気にしはじめる。まずピーターとスーザンはもうナルニアには行けないことになった。エドマンドとルーシーもついにはアスランに告げられる。

「子どもたちよ、あなたがたは歳を取りすぎた。そろそろ、自分たちの暮らす世界との絆を深めるべきときが来たのだ」（本書三七二頁）

現実との折り合いが大切。いつまでも異世界であるナルニアにいてはいけない。

これを知った子供の時のわたしの衝撃ときたら。「大人になったら行けなくなるんじゃなくて、まだ子供なのにもう行けないんだ!!」

厳しい。ひたすら厳しいのである。

しかし、当時の自分の親を超えた年齢になっている今なら、とてもよく理解できる。ある年齢までの子供にとって、想像の世界、空想の友人は決して悪くない。むしろ現実とは異なる世界に胸躍らせ、夢を広げ、生き生きとそこの住人になるような豊かな感受性は、その子にとって得難い思い出になるだろう。けれど残念なことに、いつまでも異世界にいては現実の世界で生きていくのに苦労するのも事実なのだ。

アスランがイエス・キリストをイメージして造形されているのは明らかだが、子供たちにとって、彼は神であると同時に良き教師でもある。厳しく、それでいて懐《ふところ》の深い、慈愛に満ちた、性別を超えた（たてがみがあるから雄ではあるが）、超然とした存在でありながら、同時に全てのものにとっての導き手なのである。

現在教師として働いているわたしから見ると、アスランほど完璧な教師はいないと思う。

甘やかさない。すぐに答えを教えない。簡単に手助けをしない。必要最低限の助言だけで、あとは自力で考えさせ、自力で解決させる。

うん、わたしもアスランに指導されたかった！

でも。もしわたしが子供の頃に本当にアスランに出会っていたなら、どうなっていただろうか？　誰の運命に一番近いだろうか。

……すぐに脳裏に浮かんだのはスーザンだった。

『ナルニア国物語』の四きょうだいは、出だしを除けばエドマンドは本当にいいやつだし、ピーターも長男として落ち着きがある。ルーシーはアスランと最も距離が近いように思われる。これは最も汚れのない魂を持っているということだろう。でもスーザンは？　スーザンが何か目立つことをしたのって？

『カスピアン王子』でドワーフのトランプキンと弓で競ったシーンを思い出してみよう。勝てる腕を持っていたにもかかわらず、スーザンはトランプキンを負かすのがかわいそうだと思った。スーザンは類《たぐ》い稀《まれ》なる弓の技術を持ちながらも、相手の肉体のみならずプライドさえ傷つけたくない。優しさともとれるが、戦いに向いていないという方が適切だ。それどころか、スーザンは驚くほど現実的でもある。

あれこれ深刻な想像をして心配するルーシーに、

「いま、こっちの世界で心配しなくちゃならないことが山ほどあるのに、そんなことまで想像してる余裕はないわ」現実的なスーザンが言った。（『カスピアン王

子』一八六頁）

アスランの気配に気づいていたのに恐れに負けて、きょうだいの中で一番最後にしかアスランの姿を見られなかったスーザン。

例えば、本書でルーシーが「この世のものとは思えぬほどの美貌を手に入れられること絶対確実な呪文」を読んだ時、美しくなったルーシーに対するスーザンの態度。

絵の中のスーザンは実際のスーザンとそっくり同じで、ただ、以前よりも平凡に見え、意地悪そうな表情をしていた。スーザンはルーシーの目もくらむような美貌に嫉妬していたのだ。（二三九頁）

これを読んだ時、子供のわたしは素直に思った。「スーザンのこの気持ちのどこがいけないの？　当たり前の気持ちじゃないの？」

この素朴な疑問は実は大人になった今でも続いていて、スーザンは成長するにつれルーシーほどナルニアに近しい存在ではないように書かれるけれど、現実に生きる人間としては素直でなんというか……本当に親しみやすいリアルな人物像として描かれているとしか思えない。誰だってオシャレに夢中になったり、嫉妬したり、臆病になったりする。恋もする。それのどこがいけないんだろう?

小学校の同級生が「わたしはルーシー」「ぼくはエドマンド」と役になりきっている中、わたしは一人「スーザンがいいな」と思っていた。「スーザンは悪い子だよね」と言われると、悲しくなってスーザンの代わりにこっそり一人で涙を流した。

大人になっていくこと、現実と折り合っていくこと、それは決して悪いことではないように思えたからだ。

五十歳を前にしてこの物語をあらためて読み返すと、自分は実はスーザンに憧れていただけで、本当は夢見がちのルーシーがそのまま大きくなっただけの、絶えず異なる世界を想像している人間なのだと気づかされた。だから、今は特に老いたカーク教授に魅せられる。子供たちの話を受け入れられる、こんな年寄りになれれば最高。

今回じっくりと『ナルニア国物語』を読み返してみて、しみじみと感じたのは「素晴らしい物語は時を超える」ということ。小学生のわたしが、高校生のわたしが、そして今のわたしが、読むたびにその都度、懐かしい喜びと共に新しい感動を覚える。自分に似た失敗にクスリと笑い、自分にはできない勇気に感動する。優しさや温かさ。何より人間以外の動物たちのそれは素晴らしいこと！

ミセス・ビーバーの癒し、リーピチープの高潔さ、フインの善良さ、アナグマ一族の揺らぎない信頼……ある意味では「人には欠けているかもしれませんよ、〈もの言うけもの〉だからこその美点なんです」と言われているような、彼らの素朴なまでの魂の美しさが、しみじみと染み渡ってくる。

現実世界のあれやこれやの気苦労が重なっていて、なんだか人間ってどうしようもないなあ、と落ち込んでいたところ、本シリーズを読んでいくうちに、アスランの眼差しを感じ、他人に不平を言うのではなくて自分を見つめ直せ、という強い戒めが頁の奥深くから響いてきた……これこそがこの物語の持つ強い力なのだ、とわたしはあらためて実感した。

思い返せば、わたしが作家を目指したのは小学校低学年のこと。その理由の一つは「誰かが読んで元気になってくれれば」というものだった。それは『ナルニア国物語』

を繰り返し読むことによって、自分が励まされ、癒され、そして叱られてきたからなのだと思う。だから自分の書く登場人物には弱さもずるさも愚かさもある。けれども同時に信じる力を持ち、苦難に立ち向かう強さもある。

それってもしかしたら何もかも……『ナルニア国物語』から学んだことではなかっただろうか。

小説でも、そして現実世界でも、わたしはアスランに、〈もの言うけもの〉たちに、多くの精霊たちに、そして四きょうだいやカーク教授、カスピアンたちから、いつでも力をもらっている。

それこそが、この『ナルニア国物語』を読んだ者にかけられた、永遠に解けることのない、至高の魔法なのかもしれない。

C・S・ルイス年譜

一八九八年
一一月二九日、北アイルランドのベルファスト市に生まれる。父アルバート・ジェイムズ・ルイスは事務弁護士、母フローレンス・オーガスタ・ハミルトン・ルイスは牧師の娘で、当時の女性としてはめずらしく、ベルファスト市のクイーンズ・カレッジで大学教育を受けていた。

一九〇二年　三歳
自身のファースト・ネームおよびミドル・ネームを嫌ったルイスは、家族に自分を「ジャクシー」と呼ぶように求め、他の名前で呼ばれても返事をしなくなる。これ以降、家族と友人は生涯彼を「ジャック」と呼ぶ。服を着た動物が登場する物語を好んで読む。この頃、兄ウォレンとの共作の物語「動物の国」を創作する。

一九〇八年　九歳
八月二三日、母フローレンス、癌により死去。
九月、兄と同じイングランドのハートフォードシャーにあるウィニヤード校に入学。当初、「まわりから聞こえてくるイングランド訛りがまるで悪魔の唸り声のよう」に聞こえ、イングランドの風景にも「嫌悪の情」を感じたという。(『喜びのおとずれ』)

元々アイルランド教会のプロテスタントであったが、イングランド国教会の教義に触れ、キリスト教に篤い信仰心をもつようになる。

一九一〇年　一一歳

夏、ウィニヤード校が廃校となる。ベルファスト市のキャンベル校に入学するも、病気により数カ月で退学。なお、キャンベル校は、イングランドの学校よりは肌に合った。

一九一一年　一二歳

一月、キャンベル校に不満をもっていた父の考えにより、イングランド西部のウスターシャーにある予備学校チェアバーグ校に入学。

この時期、イングランドの風景の美しさを発見する。妖精ものの小説を好んで読み、「いつも小妖精を心に思い描くようになり、そのためについに幻覚の未開地に迷い込む」こともあった(『喜びのおとずれ』)。徐々にキリスト教にたいする信仰を失う。

一九一三年　一四歳

チェアバーグ校近隣のパブリック・スクールの一つであるモルヴァーン・カレッジに入学。

一九一四年　一五歳

モルヴァーン・カレッジになじめず、退

学させてくれるよう父親に手紙で請う。

八月、イギリス、ドイツに宣戦布告。

九月、モルヴァーン・カレッジを退学。

父のかつての恩師であり、イングランドのサリー州在住のウィリアム・カークパトリック氏の自宅で個人指導を受けながら大学受験の準備をすることになる。

一九一六年　一七歳

一二月、オックスフォード大学奨学生試験を受験。ユニヴァーシティ・カレッジの奨学生に選ばれる。

一九一七年　一八歳

学位取得予備試験において数学で不合格となるが、四月からオックスフォード大学内に寄宿することを許可され、大学生活を開始。

オックスフォード大学のキーブル・カレッジに宿舎のある士官候補生大隊に召集され、パディ・ムーアと同室になる。

一一月、軽歩兵隊の少尉としてフランス戦線に出征。

この頃、ジョージ・マクドナルド（一八二四―一九〇五）の『ファンタステス』（一八五八）に夢中になる。

一九一八年　一九歳

二月、〈塹壕熱〉と呼ばれる熱病に罹る。

四月、味方の砲弾の破片に当たって重傷を負い、ロンドンの病院に送還される。

一一月、ロンドンで終戦を迎える。この頃からムーア夫人に愛情を抱くようになる。

一九一九年　二〇歳

オックスフォード大学に戻る。退役軍人に限り、学位取得予備試験が免除される決定が出され、以前に不合格であった数学の試験を免除されることになる。三月、クライヴ・ハミルトン名義で第一次世界大戦での体験を謳った詩集『囚われの魂』を出版。

一九二〇年　二二歳

夏、ムーア夫人とその娘モーリーンとの共同生活を開始。

一九二二年　二三歳

八月、人文学学位取得試験に最優等の成績で合格。大学の研究職を得るのに苦労し、修学を一年延長して英文学を専攻することを決める。英文学の中では、トマス・ブラウン（一六〇五―一六八二）、ジョン・ダン（一五七二―一六三一）、ジョージ・ハーバート（一五九三―一六三三）の詩に陶酔する。

一九二三年　二四歳

英文学学位取得試験に優等の成績で合格。

一九二五年　二六歳

モードリン・カレッジの英語・英文学のフェロー（特別研究員）に選ばれる。

一九二六年　二七歳

オックスフォード大学の会議でJ・R・R・トールキンと出会う。
五月、ゼネラル・ストライキのため、イギリス社会は一時混乱に陥る。

一九二九年　三〇歳

父アルバート死去。

一九三〇年　三一歳

四月、陸軍軍人であった兄ウォレン帰英。
七月、オックスフォード郊外の〈キルンズ荘〉でムーア夫人、その娘モーリーン、実兄ウォレンと同居生活を開始。
この頃より、トールキンほか数名の友人がモードリン・カレッジのルイスの居室に集まり、〈インクリングズ〉の会が始まる。

一九三一年　三三歳
キリスト教への信仰を取り戻す。

一九三三年　三四歳
宗教的アレゴリー『天路逆行』出版。タイトルは、ジョン・バニヤン（一六二八―一六八八）の『天路歴程』（一六七八）をもじったもので、平凡な男ジョンが救われるまでを描く。

一九三六年　三七歳
五月、オヴィディウスからスペンサーにいたる恋愛詩を論じる最初の学問的著書『愛のアレゴリー――ヨーロッパ中世文学の伝統』出版。

一九三八年　三九歳
宇宙を舞台とするSFファンタジー『沈黙の惑星を離れて』出版。これは三部作で、続編が一九四三年、一九四五年に出版される。

一九三九年　四〇歳
九月、イギリス、ドイツに宣戦布告。

一九四〇年　四一歳
一〇月、宗教的著作『痛みの問題』出版。この世にはなぜ痛みと悪が存在するのか、という問題をめぐる考察。

一九四一年　四二歳
BBCラジオ放送の依頼で、キリスト教に関する放送講話を開始。放送は一回一五分で、一九四四年まで断続的に計二九回行われた。
キリスト教に関する知的に困難な問題を討議するための公開フォーラム、オックスフォード大学ソクラテス・クラブの創設に尽力（発足は一九四二年）。ルイスは会長に選任され、これ以降同クラブで多くの講演を行う。
一九四二年　四三歳
諷刺という手法を用いることによって神学的な問題に深く切り込む『悪魔の手紙』出版。ベストセラーとなり、スター的名声を得る。
七月、ジョン・ミルトン（一六〇八―一六七四）の『失楽園』（一六六七）を扱う『〈失楽園〉研究序説』、BBCの講話を収録した『放送講話』（のちに『キリスト教の精髄』に再収録）出版。
一九四五年　四六歳
七月、総選挙で労働党が大勝。アトリー労働党内閣発足。
一九四六年　四七歳
国民保健サービス法制定。
一九五〇年　五一歳
『ナルニア国物語』の第一作『ライオンと魔女と衣装だんす』出版。
一九五一年　五二歳
ムーア夫人死去。
オックスフォード大学詩学教授選任にお

いて、詩人・作家でもあるセシル・デイ・ルイス（一九〇四―一九七二）に敗れる。

『ナルニア国物語』の第二作『カスピアン王子』出版。

一九五二年　五三歳

以前から文通相手であった、ルイスの作品のファンのジョイ・デヴィッドマンと初めて会う。

BBC放送講話を編集した『キリスト教の精髄』、『ナルニア国物語』の第三作『ドーン・トレッダー号の航海』の出版。

一九五三年　五四歳

『ナルニア国物語』の第四作『銀の椅子』出版。

一九五四年　五五歳

『一六世紀英文学史』、『ナルニア国物語』の第五作『馬と少年』出版。

一一月、ケンブリッジ大学モードリン・カレッジに新設された中世・ルネサンス文学講座の初代教授に就任。これ以降、学期中はケンブリッジで、休暇と週末はオックスフォードのキルンズ荘で過ごす生活を送るようになる。

一九五五年　五六歳

九月、自叙伝『喜びのおとずれ』出版。

『ナルニア国物語』の第六作『魔術師のおい』出版。

一九五六年　五七歳

イギリス政府がジョイの滞在許可の更新を認めなかったため、四月、ジョイと書類上の結婚をして窮状を救う。ジョイの二人の息子は英国籍を得る。

『ナルニア国物語』の第七作『最後の戦い』、『愛はあまりにも若く』出版。

一九五七年　五八歳

『最後の戦い』によりカーネギー賞を受ける。

三月、骨癌で入院中のジョイと病室で結婚式を挙げる。

一九六〇年　六一歳

七月、ジョイ死去。

一九六一年　六二歳

妻ジョイの死をどのように受けとめたのかを記す『悲しみをみつめて』をN・W・クラーク名義で出版。

一九六三年

この頃より衰弱がひどくなる。

七月、心臓発作で一時危篤状態となる。

八月、ケンブリッジ大学に辞表を提出。

一一月二二日、死去。享年六四。

訳者あとがき

ナルニアの世界へ、ようこそ！

第五巻《かん》は、『ドーン・トレッダー号の航海《こうかい》』——前作『カスピアン王子』からナルニアの時間で三年がたち、一六歳《さい》の青年王となったカスピアン一〇世が〈東の海〉とその先にあるアスランの国をめざして海の冒険《ぼうけん》に出る物語である。

カスピアンがまだ幼《おさな》い王子だったころ、王子の父カスピアン九世を暗殺《あんさつ》して王位《おうい》を奪《うば》ったミラーズ王は、カスピアン九世の忠臣《ちゅうしん》であった七人の勇敢《ゆうかん》な貴族《きぞく》たちをナルニアから追放するために、〈東の海〉の探検《たんけん》を命じた。海に出た七人は、その後ナルニアにもどることはなかった。

七年後、僭王《せんおう》ミラーズを倒《たお》して〈古き良《よ》きナルニア〉の再興《さいこう》をなしとげたカスピアン一〇世は、行方《ゆくえ》知れずとなった七人の消息を求《もと》め、〈東の海〉をめざして船出する。船の名は〈ドーン・トレッダー号〉。Dawn Treader とは「夜明けを踏破《とうは》する者」という意味だ。

船がナルニアを出て三〇日ほどたったある日、〈ドーン・トレッダー号〉は波間に浮《う》かぶ三人の子どもたちを発見し、船に引き上げた。三人は、ロンドンにあるスクラブ家の寝室《しんしつ》にかかっていた〈ドーン・トレッダー号〉の絵を眺《なが》めているうちにナルニアへ吸《す》い込《こ》まれてしまったルーシーと兄のエドマンド、そして、いとこのユースティス・スクラブだった。ルーシーとエドマンドは〈古き良《よ》きナルニア〉再興《さいこう》のために力を合わせて戦《たたか》ったカスピアン一〇世との再会《さいかい》を喜《よろこ》ぶが、頭でっかちで屁理屈《へりくつ》ばかり並《なら》べているユースティスは中世の帆船《はんせん》にそっくりなナルニアの小さな船での航海《こうかい》に不《ふ》満《まん》たらたらだ。

三人を乗せて東へ進む〈ドーン・トレッダー号〉に、つぎつぎと冒険《ぼうけん》がふりかかる。〈離《はな》れ島諸島《じましょとう》〉では奴隷《どれい》商人につかまって売《う》り飛《と》ばされそうになり、大嵐《おおあらし》に襲《おそ》われてたどりついた〈ドラゴン島〉ではユースティスがドラゴンに変身《へんしん》してしまい、大ウミヘビに巻《ま》きつかれて船が締《し》め上《あ》げられる危機《きき》を辛《から》くも脱《だっ》したと思ったら、水に触《ふ》れたものを瞬時《しゅんじ》に金に変《か》えてしまう魔性《ましょう》の湖に手をつっこみそうになり、ようやく庭園のように美しく手入れされた島にたどりついたと思ったら、そこは声はすれども姿《すがた》の見えない者たちが跳《は》ねまわる島で、ルーシーの勇気《ゆうき》が試《ため》され……。

『ナルニア国物語』全七巻《かん》の中で、血湧《ちわ》き肉躍《にくおど》る冒険《ぼうけん》という点では、この『ドーン・トレッダー号の航海《こうかい》』がいちばんだろう。YOUCHAN（ユーチャン）さんによるイラストも、迫力《はくりょく》のある図柄《ずがら》が満載《まんさい》だ。『ナルニア国物語』はYOUCHANさんにとって古くからの愛読書《あいどくしょ》なので、内容《ないよう》はもちろんよくご存《ぞん》じなのだが、今回の光文社古典《こてん》新訳文庫《しんやくぶんこ》にイラストを描《か》くにあたっては、翻訳原稿《ほんやくげんこう》がゲラになったものを改《あらた》めて最初《しょ》から読んだうえでイラストを描いてくださっている。イラストは原則《げんそく》として各章《かくしょう》に一点ずつ描くという方針《ほうしん》だが、『ドーン・トレッダー号の航海』では第一章、第七章、第一六章にイラストが二点ずつはいっている。また、巻頭《かんとう》にはナルニアから〈世界の果《は》て〉までの地図と、〈ドーン・トレッダー号〉の詳《くわ》しい構造図《こうぞうず》も載っている。

地図は眺《なが》めているだけで〈ドーン・トレッダー号〉の旅を思い出して楽しむことができるし、船の構造図《こうぞうず》はナルニアのさまざまな参考書《さんこうしょ》をひっくり返してもなかなか見つからない傑作《けっさく》である。

毎回作品を訳《やく》しおわり、YOUCHANさんのもとに新訳のゲラが送られるたびに、訳者《やくしゃ》としては「こんどはどんな場面をどんなふうに描《か》くのかな?」と期待に胸《むね》をふくらませながらイラストが仕上がるのを待つのだが、今回はこれまでにも増《ま》して力作が多く、きっとYOUCHANさんも『ドーン・トレッダー号の航海《こうかい》』をわくわくしながら読んでくださったんだろうな、と想像《そうぞう》している。

テクニカルな問題について、二つ触《ふ》れておきたい。

一つは、固有名詞《こゆうめいし》の発音。これについては、Harper Children's Audio "The Chronicles of Narnia"（第五巻《かん》『ドーン・トレッダー号の航海』の朗読者《ろうどくしゃ》はDerek Jacobi）として発売されているオーディオCDを聴《き》き、その発音をできるだけ正確《せいかく》にカタカナに写すようつとめた。原著者《げんちょしゃ》ルイスが原稿《げんこう》を書いているときに想定していた音に近い表現《ひょうげん》になっていると思う。
もう一つは、『ナルニア国物語』全七巻《かん》の並《なら》べかたである。『ナルニア国物語』の日本語版《にほんごばん》は、これまで岩波書店から出版《しゅっぱん》されており（訳者《やくしゃ》・瀬田貞二《せたていじ》）、全七巻は次の順序《じゅんじょ》で並べられていた。

『ライオンと魔女《まじょ》』 *The Lion, the Witch and the Wardrobe*（一九五〇）
『カスピアン王子のつのぶえ』 *Prince Caspian*（一九五一）
『朝びらき丸　東の海へ』 *The Voyage of the Dawn Treader*（一九五二）
『銀のいす』 *The Silver Chair*（一九五三）
『馬と少年』 *The Horse and His Boy*（一九五四）
『魔術師《まじゅつし》のおい』 *The Magician's Nephew*（一九五五）
『さいごの戦《たたか》い』 *The Last Battle*（一九五六）

カッコ内にそれぞれの原書の出版年を記したが、つまり、この並べかたは原書の刊《かん》行順《こうじゅん》ということになる。毎年一冊《さつ》ずつ原書が発表され、それを翻訳《ほんやく》していったのだから、瀬田訳《せたやく》が原書の刊行順になったのは当然《とうぜん》のことだ。

一方、今回の翻訳で使用したHarperCollins Publishers版《ばん》では、作品が次の順で並《なら》んでいる（邦題《ほうだい》は光文社古典新訳文庫《こてんしんやくぶんこ》でのタイトル）。

『魔術師《まじゅつし》のおい』*The Magician's Nephew*
『ライオンと魔女《まじょ》と衣装《いしょう》だんす』*The Lion, the Witch and the Wardrobe*
『馬と少年』*The Horse and His Boy*
『カスピアン王子』*Prince Caspian*
『ドーン・トレッダー号の航海《こうかい》』*The Voyage of the Dawn Treader*
『銀の椅子《いす》』*The Silver Chair*
『最後《さいご》の戦《たたか》い』*The Last Battle*

これは『ナルニア国物語』作品中の時系列《じけいれつ》にそった並べかたで、第一巻《かん》でナルニア国が誕生《たんじょう》し、第七巻《かん》でナルニア国が終焉《しゅうえん》を迎《むか》えることになる。このほうが作品を理《り》解《かい》しやすいし、何よりも著者《ちょしゃ》C・S・ルイス自身がこの順番《じゅんばん》で七巻の作品が読まれるよう希望《きぼう》していたことから、現在《げんざい》、欧米《おうべい》で出版《しゅっぱん》されている『ナルニア国物語』はこの時系列《じけいれつ》順の並《なら》べかたが標準《ひょうじゅん》となっている。今回の新訳《しんやく》に際《さい》しても、この並べかたを採用《さいよう》することとした。

『ナルニア国物語』全七巻も折《お》り返《かえ》しを過《す》ぎ、後半にはいった。この大作を翻訳《ほんやく》する機会《きかい》を与《あた》えてくださった光文社古典新訳文庫《こてんしんやくぶんこ》の創刊編集長《そうかんへんしゅうちょう》・駒井稔《こまいみのる》氏《し》と、長期間にわたる作品の刊行《かんこう》を全力でバックアップしてくださる編集長の中町俊伸《なかまちとしのぶ》氏、新訳『ナルニア国物語』の最初の読者であり訳者《やくしゃ》が迷《まよ》ったときに妥協《だきょう》のない的確《てきかく》な方針《ほうしん》を示《しめ》してくださる光文社翻訳編集部《へんしゅうぶ》の小都一郎《おづいちろう》氏に心からの感謝《かんしゃ》を申し上げる。また、校閲《こうえつ》にたずさわってくださる方々の努力《どりょく》に対しても、ここに深い感謝の言葉を記させていただく。

ナルニアの世界は、地球という球体の上に成《な》り立《た》っているわたしたちの世界とはちがい、ずっと東をめざして船を進めると、世界の果《は》てに行き着く。そこがどんなようすになっているかは、物語の最後《さいご》を読んでいただいてのお楽しみだが、一つだけ重《じゅう》要《よう》な秘《ひ》密《みつ》をここで明かしてしまおう。じつは、世界の果てのさらに外側《そとがわ》に、アスランの国があるのだ。

アスランの国は、昇《のぼ》る朝日のさらにもっと東にそびえる、人の想像《そうぞう》をはるかに超《こ》える高い高い山脈《さんみゃく》で、この場所は第六巻《かん》と第七巻の物語につながっており、第六巻の冒険《ぼうけん》は、このアスランの山脈から始まる。

読者のみなさん、続《つづ》く第六巻『銀の椅子《いす》』をどうぞお楽しみに！

二〇一七年八月　　　　　　土屋京子

kobunsha classics
光文社 古典新訳 文庫

ナルニア国物語《こくものがたり》⑤

ドーン・トレッダー号《ごう》の航海《こうかい》

著者　C・S・ルイス
訳者　土屋《つちや》 京子《きょうこ》

2017年9月20日　初版第1刷発行

発行者　田邉浩司
印刷　萩原印刷
製本　ナショナル製本

発行所　株式会社光文社
〒112-8011東京都文京区音羽1-16-6
電話　03（5395）8162（編集部）
03（5395）8116（書籍販売部）
03（5395）8125（業務部）
www.kobunsha.com

落丁本・乱丁本は業務部へご連絡くだされば、お取り替えいたします。
ISBN978-4-334-75362-7 Printed in Japan

いま、息をしている言葉で、もういちど古典を

長い年月をかけて世界中で読み継がれてきたのが古典です。奥の深い味わいある作品ばかりがそろっており、この「古典の森」に分け入ることは人生のもっとも大きな喜びであることに異論のある人はいないはずです。しかしながら、こんなに豊饒で魅力に満ちた古典を、なぜわたしたちはこれほどまで疎んじてきたのでしょうか。

ひとつには古臭い教養主義からの逃走だったのかもしれません。真面目に文学や思想を論じることは、ある種の権威化であるという思いから、その呪縛から逃れるために、教養そのものを否定しすぎてしまったのではないでしょうか。

いま、時代は大きな転換期を迎えています。まれに見るスピードで歴史が動いていくのを多くの人々が実感していると思います。

こんな時わたしたちを支え、導いてくれるものが古典なのです。「いま、息をしている言葉で」――光文社の古典新訳文庫は、さまよえる現代人の心の奥底まで届くような言葉で、古典を現代に蘇らせることを意図して創刊されました。気取らず、自由に、心の赴くままに、気軽に手に取って楽しめる古典作品を、新訳という光のもとに読者に届けていくこと。それがこの文庫の使命だとわたしたちは考えています。

このシリーズについてのご意見、ご感想、ご要望をハガキ、手紙、メール等で翻訳編集部までお寄せください。今後の企画の参考にさせていただきます。
メール　info@kotensinyaku.jp

光文社古典新訳文庫　好評既刊

魔術師のおい　ナルニア国物語①
C・S・ルイス　土屋京子 訳
異世界に迷い込んだディゴリーとポリーの運命は？　悪の女王の復活、そしてアスランの登場……。ナルニアのすべてがいま始まる！　ナルニア創世を描く第1巻（解説・松本朗）

ライオンと魔女と衣装だんす　ナルニア国物語②
C・S・ルイス　土屋京子 訳
魔法の衣装だんすから真冬の異世界へ――四人きょうだいの活躍と成長、そしてアスランと魔女ジェイディスの対決を描く、ナルニアで最も有名な冒険譚。（解説・芦田川祐子）

馬と少年　ナルニア国物語③
C・S・ルイス　土屋京子 訳
カロールメン国の漁師の子シャスタと、ナルニア出身の〈もの言う馬〉との奇妙な逃避行！　隣国同士の争いと少年の冒険が絡み合う「勇気」と「運命」の物語。（解説・安達まみ）

カスピアン王子　ナルニア国物語④
C・S・ルイス　土屋京子 訳
ナルニアはテルマール人の治世。邪悪なミラーズ王の暗殺の手を逃れたカスピアン王子は、ナルニア再興の希望を胸に、伝説の角笛を吹き鳴らすが……（解説・井辻朱美）

失われた世界
アーサー・コナン・ドイル　伏見威蕃 訳
南米に絶滅動物たちの生息する台地が存在すると主張するチャレンジャー教授。恐竜が闊歩する台地の驚くべき秘密とは？「シャーロック・ホームズ」生みの親が贈る痛快冒険小説！

★続刊

ロシア革命とは何か　トロツキー／森田成也・訳

一九〇五年革命の経験を踏まえ自らの永続革命論について展開した「総括と展望」と、亡命後の一九三二年に行った「コペンハーゲン演説」を軸に編んだトロツキー論文集。革命の全体像と歴史的意義を考察する、ロシア革命一〇〇周年企画第一弾。

若草物語　オルコット／麻生九美・訳

メグ、ジョー、ベス、エイミー。感性豊かで個性的な四姉妹を中心に繰り広げられる家族の物語は、「貧困」「幸福」「女性の自立」などのテーマとともに、まさに現代的。世界中で読み継がれるオルコットの代表作が鮮度抜群の新訳で登場！

世界を揺るがした10日間　ジョン・リード／伊藤 真・訳

一九一七年のロシア革命のさなか、アメリカの若きジャーナリスト、J・リードが、革命の指導者から兵士、農民、さらには反対派までを取材し、刻一刻と変動する緊迫した状況を臨場感あふれる筆致で描いた、二〇世紀最高のドキュメンタリー。